dtv

Da stehen also diese sechs Hanswursten vom SEK in unserem Hof, bewaffnet bis an die Zähne, und wollen mich abführen. »Seid's ihr alle narrisch worden?«, schreit die Oma aus Leibeskräften und schwingt den Besen. »Lasst's gefälligst meinen Buben in Ruh!«
Dann erfahr ich, man kann es kaum glauben, dass ausgerechnet der Barschl, mein über alles geliebter Vorgesetzter, heute früh mausetot im Polizeihof gefunden wurde. Mit durchgeschnittener Kehle. So wie's ausschaut, war ich der Letzte, der ihn noch lebend gesehen hat. Und das ist halt jetzt saublöd. Besonders, wo wir uns so gar nicht im Guten verabschiedet haben, der Barschl und ich …

Rita Falk, geboren 1964 in Oberammergau, hat sich mit ihren Provinzkrimis um den niederbayerischen Dorfpolizisten Franz Eberhofer und den beiden Romanen ›Hannes‹ und ›Funkenflieger‹ in die Herzen von Millionen Lesern geschrieben. Sie ist verheiratet und hat drei erwachsene Kinder.
Mehr unter: www.rita-falk.de

Rita Falk

Grießnockerlaffäre

Ein Provinzkrimi

dtv

Ausführliche Informationen über
unsere Autoren und Bücher
www.dtv.de

Von Rita Falk
sind bei dtv u. a. erschienen:
Winterkartoffelknödel (21330)
Dampfnudelblues (21373)
Schweinskopf al dente (21425)
Sauerkrautkoma (21561)
Zwetschgendatschikomplott (21635)
Leberkäsjunkie (21662)
Weißwurstconnection (21702)
Kaiserschmarrndrama (26192)
Knödel-Blues (21653)
Arnika und Bohnerwachs (21674)

Mit Glossar und den
Originalrezepten von der Oma

MIX
Papier aus verantwortungsvollen Quellen
FSC® C019821
FSC www.fsc.org

Ungekürzte Ausgabe 2014
10. Auflage 2018

Umschlagkonzept: Balk & Brumshagen
Umschlaggestaltung: Lisa Höfner unter Verwendung
von Fotos von mauritius images/imagebroker/Ralph Kerpa
und Photothek/Ute Grabowsky
Satz: Greiner & Reichel, Köln
Druck und Bindung: Druckerei C.H.Beck, Nördlingen
Gedruckt auf säurefreiem, chlorfrei gebleichtem Papier
Printed in Germany · ISBN 978-3-423-21498-8

Kapitel 1

Die Beerdigung von der Oma ist an einem Donnerstag. Es ist nieselig und grau, und wir stehen bis zu den Knöcheln im Friedhofs-Baz. Trotzdem ist beinah die ganze Gemeinde gekommen. Aber sie war halt auch äußerst beliebt, die Oma, das muss man schon sagen. Einige weinen direkt Rotz und Wasser. Und da fragt man sich natürlich, wie man so derartig weinen kann, wenn jemand kurz vor seinem Hundertsten stirbt? Ist das nicht eher ein Grund zum Feiern? Erst recht, wo doch die Oma seit kurzem ein Pflegefall war. Wie hätte denn bitte schön ihre Zukunft ausgesehen? In einem Altenheim? Oh, Verzeihung, »Seniorenresidenz« nennt man das ja jetzt. Wobei ich mich ehrlich frage, welche Alten dort noch residieren. »Vegetieren« würd es wohl viel besser treffen. Und das … das hätte die Oma wirklich nicht verdient. Auf gar keinen Fall. Sie hatte ein langes und würdiges Leben und soll dann doch auch in Würde sterben, gell. Aber jetzt bin ich abgeschweift.

Wie gesagt, es ist fast die ganze Gemeinde hier anwesend, und ich halte die Susi untergehakt. Pausenlos laufen ihr Tränen übers Gesicht, und weil sie natürlich wieder mal kein Taschentuch dabeihat, schnieft sie auch ständig mit der Nase. Was aber weiter niemanden stört, die meisten hüsteln und schnäuzen ohnehin.

Der Sarg ist schön, Nussbaum natur, und auf dem Deckel

liegt ein Kranz voller weißer und gelber Rosen. Dazwischen etwas Schleierkraut. Sehr schön. Auf der Schleife steht: »Für Oma, in Liebe«. Ja, das passt gut. Der Pfarrer tritt vor, und selbst er muss sich mehrmals räuspern, ehe er zu sprechen beginnt. Seine Worte sind ergreifend und steigern den Tempo-Verbrauch vor Ort gleich ganz enorm.

Bei »Asche zu Asche, Staub zu Staub« beginnt's wie aus Eimern zu schütten und Schirme schießen hoch – wie Schwammerl im Herbst. Die Susi und ich, wir teilen uns einen, weil sie halt so dermaßen eng neben mir steht, dass ein zweiter erst gar keinen Platz hätt. Und da ich praktisch ein Offizier und Gentleman bin, halt ich den Schirm großzügig so, dass die Susi im Trockenen steht. Ich selber steh linksseitig komplett im Regen. Und wie dann der Sarg endlich zur letzten Ruhe hinabgleitet, ist diese Seite meines Körpers nass bis runter auf die Haut. Na bravo.

Nach dem ›Ave Maria‹ schaufeln wir schwarze Erde aufs offene Grab und werfen Blumen hinterher. Danach sucht uns die Trauergemeinde heim. Man kann sich schon ungefähr denken, wie lange das dauert, bei so vielen Leuten. Besonders, weil halt ein paar Kinderwägen und obendrein zwei Rollstühle auch den Weg zu uns suchen und stellenweise im Matsch versinken. Wie schließlich auch die Letzten ihr Beileid kundtun, läuft mir schon ein Rinnsal über die Wirbelsäule und mündet direkt in meine Arschfalte. Hämorrhoiden vorprogrammiert.

»Mein Beileid«, sagt der Papa und schüttelt der Susi die Hand.

»Mein Beileid«, schreit die winzige, wunderbare Oma in einer Lautstärke, die Tote wecken könnte. In all den Jahren, wo sie jetzt taub ist, hat sie immer noch nicht begriffen, dass sie auch nicht besser hört, wenn sie nur laut genug schreit.

Auf dem Weg zum Leichenschmaus entweicht der Susi

immer noch der eine oder andere Seufzer. Ich leg den Arm um sie. Meinen trockenen natürlich.

»Ach, Franz …«, sagt sie ganz leise. Und ich weiß freilich schon, dass sie sehr traurig ist. Schließlich war ihre Oma einer der wichtigsten Menschen für sie, seit die Eltern gestorben sind. Das eine oder andere Mal hat sie sogar gesagt: »Franz«, hat sie gesagt, »du und die Oma, ihr zwei seid mir die wichtigsten Menschen im Leben.«

Ja, die eine Hälfte ist nun leider tot. Möge der liebe Gott die andere behüten! Ich persönlich kann mir schon vorstellen, wie es ihr jetzt so geht, der Susi. Weil: wenn nämlich meine eigene Oma einmal sterben und mich plötzlich nicht mehr anschreien würde … Nein, da mag ich gar nicht dran denken. Dann doch lieber Seniorenresidenz.

»Du, Franz …«, sagt die Susi jetzt wieder und reißt mich aus meinen Gedanken heraus.

»Ja, Susi?«, sag ich.

»Meinst du nicht, wir sollten nun wirklich bald einmal heiraten? Du siehst ja, das Leben ist so schnell vorbei.«

»Ach, so schnell jetzt auch wieder nicht. Immerhin war deine Oma vierundneunzig. Da haben wir schon noch ein bisschen Zeit«, sag ich und kratz mir den dämlichen Vollbart, den ich seit Wochen schon tragen muss. Wegen einer Wette, einer saudummen. Aber gut.

Beim Eintreffen im Gasthof bekundet der Wirt sein Beileid und führt uns danach ins reservierte Nebenzimmer. Da lauern sie auch schon, die Trauergäste, und reißen sich um die Speisekarten, die im Verhältnis zu den knurrenden Mägen schwer in der Unterzahl sind. Dann läutet mein Diensttelefon. Und ganz gegen meine sonstige Reaktion freu ich mich jetzt direkt ein bisschen darüber. Weil, seien wir einmal ehrlich: so der große Leichenschmaus-Entertainer bin ich eigentlich sowieso nicht. Und auf die ganze Trösterei hab ich gerade auch keinen Bock mehr. Vor allem nicht, wenn's dann auch noch ans Heiraten geht.

»Ja, Susi, du siehst es ja selber …«, sag ich, während ich zur Tür rausschleiche.

»Keine Sorge, ich kümmere mich schon drum!«, sagt plötzlich der Leopold, welcher mein Bruder ist und dessen Anwesenheit ich bis grad eben erfolgreich verdrängt hatte.

Es ist der Bürgermeister, der anruft.

»Eberhofer, gut dass ich Sie erreiche«, sagt er. »Wo sind Sie denn grade?«

»Ich bin auf der Beerdigung von der Gmeinwieser-Oma. Sollten Sie da nicht auch sein, Bürgermeister? Schließlich hat sie ja fast hundert Jahre lang in Ihrer wunderbaren Gemeinde gelebt. Da gehört sich das schließlich.«

»Ja, ja. Aber ich ersticke hier in Arbeit, verstehen Sie? Außerdem war ich doch gestern schon im Rosenkranz. Über zwei Stunden lang. Mir sind beinah die Kniescheiben zersprungen. Das zählt wohl gar nicht? Aber was anderes, können Sie anschließend gleich einmal zu mir ins Büro reinkommen, Eberhofer? Es ist wirklich dringend.«

Ja, wenn's wirklich dringend ist, kommt er natürlich, der Eberhofer. Vorher aber muss er noch schnell was essen. Drüben, am Tresen. Weil er natürlich diese ganze Leichenschmaus-Harmonie nicht ums Verrecken stören will. Eine Leberspätzlesuppe mit zartem Gemüse. Einen gemischten Braten mit Knödeln, ebenfalls gemischt, und dazu ein Kraut. Und einen feinen warmen Apfelstrudel mit Vanille-Eis. Ein oder zwei Bier dazu. Großartig! Aber dann bin ich auch quasi schon unterwegs. Das heißt, vorher fahr ich noch kurz heim. Um mich umzuziehen. Schließlich bin ich nass bis runter auf die Haut, und da kann man sich ja noch sonst was holen, gell.

»Was kann ich für Sie tun, Bürgermeister?«, frag ich ihn, gleich wie ich mich auf seinen Schreibtisch setz. Das mach ich gerne. Gibt mir eine gewisse Dominanz. Ich glaub ja, er mag das nicht besonders, der Herr Bürgermeister. Wahrscheinlich, weil er sich dann immer so unterlegen fühlt, dort unten, in seinem Sessel. Aber sagen traut er sich freilich nix. Weil ich nämlich der einzige Polizist bin. Weit und breit. Und mit dem verdirbt man sich's besser nicht. Stattdessen steht er meistens auf, geht zum Fenster rüber und schaut hinaus. Wusst ich's doch.

»Ähm, ja, hähä … wo soll ich anfangen, Eberhofer«, druckst er umeinander und verschränkt seine Arme im Rücken.

»Am Anfang vielleicht?«, versuch ich ihm auf die Sprünge zu helfen.

»Hähä, ja. Die Kollegen … also die in Landshut …«

»Vergessen Sie's!«, sag ich gleich, steh auf und geh zur Tür.

»Herrschaft, Eberhofer!«, keift er mir hinterher und dreht sich um.

»Ich war jetzt vier Monate lang in dieser Scheißlandshuter PI und hab die Kollegen dort unterstützt. Jetzt langt's. Schließlich ist nicht Landshut mein Bezirk, sondern Niederkaltenkirchen. Und zwar auf oberste Anordnung hin.«

»Aber schauen Sie, Eberhofer, so arg viel passiert doch hier bei uns gar nicht, gell.«

»Und so soll es auch bleiben«, sag ich noch, und schon bin ich draußen. Sollen die doch hinschicken, wen immer sie mögen. Mich bringt jedenfalls nichts mehr in die PI Landshut. Beim besten Willen nicht.

Aber das, glaub ich, muss ich schnell mal erklären. Also, weil sich die werten Kolleginnen und Kollegen in Landshut ja praktisch vermehren wie die Karnickel, ist immer die Mehrzahl von ihnen entweder im Mutterschafts- oder Erziehungsurlaub. Dadurch ist die Inspektion natürlich ständig schwer unterbesetzt, ganz klar. Kommt dann noch jemand mit einer Kur oder Krankheit daher, wird das Defizit langsam spürbar. Von Urlauben mag man gar nicht erst reden. Da ist die Dienststelle ja schon direkt verwaist. Ein Eldorado für jeden Verbrecher, würd ich mal sagen. Drum haben die eben irgendwann mich angefordert. Um das Schlimmste zu verhindern, sozusagen. Und da bin ich natürlich auch hin, weil: Dienst ist Dienst. Selbst in Landshut. Die Kollegen dort sind zum Großteil in Ordnung. Ja, gut, die Hälfte zumindest. Wer aber absolut nicht in Ordnung ist, sondern im Gegenteil eine Zumutung sondergleichen, ist der Dienststellenleiter. Der Barschl. Ein Korinthenkacker vor dem Herrn. Paragraphenreiter Dreck dagegen. Spioniert jedem hinterher, notiert Arbeitszeiten, Privatgespräche und stoppt dir die Uhr beim Stuhlgang. Der würde seinen eigenen Bruder anzeigen, wenn der falsch parken tät. Ja gut, das würd ich wohl auch. Aber wurst. Nein, der Barschl ist die Mensch gewordene Beulenpest, gar keine Frage. Saudummerweise ist er aber mein direkter Vorgesetzter, wenn ich in Landshut arbeite. Und dann ist er auch noch jünger als ich. Was ja im Grunde überhaupt nicht geht. Nein, gar nicht. Soll ich mir vielleicht von so einem Rotzlöffel sagen lassen, wo der Bartl den Most holt? So weit kommt's noch! Drum war es also unumgänglich, mit ihm dann und wann ein wenig aneinanderzugeraten. Einmal zum Beispiel bei unserem Spezialtraining. Wir machen da nämlich so alle paar Wochen ein Training für eventuelle Amoklagen. Weil's halt in unserem wunderbaren Land nun schon öfters mal passiert ist, dass ein frustrierter Schüler die Pumpgun aus dem elterlichen Schlafzimmer entwendet und damit hinterher die halbe Belegschaft seiner Schule ausradiert hat. Selbstverständlich werden in so einem Fall die Kollegen gerufen. Und bis noch vor kurzem waren die quasi völlig überfordert mit der Gesamtsituation. Deshalb, um eben auf die Verhaltensweise solcher Vollpfosten vorbereitet zu sein, drum machen wir halt jetzt regelmäßig dieses Training. Damit wir den Irren im schlimmsten Fall das Hirn wegblasen können, bevor die es bei anderen tun. Das ganze Szenario findet immer in einer alten Hauptschule in der Nähe von der PI statt. Die ist schon vor Jahren evakuiert worden. Wegen gefährlich hoher Asbestbelastung. Da kann man freilich jetzt schon keine Kinder mehr unterrichten, weil alles verseucht ist. Polizisten schon.

Gut. Wie ich also an besagtem Tag hinkomm, merk ich sofort, dass der Barschl das Kommando hat, und das hebt meine Stimmung immens. Weil der dann nämlich den Täter mimt und somit zum Abschuss frei ist. So zieh ich also pfeifend meine uralte Dienstjacke an, die ich zu diesem Zweck immer trag. Und die vor lauter Farbspritzern schon vielmehr ausschaut wie eine Smarties-Röhre. Dann lad ich die Waffe mit Farbmunition, FX genannt. Ich entscheid mich für Rosa. Der Stopfer Karl gesellt sich zu mir her, und ich verkünde gleich die frohe Botschaft.

»Der Barschl ist heute der Amokschütze«, sag ich. Der Karl grinst ein wenig in sich rein.

»Übertreib's aber nicht, Franz. Sonst gibt's bloß wieder Ärger«, sagt er ein bisschen angespannt. Als hätt ich in meinem ganzen Leben schon ein einziges Mal übertrieben. Der Barschl kommt und stellt sich mittig zwischen die Kollegen. Er erklärt uns kurz die Amoklage, und dann geht's auch schon los. Und was soll ich sagen? Weil ich halt von Haus aus ein so dermaßen geschickter Schütze bin, ist der mutmaßliche Amokläufer freilich im Nullkommanix liquidiert. Auch beim zweiten und beim dritten Mal. Vielleicht liegt's aber auch daran, dass der Barschl so wahnsinnig deppert vorgeht, das kann man kaum glauben. Nie im Leben würde sich ein potentieller Kamikaze so dämlich verhalten. Aber er ist tapfer, das muss man schon sagen. Gibt keinen Laut von sich.

Obwohl jeder Treffer alles andere als angenehm ist. Beim vierten Mal lass ich mir ein bisschen Zeit, weil's einfach mehr Spaß macht. Dann aber streck ich ihn nieder. Im Kugelhagel könnte man sagen. Und dieses Mal quietscht er sogar. Ganz leise zwar, aber immerhin. Mittlerweile schaut er aus wie der rosarote Panther und seine Stimmung ist ziemlich hinüber. Die Kollegen lachen. Alle. Zwar hinter vorgehaltener Hand, aber das gilt trotzdem. Unserem Dienststellenleiter kann man die Wut direkt ansehen. Er scharrt förmlich schon mit den Hufen. Das fünfte Mal wird er vom Karl abgeknallt. In Grün. Und da reißt ihm die Leine. Er nimmt den Schutzhelm vom Schädel, knallt ihn auf den Boden und wirft sich mit dem ganzen Körper auf den wehrlosen Stopfer.

»Das hier ist kein Kinderspiel, verstanden! Ich werd euch zeigen, dass man sich nicht lustig macht über mich! Und dich bring ich um, wenn du nicht zu grinsen aufhörst!«

Wobei der Karl gar nicht grinst. Nicht die Bohne. Ganz im Gegenteil. Er versucht sich krampfhaft von der Last zu befreien und wimmert ständig nur: »Bitte ... bitte!«

Ein Weilchen schau ich mir das an und greif schließlich ein. Zerr den Barschl vom Stopfer runter, und dem helf ich auf die wackeligen Beine. Mit einem einzigen Sprung ist der Barschl in der Höhe und packt mich am Krawattl.

»Eberhofer!«, knurrt er bedrohlich. »Eberhofer, ich warne Sie! Ich lass mich von niemandem zum Affen machen. Und von Ihnen am allerwenigsten.«

Ich nehm etwas Schwung und drück ihn mit Wucht in die nächste freie Ecke.

»Sie brauchen keinen, der Sie zum Affen macht, Barschl«, sag ich. »Das schaffen Sie wunderbar allein!«

Damit war unser Training dann auch schon am Ende. Und freilich war's peinlich für den Barschl. Aber so ist es halt mal. Im Grunde genommen hat er es nicht anders verdient. Weil er halt ein unglaubliches Arschloch ist. Mein Kollege Karl und ich, wir nennen ihn ja gern mal Arschl, den Barschl. Aber nur wenn's keiner mitkriegt. Oder fast keiner. Der eine oder andere weiß natürlich mittlerweile drüber Bescheid. Besonders die Putzfrauen. Die mögen ihn nämlich auch nicht. Weil er die einfach wie Müll behandelt. Und die nennen ihn jetzt auch ganz gern mal Arschl. Ich persönlich glaube ja, dass ihn die ganze PI dick hat. Jeder Einzelne. Der Karl hat einmal gesagt: »Würde man den Barschl mal foltern, müssten die Genfer Konventionen umgeschrieben werden.« Ja.

Nein, was ich eigentlich sagen wollte, Arschl passt ganz einwandfrei für diesen Deppen. Das nur zum besseren Verständnis, damit man halt weiß, warum ich auf gar keinen Fall mehr in Landshut Dienst machen will.

Wie ich am Abend in die Küche komm, hockt der Leopold drin. Die Oma und der Papa natürlich auch, aber die wohnen ja schließlich auch hier.

»Was tust du denn noch da?«, frag ich, weil mir seine baldige Abreise die Stimmung ungeheuer aufhellen würde.

»Ich? Ich hab mich um deine Susi gekümmert. Du warst ja dazu nicht in der Lage«, sagt er und schiebt sich ein Schinkenröllchen in den Schlund.

»Erstens ist es nicht meine Susi, die gehört sich immer noch selber. Und zweitens war ich bei der Arbeit, wenn's recht ist.«

»Arbeitest du neuerdings beim Wolfi?«, fragt er mich mit süffisantem Unterton.

Verdammt! Er muss mein Auto gesehen haben.

»Wenn ich mir nach Feierabend ein Bier gönn beim Wolfi, dann geht dich das einen Scheißdreck an, verstanden?«

»Hohoho, ruhig, Brauner!«, sagt jetzt der Papa, steht auf

und holt mir ein Brotzeitbrettl aus dem Küchenkasten. »Setz dich nieder, sei friedlich und iss was!«

Ich setz mich nieder, bin friedlich und ess was. Schmecken tut es mir nicht.

»Wohnst du neuerdings bei uns?«, frag ich den Leopold etwas später, und der Papa wirft mir abartige Blicke über den Tisch.

Der Leopold ignoriert die Frage, putzt sich den Mund am Ärmel ab und erhebt sich.

»Ja, Papa, schade ... aber ich muss leider los. Die Panida, die wartet bestimmt schon. Und heute ... heute ist doch der erste Elternabend im Kindergarten. Da muss ich unbedingt hin«, sagt er mit ausgestreckten Armen, damit der Papa auch gut hineinpasst. Sie drücken sich.

Elternabend im Kindergarten! Dass ich nicht lache! Der schlaue Leopold referiert über pädagogisch wertvolle Sandkastenförmchen?

Trotzdem rettet der Leopold meinen Feierabend. Indem er nur einfach ins Auto steigt und den heimatlichen Hof verlässt. Wir winken. Danach helf ich der Oma noch beim Abwasch, und sie redet kein Wort mit mir. Weil sie, obwohl sie taub ist wie ein Fisch, ein enormes Gespür hat für zwischenmenschliche Irritationen. »Ich mach mir eine Mordsarbeit mit eurem Essen, und dann wird bloß wieder rumgestritten. Sargnägel ... ihr seid alle meine Sargnägel!«, knurrt sie vor sich hin, während sie die Teller verräumt.

»Ich dich auch, Oma!«, sag ich noch so, geb ihr ein Bussi auf die Wange, und dann bin ich auch schon draußen. Ich dreh mit dem Ludwig eine Runde, und wir brauchen einszwanzig dafür. Nicht grad eine unserer Bestzeiten. Was aber eindeutig daran liegt, dass wir unterwegs auf ein Hundemädchen stoßen, das er ständig besteigen will. Sie will nicht, das zeigt sie ihm deutlich. Am Ende gibt er auf, der Ludwig. Gibt auf und drückt mir ganz traurig den Kopf gegen den Schenkel. Da mir heute auch nicht mehr nach heiter ist, gehen wir zwei dann mit hängenden Köpfen heim.

Ich weiß nicht, ob ich's schon erwähnt hab, aber der Ludwig und ich, wir zwei wohnen in einem Saustall. Zumindest war es früher einer. Manchmal trifft die Bezeichnung auch heut noch den Wohnwert exakt, aber eben nur manchmal. Sonst ist der Saustall ein Traum. Renoviert, saniert und finanziert vom Franz himself. Na gut, die Oma hat schon auch ein paar Bausparer geopfert, ganz klar. Und mein langjähriger Freund, der Flötzinger, seines Zeichens Gas-Wasser-Heizungs-Pfuscher, hat seine qualifizierte Hand angelegt. Dafür hat er übrigens eine ganz saftige Rechnung geschrieben. Und wär die Oma nicht gewesen, hätt ich die wohl sogar bezahlt. Wenn ich so nachdenk, ist »Freund« vielleicht direkt übertrieben. Man kennt sich halt, gell.

Ich hau mich daheim gleich aufs Kanapee, und der Ludwig legt sich daneben auf den Teppich und schaut mich an. Treuer Kamerad.

Dann läutet mein Telefon.

»Servus, Franz, stör ich dich grad?«, fragt der Stopfer Karl ganz vorsichtig. Er ist immer so. Ich bin es gewohnt.

»Ja, Karl, ich wollte grad das Haus verputzen, über den See Genezareth laufen und die Umlaufbahn der Erde ändern«, sag ich so.

»Ja … ja, dann, entschuldige vielmals …«

»Karl!«, schrei ich. »Das war ein SPASS!«

»Ein Spaß, ach so! Hähä. Du, Franz, wegen was ich dich eigentlich anrufe … Ich möchte … und du bist sicher, dass ich nicht störe?«

»Verdammt, Karl! Jetzt sag schon, was du willst!«

»Ich möchte dich zu meiner Hochzeit einladen. Die Walburga und ich … also wir zwei, wir werden nämlich heiraten.«

Das haut mich direkt um.

»Die Waldburga und du, ihr werdet heiraten? Ja, das ist doch … äh, phantastisch, oder? Und? Wird sie denn deinen Namen annehmen?«, frag ich, setz mich auf und grins so vor mich hin.

»Äh, ja. Warum?«

»Nur so, Karl. Nur so.«

»Aha. Und, ja, wir würden dich gern, also wenn du nichts anderes vorhast, hätten wir dich gerne eingeladen. Zu unserer Hochzeit.«

»Und wann soll das Spektakel stattfinden?«

Er nennt mir das Datum und den Ort und sagt, ich kann gerne die Susi mitbringen.

»Die Susi. Ja, ja, das werden wir sehen. Es kommen doch sicher auch andere Kollegen, nehm ich mal an?«

»Genau, Franz. Ich hab's heute schon in der PI erzählt und dort eine Liste ausgelegt. Die meisten können kommen und haben sich schon eingetragen.«

»Eine Liste? Soso. Du willst aber damit nicht sagen, dass Kollege Arschl auch kommt?«

»Mei, Franz. Was soll ich tun? Ich kann doch nicht die ganze Dienststelle einladen und akkurat ihn nicht. Ja, wie würde das denn ausschauen? Das kann ich wirklich nicht machen. Beim besten Willen nicht. Schließlich muss ich ja noch was weiß ich wie lang mit ihm zusammen arbeiten.«

»Ja, dann lieber Karl, wirst du meinen Namen von deiner werten Liste wohl streichen müssen.«

»Das kannst du nicht machen!«

»Das wirst du dann sehen.«

»Aber Franz, du … du bist doch mein Lieblingskollege, das weißt du genau!«

Lieblingskollege. Das geht natürlich runter wie Öl. Oder Bier. Ich werd's mir überlegen, sag ich. Dann häng ich auf.

Kapitel 2

Ein paar Tage später beim Frühstück klingelt's plötzlich an der Haustür. Das ist äußerst ungewöhnlich, weil man hier bei uns ans Fenster klopft. Oder an die Küchentür. Oder man kommt einfach gleich rein. Aber man klingelt nicht an der Haustür. Definitiv nicht. Der Papa und ich schauen uns an, die Oma nicht, weil sie es eh nicht gehört hat. Es klingelt ein zweites Mal, und ich widme mich lieber wieder meinem Teller, weil ich überhaupt gar keine Lust verspür, aufzustehen. Schwer schnaufend erhebt sich schließlich der Papa, und aus dem Augenwinkel heraus kann ich seinen vorwurfsvollen Blick deutlich wahrnehmen. Ehrlich gesagt frag ich mich schon, warum er so schnauft. Weil: seit er vor Jahren seine Schweinezucht aufgegeben hat, tut er sowieso nix den lieben langen Tag lang. Außer vielleicht die Beatles hören. Oder seine Joints rauchen. Oder beides gemeinsam. Und das kann doch beim besten Willen nicht so anstrengend sein.

»Da ist jemand, der sucht eine gewisse Magdalena«, sagt er, wie er zurückkommt, und man sieht ihm an, dass er keine Ahnung hat, wer das sein soll. Hinter ihm steht ein alter Mann, den ich nie gesehen hab. Hager, groß und sehr gut gekleidet. Er hält Blumen in der Hand. Und einen Koffer.

»Mensch, die Oma heißt doch so«, sag ich.

»Ja, das weiß ich selber!«, sagt der Papa auf einmal. Irgendwie wirkt er ganz zerstreut.

»Dann wird er die wohl auch meinen«, versuch ich es noch mal.

»Lena?«, sagt dann der Alte fast tonlos und kommt zaghaft ein paar Schritte näher.

»Das wird Ihnen wenig bringen, weil sie nämlich nix hört«, sag ich grad noch, da dreht sich die Oma um. Sie schaut den Fremden an, lange und fassungslos, stellt die Pfanne mit dem Frühstücksspeck beiseite und geht dann direkt auf ihn zu.

Fast schon wie in Zeitlupe.

Sie bleibt vor ihm stehen und schaut ihn an. Minutenlang. Dann hebt sie langsam die Hand und fasst ihm ganz sanft ins Gesicht. Es ist, als würd sie ihm jede Pore einzeln abtasten. Der Papa steht daneben wie ein Ölgötz und hat dabei den Mund ziemlich weit offen. Das schaut echt scheiße aus. Und ich persönlich weiß beim besten Willen nicht, was hier abgeht. Aber ich hab den sonderbaren Eindruck, dass ich den Alten von irgendwoher kenne. Kann ihn aber ums Verrecken nicht verorten.

»Paul!«, sagt die Oma dann plötzlich. Ihre Stimme ist vollkommen ungewöhnlich. Leise, heiser und einfach irgendwie komisch.

»Ihr kennt euch?«, fragt der Papa.

»Ja«, sagt der Alte, und auch seine Stimme klingt irgendwie heiser. »Aber das ist schon sehr lange her.«

Die Oma nimmt die Hand aus dem fremden Gesicht, geht rüber zum Schrank und holt ein weiteres Gedeck heraus. Dann schenkt sie Kaffee ein. Ihre Hand zittert. Aber das soll in diesem Alter ja vorkommen.

»Na gut, Paul«, sag ich, um die Situation ein bisschen aufzulockern. »Ich bin der Franz. Haben Sie auch einen Nachnamen?« Ich streck ihm die Hand entgegen, die er umgehend schüttelt.

»Ja, den hab ich. Aber ich bin der Paul und wir können uns

gern duzen«, sagt er mit einem seltsamen Akzent. Schon irgendwie bayerisch. Aber dennoch nicht wirklich. Vielleicht ist was Schweizerisches mit drin? Oder was Französisches? Keine Ahnung.

»Schön, Paul. Dann erzähl mal. Woher kennst du die Oma denn eigentlich? Also, die Leni.«

Er schaut sie an, lange und schweigsam, und plötzlich kriegt er ganz feuchte Augen. Das muss jetzt aber wirklich nicht sein, dass er hier das Flennen kriegt.

»Das ist eine lange Geschichte, Franz. Und es ist auch eine sehr alte Geschichte. Ich … ich bin seit gestern Morgen unterwegs und drum etwas müde …«

»Kein Problem«, sag ich. »Ein andermal dann. Hast du denn vor, länger hier zu bleiben?« Ich steh auf und bring mein Geschirr rüber zur Spüle, weil's eh Zeit ist für die Arbeit.

»Ja, das hatte ich vor.«

»Hast du schon eine Unterkunft? Ich meine, die Mooshammer Liesl, die vermietet nämlich …«

»Er wohnt hier bei uns«, unterbricht mich die Oma. »Ich werd ihm ein Zimmer herrichten.« Manchmal frag ich mich echt, wie sie das macht. Dass sie nix hört und trotzdem immer über alles Bescheid weiß. Sie steht auf und geht hinaus.

Bei dem ganzen Drumherum hab ich den Papa ganz vergessen. Der sitzt auf seinem Platz, hat noch keinen Bissen gegessen und hört nicht auf, unseren Gast anzustarren.

»Ist irgendwas?«, muss ich ihn fragen.

»N…nein, alles bestens«, sagt er und beißt endlich in sein Honigbrot, ohne jedoch den Paul auch nur einen Moment aus den Augen zu lassen. Was glaubt der eigentlich? Dass der Paul hier die Oma entführt? Und vergewaltigt? Oder unseren Hof abfackelt?

Ich fahr dann mal lieber ins Büro.

Schon wie ich mittags zur Tür reinkomm, merk ich, dass etwas nicht stimmt. Es riecht nicht nach Essen, die Küche ist verwaist und die Verwandtschaft weit und breit nicht zu finden. Hinten im Garten treff ich aber wenigstens auf den Papa. Er hockt in seinem alten Schaukelstuhl unter den Obstbäumen, schaut in die Sonne und raucht einen Joint. Von ihm erfahr ich dann auch, dass es nix zum Essen gibt. Rein gar nix. Weder jetzt noch später. Weil die Oma es nämlich vorgezogen hat, mit ihrem alten Spezi Paul zum Essen zu gehen, statt uns was zu kochen. Da schleichen sich ja Unsitten ein, das kann man kaum glauben.

»Was will denn der überhaupt hier?«, fragt der Papa jetzt brummig. »Und woher kennt sie ihn eigentlich?« Ich zuck mit den Schultern. Schließlich bin ich auch nicht schlauer als er. Na gut, schlauer natürlich schon. Nur nicht besser informiert, was die aktuelle Lage betrifft.

»Ich hol uns ein paar Warme beim Simmerl«, sag ich noch so und steh auf.

»Mach das! Ja, mach das, bevor wir wegen diesem egoistischen Weibsbild noch verhungern, wir zwei«, brummt er hinter mir her. Und so mach ich mich auf den Weg.

»Servus, Franz. Lass mich raten ... sechs Leberkässemmeln mit Händlmaier?«, fragt mich der Metzger, kaum, dass ich zur Tür drin bin.

»Bist du ein Hellseher, oder was?«, frag ich ihn und entlock ihm damit ein breites Grinsen.

»Nein, ich hab bloß zuverlässige und redselige Kundschaft«, sagt er, während er die Semmeln aufschneidet. »Die Mooshammer Liesl war nämlich grad herinnen.«

Aha, daher weht der Wind.

»Ja, und die Liesl, die hat mir erzählt, dass sie vorhin im Landgasthof war, weil sie denen doch immer die Tischtücher bügelt.«

»Soso. Und deswegen weißt du jetzt automatisch, dass ich sechs Leberkässemmeln will?«

»Geh, Schmarrn. Aber die Liesl hat gesagt, dass eure Oma drinnen hockt. Also, im Landgasthof, mein ich. Und, dass sie einen Grillteller bestellt hat.«

»Aha«, sag ich und nehm die Semmeln in Empfang. »Was kriegst?«

»Sieben zwanzig. Einen Grillteller für zwei Personen übrigens.«

Ich zähl ihm das Geld auf den Tresen. »Dann wird sie halt einen rechten Hunger haben, die Oma.«

»Das glaub ich eigentlich weniger, weil, stell dir vor: sie war nämlich gar nicht allein dort. Sie hat einen …«

Aber das hör ich schon nimmer. Eine Drecksratscherei ist das in diesem Kaff. Wirklich. Und die größte Ratschn von Niederkaltenkirchen ist eben die Mooshammer Liesl. Und weil sie seit ungefähr hundert Jahren mit der Oma befreundet ist, weiß sie natürlich auch beinah alles von ihr. Und genau aus diesem Grunde, genau deshalb, fahr ich da jetzt erst einmal hin.

Die Liesl ist seitlich am Haus, und zwischen zwei Bäumen hängt sie Bettwäsche auf die Leine. Mit ein paar Wäscheklammern zwischen den Zähnen begrüßt sie mich freundlich. Ich komm auch gleich zum Punkt.

»Nein, Franz, da sag ich dir nix drüber. Rein gar nix«, sagt die Liesl fast etwas bockig auf meine Fragen nach dem unbekannten Alten. Die Leberkässemmel ist der Wahnsinn!

»Von mir kriegst da kein Sterbenswörtchen heraus. Weil: schließlich ist die Leni meine Freundin, gell.«

Aber das ist ja direkt lächerlich. Die Liesl, die wo einen jeden hier im Dorf ausrichtet bis zum Gehtnichtmehr, macht jetzt plötzlich einen auf loyal. Doch nachdem ich ihr erklärt hab, dass sie sowieso längst straffällig geworden ist wegen übler Nachrede und Verleumdung und dass ich das leider jetzt melden muss, wird sie natürlich gesprächig. Und so erfahr ich allerhand.

»Gut schaut sie übrigens aus, deine Oma, nur dass du das weißt. So gut wie seit Jahren nicht mehr. Und ganz rote Wangen hat sie«, sagt die Liesl am Schluss, klemmt den leeren Wäschekorb unter den Arm und verschwindet im Haus.

Und so mach ich mich auch gleich wieder auf den Weg, weil ich ja mittlerweile weiß, was ich wissen wollte. Und natürlich, weil ich dringend noch die Warmen ausliefern muss. Die sind zwar mittlerweile leider schon kalt. Aber es hilft alles nix. Gelegentlich muss man halt Prioritäten setzen.

»Geh Franz, die sind ja schon eiskalt«, brummt der Papa gleich beim ersten Bissen.

»Ja«, sag ich. »Das Leben ist hart. Doch dafür hab ich Neuigkeiten.«

»Davon werden die Semmeln auch nicht wieder warm«, sagt er grantig. Essen tut er sie aber trotzdem. Nachdem er mich auffordernd anschaut, lass ich ihn erst ein bisschen zappeln. Lass ihn zappeln, setz mich ins Gras und genieße meinen geistigen Vorsprung. Aber schließlich erzähl ich's ihm dann doch. Die Geschichte von der Leni und dem Paul, genau so wie ich's grad von der Liesl gehört hab. Und das war so. Der Paul, der ist nämlich ein Künstler. Genauer ein Maler. Noch genauer: ein entarteter Maler. Das war er jedenfalls im Dritten Reich. Weil er eben damals blaue Pferde und grüne Schneehasen gemalt hat. Im Grunde hat das niemanden gestört, und eine Zeit lang lief alles gut. Aber irgendwann sind dann doch die Nazis vor der Tür gestanden. Und er war gezwungen zu fliehen. Von München-Schwabing kreuz und quer durch Bayern. Und schließlich ist er eben hier gelandet. Hier bei uns in Niederkaltenkirchen. Und weil meine Vorfahren hilfsbereite und christliche Menschen waren, haben sie ihm selbstverständlich Zuflucht gewährt. Mitsamt seinem grünen Schneehasen. Viele im Dorf haben davon gewusst, und trotzdem ist lang nichts passiert. Eines Tages aber hat der Gauleiter davon Wind bekommen. Im Grunde kann das bei einem so kleinen Ort auch gar nicht lang ausbleiben. Und so hat er halt wieder weg müssen, der Paul. Ja, mehr wusste die Liesl eigentlich auch nicht. Nur so viel vielleicht noch, dass er etwa zwei Jahre hier gelebt hat, bevor er notgedrungen weiterzog.

»Aha. Und was will er jetzt hier? Nach so dermaßen vielen Jahren«, fragt der Papa nach meiner Berichterstattung.

»Das wirst ihn schon selber fragen müssen«, sag ich noch so, und wie auf Kommando schlendern sie in den Hof rein, die beiden Senioren.

»Wir waren noch ein bisschen spazieren«, schreit uns die Oma rotbackig entgegen.

Wir nicken.

»Jetzt gibt's gleich einen feinen Kaffee«, schreit sie weiter und verschwindet in der Küche. Der Paul wandelt durch die Wiese hindurch und schnurstracks auf uns zu.

»Was genau wollen Sie eigentlich jetzt hier bei uns?«, fragt ihn der Papa, kaum dass er bei uns eingetroffen ist. Dass er auch immer gleich so direkt sein muss.

»Ich besuche die Leni«, sagt der Paul ganz ruhig und setzt sich in den Stuhl dem Papa genau vis-à-vis.

»Soso. Und wie lang gedenken Sie die Leni so zu besuchen?«

»Also, Papa!«, sag ich, weil es einfach nur peinlich ist. Der Paul hebt die Hand zum Beschwichtigen. »Solange die Leni damit einverstanden ist«, sagt er.

Dann watschelt die Oma übern Hof. Sie hat ein Tablett dabei. Der Paul erhebt sich, geht ihr entgegen und befreit sie von der Last.

»Da vergeht dir ja wirklich alles. Sogar der Kaffee«, sagt der Papa und geht.

»Was hat er denn schon wieder, der alte Depp?«, fragt mich die Oma. Ich zuck mit den Schultern. Ein Apfelkuchen liegt auf den Tellern. Ein Traum. Ein Apfelkuchen mit ganz viel Streuseln. Und mit vollem Mund soll man sowieso nicht reden.

Tags drauf möchte die Oma zum Einkaufen. Sie hat keine gescheiten Klamotten mehr, sagt sie. Von Unterwäsche ganz zu schweigen. Und wenn die Oma zum Einkaufen will, muss der Franz natürlich ran, keine Frage. Also fahren wir nach Landshut, weil Niederkaltenkirchen, sagen wir mal, modetechnisch jetzt nicht so der Brüller ist. Und weil mir heut irgendwie so gar nicht nach fleischfarbenen Hüfthaltern ist, lass ich die Oma beim Karstadt aussteigen. Und ich geb ihr zu verstehen, dass sie schon mal vorgehen soll und ich so in ein, anderthalb Stunden in die Wäscheabteilung nachkomm. Sie nickt und entwindet sich dem Wageninneren. Hüpft über die Straße wie ein Kleinkind, und ich drück aufs Gas und fahr in die PI rein.

»Servus, Karl!«, sag ich gleich, wie ich zur Tür rein komm. Der Stopfer lungert über der Tageszeitung, genauer über dem Teil mit den Kleinanzeigen, und ist offensichtlich mordskonzentriert. Es reißt ihn direkt, wie er mich vernimmt.

»Servus! Servus, Franz«, sagt er und steht gleich auf. Er reicht mir die Hand und seine Wangen färben sich rötlich.

»Ja, lass dich mal anschauen. Seit wann trägst denn du einen Vollbart?«

»Das spielt keine Rolle.«

»Magst vielleicht einen Kaffee?«, fragt er, und schon eilt er zur Maschine.

»Gern«, sag ich, setz mich in seinen Stuhl und überflieg die Lektüre. »Suchst du was Bestimmtes, Karl?«

»Ja, mehr oder weniger schon«, sagt er und reicht mir das Kaffeehaferl rüber. »So was wie ›Alleinunterhalter hat noch Termine frei‹ oder in der Art halt. Wir brauchen ja unbedingt noch Musik für unsere Hochzeit, weißt.«

»Aha«, sag ich, weil mir weiter nix einfällt, und nippe am Kaffee.

Dann hören wir Schritte im Gang. Zackig und rasch. Und schon schaut ein Kopf rein zur Tür. Genauer gesagt ist es ein Schädel. Der Schädel vom Arschl.

»Ah, was für eine Ehre … der Eberhofer! Helfen Sie dem Stopfer etwa ein bisserl beim Zeitunglesen? Sehr nobel!« Er lacht ein dreckiges Lachen. »Ja, immer schwer beschäftigt, die werten Herrschaften, gell.«

Dann tritt er ein und beäugt unser Tagblatt.

»Aha … aha. Kleinanzeigen … sollten Sie die eigentlich nicht besser in Ihrer Freizeit lesen, meine Herren? Schließlich kostet das unsere Bürger einen ganzen Haufen Geld, wenn Sie's in Ihrer Arbeitszeit tun.« Er schüttelt ein bisschen theatralisch den Kopf, zückt sein Notizheft, blickt kurz auf die Uhr und notiert was. Dann verlässt er den Raum. Der Karl ist jetzt rot wie ein ganzes Mohnfeld und klappt nervös die Zeitung zu. Ein weiterer Kollege schaut zur Tür rein.

»Ah! Servus, Franz«, sagt er freundlich. »Sag bloß, du suchst auch einen Alleinunterhalter, der noch Termine frei hat?«, fragt er und lacht.

»Nein«, sag ich. »Ich such eher einen Auftragskiller, der noch Termine frei hat.«

Und dann muss ich auch direkt schon wieder los. Schließlich muss ich die Oma abholen. Weil: wenn ich nämlich nicht pünktlich bin, dann: mein lieber Schwan!

»Jungs, haltet's schön die Ohren steif und lasst euch von diesem Wichser nicht unterkriegen«, sag ich noch, und schon bin ich draußen. Das heißt, so ganz draußen bin ich eigentlich noch nicht, eher werd ich kurzfristig in eine dunkle Ecke gedrängt.

»Ich wix dir gleich was, mein Freund«, hechelt Kollege Arschl jetzt direkt über mich gebeugt. Ich weiß wirklich nicht, wie er's gemacht hat, aber irgendwie hat er mich komplett überrumpelt. Und ich brauch einen Augenblick, um mich wieder zu fangen. Dann aber, dann drück ich ihm mit der Kraft der Verzweiflung mein rechtes Knie in die Eier. Ganz langsam. Und weil drücken bedeutend besser ist als stoßen, hab ich ziemlich schnell wieder Oberwasser. Beim Drücken nämlich erhöht sich der Schmerz ganz allmählich, bis er schier unerträglich wird. Beim Stoß ist es genau andersrum. Da tut es spontan mörderisch weh, aber der Schmerz lässt gleich wieder nach. Und das, das will ich ja auf gar keinen Fall. »Hör auf!«, wimmert er leise und wirft mir flehende Blicke zu. Zunächst natürlich völlig für'n Arsch.

»Wie heißt das wunderbare Zauberwort?«, frag ich und drücke sanft weiter.

»Bitte!«

»Lieber.«

»Lieber!«

»Herr Eberhofer.«

»Herr Eberhofer!«

»Und jetzt im ganzen Satz!«

»Bitte, lieber Herr Eberhofer!«

Ein Weilchen lass ich ihn schon noch winseln. Dann aber entlass ich seine Eier wieder in die Freiheit, und er sackt stöhnend zu Boden.

»Ich bring dich um!«, hör ich ihn grade noch hecheln.

»Gerne und immer wieder!«, ruf ich und kann mir einen inneren und äußeren Grinser nicht verkneifen.

Wie ich zum Karstadt komm, begeb ich mich prompt zu den Hüfthaltern, kann die Oma aber nirgends finden. Ich frag eine nette Verkäuferin, und die sagt mir, dass ich doch mal dort drüben schauen soll. Dort drüben bei den Dessous. Da wär zuvor nämlich eine ältere Dame gewesen, die wohl schlechte Ohren und ebensolche Manieren hätte. Also geh ich da rüber und werde fündig. Sie steht an der Kasse und schreit, dass bei so dermaßen vielen Teilen selbstverständlich ein Mengenrabatt drin sein muss. Ihr Visavis aber mag nicht. Noch nicht. Ich halte mich lieber diskret im Hintergrund und beobachte das Szenario ein Weilchen aus der Ferne. Und irgendwann, nachdem sich eine Gruppe Schaulustiger um die zwei Xanthippen gebildet hat, gibt die Verkäuferin auf und erlässt der Oma zehn Prozent auf den Gesamtbetrag. Mehr darf sie selber sowieso nicht entscheiden, sagt sie bockig. Die Oma ist zufrieden. Bezahlt die Ware und blickt dann suchend in die Menge.

»Franz!«, schreit sie gleich, wie sie mich entdeckt. »Zehn Prozent gibt's. Auf alles. Brauchst du nix, Bub?«

Nein, der Bub braucht nix. Ich schüttel den Kopf und hake sie unter. So gehen wir noch auf eine Schwarzwälderkirsch und ein Haferl Milchkaffee. Das ist großartig. Hat quasi alles der Karstadt bezahlt. Und seien wir doch einmal ehrlich: so ein Kaffeeplausch für umsonst schmeckt direkt gleich doppelt so gut.

Am Abend, grad wie ich mit dem Ludwig zurückkomm, läutet mein Telefon. Es ist der Birkenberger Rudi, der anruft. Das ist mein Exkollege aus München, wo wir beide mit Herz und Seele Dienst geschoben haben, bis uns widrige Umstände schließlich getrennt und an die jetzigen Wirkungsstätten verbannt haben. Es ist eine Freude, von ihm zu hören. Meistens jedenfalls. Heute eher nicht, weil gleich sein erster Satz schon tierisch nervt.

»Was macht dein Vollbart, Franz? Ist er noch dran? Du weißt ja, es sind schon noch sechs Wochen, bis er ab darf.«

»Er ist noch dran, keine Sorge. Schließlich sind Wettschulden ja Ehrenschulden.«

»So ist es, Franz!«, lacht er spöttisch. »Aber wenn du ehrlich gedacht hast, die Bayern würden das Spiel doch noch gewinnen, mit dieser miesen Arbeitsmoral ... Mit null Motivation. Ein Fehlpass nach dem anderen. Und dann dieses haarsträubende Foul. Ja, dann kann man dir auch nicht helfen. Da ist dieser Vollbart nur die absolut angemessene Strafe dafür.«

»Lassen wir das«, sag ich und kratz mich am haarigen Kinn. »Gibt's einen bestimmten Anlass für deinen Anruf, oder wolltest du nur deine perverse Ader befriedigen?«, frag ich.

Der Rudi lacht. Ziemlich selbstgefällig, würd ich mal sagen.

»Ja, im Grunde gibt's schon einen Anlass. Aber ich hab nicht gewusst, dass ich den plötzlich brauche, um einen Freund anzurufen.«

»Der Schiedsrichter war doch ein Blinder, Rudi. Das weißt du genau. Wahrscheinlich bestochen. Das war doch niemals ein Elfmeter.«

»War es doch. Hat man in der Kameraführung glasklar gesehen. Und was den Bart betrifft ... noch sechs Wochen, Franz. Was sind schon sechs Wochen?«

Dann häng ich ein. Weil es sowieso keinen Sinn macht. Warum soll man sich mit Menschen unterhalten, die vor Schadenfreude geradezu strotzen. Und außerdem war es nie im Leben ein Elfmeter. Das hätte eigentlich auch der Birkenberger sehen können. Aber gut.

Kapitel 3

Heute ist Samstag. Und zwar der mit dieser blöden Hochzeit vom Stopfer Karl und seiner Waldburga. Aber weil ich nun mal sein verdammter Lieblingskollege bin, muss ich natürlich hin. Selbst wenn hundertmal der Arschl dabei ist. Es hilft nix.

Die Oma bürstet meine Lederhose aus, weil ich die schon lang nicht mehr anhatte. Heute aber ist sie fällig. Einen Anzug hab ich sowieso nicht. Und werde mir für diese Hochzeit auch keinen kaufen. Kommt überhaupt nicht in Frage. Wann soll ich den je wieder anziehen?

Die Trauung selber ist kitschig und mordsromantisch und dauert fast eine Stunde. Da mir nach so viel Harmonie gar nicht ist, kann ich derweil prima die anderen Gäste beäugen. Ich bin der Einzige hier in Tracht. Alle anderen sind edel gezwirnt, frisiert und gescheitelt. Ganz hinten kann ich den Barschl erkennen. Ebenfalls picobello von Kopf bis Fuß, was ihn aber auch nicht sympathischer macht. Ist dieses Klasseweib daneben etwa seine Gattin? Die ist doch gut zehn Jahre jünger als wie er. Also fünf in jedem Fall. Und sie könnte gut aus dem ›Playboy‹-Cover gefallen sein, so wie sie ausschaut. Das ist doch nicht möglich. Die müsste ja masochistische Neigungen haben, wenn sie mit dem verheiratet wär. Jetzt schaut er zu mir her. Und ergreift dabei ihre Hand. Also doch! Ich schau dann mal lieber zum Brautpaar rüber. Die beiden flennen um die Wette. Und die ganze erste Bank tut's ihnen gleich. Das fehlt grad noch.

Nach der schmalzigen Zeremonie gibt's eine Mords-Gratuliererei von allen Gästen. Und schließlich bin auch ich an der Reihe. Der Karl kann kaum sprechen vor lauter Tränen. Und die stolze Braut umarmt mich fest und dankt mir herzlich. So gehört sich das auch. Schließlich bin ich nicht ganz unschuldig, dass sie den Karl abgekriegt hat. Das war nämlich so: Der Bruder von der Waldburga, der Höpfl, seines Zeichens ein Realschulrektor, der ist doch damals ermordet worden. Eine Mordsermittlerei war das, wirklich unglaublich. Jedenfalls hab ich natürlich im Zuge dieser Ermittlungen auch die Schwester des Opfers, also die Frau Höpfl, verhören müssen. Und weil mich der Karl in diesem Fall, sagen wir einmal, spurensicherungstechnisch stark unterstützt hat, hat er sie eben auch kennengelernt. Genau genommen: kennen- und lieben gelernt. Was dann ja offensichtlich auf Gegenseitigkeit beruhte, immerhin haben sie grade den Bund fürs Leben geschlossen. Und seien wir einmal ehrlich, so einen wie den Karl kriegt sie nie wieder, die Waldburga. Jede Wette.

Danach geht's endlich ins Wirtshaus. Es ist ganz in der Nähe von der PI Landshut, und das ist ziemlich gut durchdacht vom Brautpaar. So können nämlich alle Gäste die Autos ganz prima auf dem Polizeiparkplatz abstellen. Ja, so ist er halt, der Stopfer Karl. Fürsorglich bis zum Gehtnichtmehr.

Es gibt Schweinshaxen mit Kruste, Knödel in allen Variationen und Sauerkraut. Dazu dunkle Biersoße, alles perfekt. Zumindest für mich. Weil ich natürlich dank meiner Tracht einen Hirschfänger dabeihab, der diese wunderbare Schweinskruste zerschneidet wie Butter. Alle anderen haben da nicht so viel Glück. Die Messer hier sind einfach scheiße.

Jeder schiebt sein Fleisch auf dem Teller von einem Rand zum andern, und so mancher hat es am Ende direkt auf dem Schoß.

»Zefix, Franz, lang mir mal deinen Hirschfänger rüber!«, schreit plötzlich ein Kollege von gegenüber. Na also. So geht's doch gleich viel besser. Und im Handumdrehen hat sich mein Hirschfänger durch die ganze Hochzeitsgesellschaft geschnitten. Das Essen ist wunderbar. Und der Nachtisch! Vom Kuchenbuffet mag ich gar nicht erst reden. Danach wird die Braut entführt. Und weil ich jetzt auf einfältige Spielchen unter enormem Alkoholeinfluss so nullkommanull Lust habe, zieh ich mich diskret durch den Hinterausgang in den Biergarten zurück. Dort gönn ich mir erst Mal ein kühles Helles unterm Kastanienbaum. Das ist schön.

Wie die Braut endlich ausgelöst und die Gesellschaft zurück ist, haben ein paar schon ganz gut Schlagseite. Die Wirtin hat im Garten eine feine Brotzeit bereitgestellt, und weil das Wetter großartig ist, passt das alles ganz einwandfrei.

Zwei Bier später drückt mich die Blase und nötigt zum Klogang. Also begeb ich mich rauf in den ersten Stock, weil dort halt die Toiletten sind. Schon wie ich zur Tür rein komm, kann ich ihn sehen. Der Barschl steht am Fenster mit einem Block in der Hand und macht sich Notizen. Ich trete daneben und schau hinaus. Und glaube nicht, was ich da sehe. Es ist die Bar, die er im Auge hat. Und wo der eine oder andere Kollege völlig relaxt Bier trinkt oder Schnaps. Manch einer beides. Und da steht der Barschl tatsächlich oben am Fenster und schreibt alles auf. Ich bin fassungslos. Und geh dann lieber meinen eigenen Bedürfnissen nach.

»Ja, der B-Arschl, wieder mal schwer am Spionieren«, sag ich so über der Pinkelrinne. Und patsch – so schnell kann ich gar nicht schauen, klebt mein Gesicht direkt an der grasgrünen Fliesenwand. Der Vollarsch hat mich am Nacken gepackt und nicht gerade sanft nach vorn gestoßen. Und ich … ich hab's nicht einmal geschafft, mich noch abzustützen. Weil ich nämlich die eine Hand am Schniedl und die andere am Hosenlatz hatte. Nicht, dass der noch was abkriegt. Weil: das ist komplett unappetitlich, wenn man auf den Latz tropft. Grad, wo man so eine Lederhose ja auch gar nicht richtig waschen kann, gell. Drum eben den Latz immer schön nach unten klappen, damit ja nix passiert. Zumindest nicht der Hose. Ja.

Nein, was ich eigentlich sagen wollte. Jetzt jedenfalls hat mir der Barschl-Arsch den Schädel an die Wand gestoßen und gedrückt und gequetscht und was weiß ich noch alles. Und mir läuft Blut aus der Nase. Ich bin stocksauer und verletzt, und ich kann mich beim besten Willen nicht befreien. Erst als wir Schritte im Gang vernehmen, lässt er mich los und geht.

»Irgendwann bist du fällig!«, schrei ich ihm noch hinterher, gleich nachdem ich wieder auf den Beinen bin. »Irgendwann gehörst' der Katz, kapiert!«

Dann kommt der Stopfer durch die Tür und ein weiterer Kollege.

»Mein Gott, Franz, was ist denn mit dir passiert?«, fragt der Karl gleich ganz besorgt. Weil ich aber jetzt auch nicht sagen mag, dass mich der blöde Wichser in die Pinkelrinne gedrückt hat, sag ich lieber gar nix und geh erst mal zum Spiegel. Die Nase blutet genau in den Vollbart rein und färbt ihn rot. Das schaut scheiße aus. Über dem rechten Auge ist ein Cut, das macht die Sache auch nicht besser. Ich versuch mir das Blut abzuwaschen.

»Jetzt sag schon, was passiert ist, Franz! Du schaust ja wirklich verheerend aus«, bohrt der Karl weiter.

»Mei, Stopfer, was wird schon passiert sein …«, lacht sein Begleiter, wankt in alle Richtungen und fingert dabei am

Hosenstall rum. »Der Schnaps halt, der Schnaps. Er ist halt einfach ausgerutscht, der Barbarossa da, gell.«

Ich geh dann mal lieber.

Zum Gasthaus zurück will ich momentan nicht. Weil es mir schon ziemlich zuwider ist, mich so zu präsentieren. Erst mal ausbluten lassen. Abgesehen davon, dass dem Barschl wahrscheinlich einer abgehen würde bei meinem Anblick. Drum geh ich erst mal durch den Vorderausgang rüber zur PI und schnurstracks rein in mein Büro. Also eigentlich ist es ja nicht mein eigenes. Ich bin hier nur untergebracht, wenn ich auf dieser Scheißdienststelle aushelfen muss. Aber in diesem elenden Moment erfüllt es prima seinen Zweck.

Vom Wirtshaus rüber tönt nun Musik und lautes Gelächter. Na bravo! Ich tränk mir ein Handtuch mit kaltem Wasser, kühle meine lädierten Körperstellen und hau mich in den Bürostuhl. Dann schlaf ich ein. Vermutlich weil so ein Scheißstress dermaßen ermüdend ist, das kann man gar nicht glauben. Wie ich hinterher aufwach, ist es stockmauernfinster und die Party vorbei.

Ich schau zuerst mal auf die Uhr, die mir halb eins anzeigt, und danach durchs Fenster. Und da seh ich es dann. Der Barschl steht direkt vor der Schranke zur Ausfahrt und hindert die werten Kollegen am Verlassen des Hofes. Und er lässt tatsächlich blasen. Jeden Einzelnen von ihnen. Weil: da dürften schon einige Promille zusammenkommen, frag nicht. Und freilich will er das nun beweisen, der Herr Oberkommissar. Damit kann er nämlich prima Fleißpunkte kassieren bei seinen Vorgesetzten. Freunde macht er sich dadurch nicht, ganz klar. Ich mag jetzt die Schimpfworte gar nicht alle wiedergeben, die da so fallen. Und eigentlich kann ich sie auch gar nicht richtig hören, einfach zu weit weg. Drum muss ich da unbedingt sofort runter. Schließlich kann ich mir ein solches Highlight unmöglich entgehen lassen, oder? Und ich stoß exakt dazu, wie der Barschl einem der älteren Kollegen den Führerschein entreißt.

»Ihre mickrige Karriere dürfte damit wohl Geschichte sein, Freundchen«, sagt er zu ihm und wendet sich dann ab. Die Situation droht zu eskalieren, ich kann es den Kollegen hier ansehen. Sie fangen an, aus den Autos zu steigen. Und sie wirken nicht gerade freundlich dabei. Nein, nicht im Geringsten. Da sie aber alle, wie sie da stehen, besoffen sind, muss ich mich jetzt unbedingt einmischen. Nicht, dass hernach noch ein Schmarrn rauskommt, ein rechter. Darum nehm ich also kurz Anlauf und hüpf mit einem riesigen Hechtsprung von hinten direkt auf den Barschl seinen Rücken. Drück ihn an die Wand und ergreif zuallererst den beschlagnahmten Führerschein. Den werf ich dem rechtmäßigen Besitzer dann rüber.

»Haut's ab!«, schrei ich in den Hof hinein. Alle schauen ein bisschen dämlich, aber im Handumdrehen steigen sie in ihre Wägen und verlassen hurtig das triste Szenario. Mit dem Barschl bin ich noch nicht ganz fertig. Dem bring ich jetzt erst mal Manieren bei. Schließlich sollte man seine Kollegen nicht ausspionieren, sondern sie mit Respekt und Anstand behandeln. Besonders die Älteren. Ein bisschen Höflichkeit hat schließlich noch keinem geschadet. Und ganz besonders misshandelt man seine Kollegen nicht einfach. Erst recht nicht auf dem Herrenklo. Ja, das alles sag ich ihm, dem Barschl. Ob's was bringt, weiß ich nicht. Hinterher geht's mir jedenfalls deutlich besser. Und so steig ich in mein Auto und fahre zum Wolfi. Ja gut, die eine oder andere Watschn hab ich ihm zuvor schon noch gegeben, dem Barschl, was ihn schon etwas verärgert. Das ist glasklar erkennbar. Aber das muss nun mal sein. Schon allein wegen der Pinkelrinne.

Anschließend fahr ich also zum Wolfi und versuch mit reichlich Alkohol den Adrenalinspiegel zu senken. Es ist längst kein Gast mehr im Lokal. Was auch weiter kein Wunder ist, weil: kurz vor eins jetzt hier bei uns in Niederkaltenkirchen schon eher Bürgersteige hoch und so. Mir ist aber heute nach Rausch. Und nach AC/DC. Und ich erzähl dem Wolfi von diesem verschissenen Tag. Jede winzige Einzelheit. Er poliert Gläser und hört zu. Sagen tut er nix. Und er haut mir auch nicht lobend auf die Schulter. Gar nix. Und irgendwann sagt er, dass er jetzt auch keine Lust mehr hat. Nicht auf meine Geschichten und nicht auf ›Touch Too Much‹. Ich soll einfach alles aufschreiben, was ich noch so saufe, die Musik abdrehen und die Tür ins Schloss werfen, wenn ich mit meiner Siegesfeier fertig bin. Dann geht er ins Bett.

Kapitel 4

Am nächsten Vormittag werd ich lautstark geweckt, und irgendwie geht's mir gar nicht gut. Mein Schädel muss die Größe einer Wassermelone haben. Besser wird es auch nicht, wie ich durchs Fenster schau, um diesem Lärm auf die Schliche zu kommen. Weil nämlich im Hof sage und schreibe drei rabenschwarze BMWs stehen mit Blaulicht und doppelt so viele SEKler mit Helm, Schutzweste und MP im Anschlag. Mein erster Gedanke: Wahnsinn! Was der Alkohol aus einem Menschen macht! Der zweite lässt die Sache auch nicht wesentlich realer wirken. So richtig real wird es schlagartig da, wo die Oma dazustößt. Und das muss man sich überhaupt erst einmal vorstellen. Da stehen also sechs Hanswursten vom SEK in unserem Hof, bewaffnet bis an die Zähne, und haben ganz offensichtlich meinen Saustall im Visier. Und was macht die Oma? Sie saust drüben aus dem Wohnhaus heraus, schwingt ihren Schrubber und drischt damit voll Inbrunst auf die verwirrten Krieger ein.

»Seid's ihr alle narrisch geworden?«, schreit sie aus Leibeskräften. »Lasst's gefälligst meinen Buben in Ruh!«

Ich stoße doch mal lieber dazu, bevor es eskaliert. Draußen angekommen, steht die Oma handgeschellt vor mir und schimpft wie ein Rohrspatz. Ausschauen tut sie eigentlich auch so.

»Macht's ihr die Achter runter, aber hurtig«, sag ich erst

einmal relativ unfreundlich. Zuerst mögen sie ja nicht recht. Wie die Oma aber loswatschelt und Schienbeintritte verteilt, geben sie schließlich nach und machen ihr die blöden Handschellen wieder ab. Die Situation entspannt sich ein wenig.

»Sind Sie der Kommissar Eberhofer?«, tönt es aus einem der Helme.

»Der bin ich. Und ich trag weder Handgranaten bei mir noch haben wir hier Tretminen vergraben. Jedenfalls nicht, wo Sie stehen. Also, runter mit der Maskerade und raus mit der Sprache. Was soll das alles?«

Dann erfahr ich, man kann es kaum glauben, dass ausgerechnet der Barschl heute früh mausetot im Polizeihof gefunden wurde. Mit durchgeschnittener Kehle. Normalerweise würde mir diese Nachricht ja die Freudentränen in die Augen treiben. Aber wie gesagt, nur normalerweise. So wie's ausschaut, war ich aber der Letzte, der ihn noch lebend gesehen hat. Und das ist halt jetzt scheiße. Besonders, wo wir uns so gar nicht im Guten verabschiedet haben, der Barschl und ich. Aber ich bin's nicht gewesen, ich schwör's. Jedenfalls kann ich mich nicht mehr daran erinnern. Ich kann mich nur dran erinnern, dass ich ihm noch die eine oder andere geschmiert hab. Und hinterher bin ich gefahren. Da hat er aber noch gelebt. Er war zwar etwas lädiert, zugegeben, aber definitiv nicht tot. Leider huscht mir jetzt doch völlig unkontrolliert ein kleines Lächeln übers Gesicht. Was die Lage nicht wirklich entspannt.

»Finden Sie das lustig, Eberhofer?«, fragt mich mein Visavis, diesmal unmaskiert. »Immerhin sind Sie dringend tatverdächtig.«

Ich schüttle den schmerzenden Kopf, krieg aber dieses verdammte Grinsen nicht aus der Visage.

»Was ist da los?«, ruft der Papa und schlurft übern Hof.

Ich kann nur noch mit den Schultern zucken. Mein Schädel droht zu zerplatzen. Und bis ich schau, hock ich auch schon auf dem Rücksitz im Wagen und bin auf dem Weg zur PI Landshut. Wie ich dort durch die Gänge in Richtung Verhörzimmer geführt werde, begegnen uns etliche Leute. Kollegen, Schreibkräfte und Putzpersonal. Ein paar schauen verschämt in den Boden, andere hoch konzentriert auf irgendwelche Unterlagen. Einige ratschen geschäftig miteinander, so als würden sie mich gar nicht erst sehen. Und andere hauen mir auf die Schulter und schütteln aufgrund meines Anblicks ungläubig den Kopf. Einer droht sogar damit, die SEKler abzuknallen, wenn sie mich nicht sofort wieder freiließen. Es ist ein echt seltsames Gefühl, einmal am anderen Ende der Fahnenstange zu sein.

»Elisabeth Maierhofer, LKA München«, stellt sich eine unglaublich dürre Frau vor, wie ich reinkomm. Übrigens sitzt sie auf der Seite des Schreibtisches, wo ich sonst zu sitzen pflege.

»Kommissar Eberhofer, nehm ich mal an?«

Ich nicke.

Sie schaut mich kurz an und beginnt dann zu schnüffeln.

»Irgendwie … irgendwie riechen Sie streng«, sagt sie zu mir nach vorne gebeugt. Ich steck kurz meine Nase unter die Achselhöhle und puh … man könnte es durchaus auch als Achselhölle bezeichnen.

»Ja, Sie sind vielleicht gut«, sag ich. »Sie haben mich doch quasi direkt aus dem Bett raus verhaften lassen. Wie hätt ich denn da bitte schön auch noch duschen sollen?«

»Das mein ich doch gar nicht.«

»Sondern?«

»Kann es sein, dass wir ein Problem mit Alkohol haben, Kommissar Eberhofer?«

»Ob Sie ein Problem mit Alkohol haben, kann ich nicht beurteilen. Ich jedenfalls hab keines.«

Sie runzelt die Stirn und mir dröhnt der Scheitel. Dann nimmt sie den Telefonhörer ab.

»Kommst du bitte kurz einmal rüber«, sagt sie knapp und legt wieder auf.

Die Tür geht auf und ein Kollege streckt den Kopf herein.

»Was kann ich für dich tun?«, fragt er freundlich.

»Ein Aspirin!«, sage ich flehend.

»Einen Alkotest«, sagt Thin Lizzy zu ihrem Lakaien und schickt dabei strafende Blicke über den Tisch.

»So wie es ausschaut, Eberhofer, waren Sie wohl der Letzte, der den toten Kollegen heute Nacht noch gesehen hat«, sagt sie weiter, nachdem wir wieder unter uns sind.

»Da war er aber noch lebendig.«

»Soso. Aber immerhin gab es doch, sagen wir mal, diverse Kontroversen zwischen Ihnen und dem Opfer im Laufe des gestrigen Tages, ist das korrekt?«

»Nein, nicht ganz. Es gab diverse Kontroversen zwischen mir und dem Opfer im Laufe unserer gesamten Zusammenarbeit. So ist es korrekt.«

»Kommissar Eberhofer, nehmen Sie die Sache nicht auf die leichte Schulter. Immerhin ist ein Polizistenmord ja kein Kavaliersdelikt.«

Was will die eigentlich von mir?

»Verstehen Sie überhaupt auch nur annähernd, was ich Ihnen da sage?«, sagt sie unglaublich überheblich. »Es wird Ihnen zur Last gelegt, einen Kollegen ermordet zu haben.«

Jetzt langt's aber!

Ich überleg grad so, welche Schimpfwörter ich mir finanziell leisten kann, da geht die Tür wieder auf.

»Elisabeth, kommst du mal kurz«, sagt der Typ von zuvor. Es ist ihm ganz offensichtlich unangenehm, und trotzdem legt er mir noch schnell ein Aspirin auf den Tisch hin. Netter Kerl. Wirklich.

Thin Lizzy entschwindet durch die Tür. Ich schluck die Tablette gleich ganz ohne Wasser. Hauptsache, sie wirkt.

Wie das Weibsbild zurückkommt, ist die Überheblichkeit wie weggeblasen.

»Sie … Sie können jetzt gehen«, sagt sie so ganz ohne weitere Erklärung. Und langsam komm ich mir vor wie im schlechten Krimi. Aber gut.

Natürlich lass ich mich heimfahren, schließlich bin ich ja ohne Auto hier. Und außerdem bestehe ich auf Blaulicht und Sirene. Nachdem nämlich vorher das ganze Dorf mitgekriegt hat, dass ich wie ein mieser Verbrecher abgeholt wurde, soll es jetzt auch jeder wissen, dass sie mich reumütig zurückbringen. Ein paar Mitbürger stehen direkt am Fahrbahnrand und winken begeistert. Freilich wink ich gnädig retour. So etwa muss sich der Papst fühlen. Göttlich.

Der Papa steht im Hof, wie wir einfahren. Er öffnet mir die Autotür, und ich glaube fast, eine gewisse Genugtuung an ihm erkennen zu können.

»Schau, dass du weiterkommst, du Kasperl! Aber recht plötzlich!«, sagt er ziemlich grantig zu meinem Chauffeur, und der macht sich auch zügig vom Acker.

»Ich hab den Moratschek angerufen, Franz«, sagt er dann zu mir auf dem Weg zur Haustür. »Der müsste gleich da sein.«

Und er ist auch gleich da, der ehrenwerte Richter Moratschek. Er düst mit Vollkaracho in den Hof rein, dass der Kies gleich so fliegt.

»Was machens' denn wieder für Sachen, Eberhofer!«, sagt er schon beim Aussteigen direkt ohne Begrüßung. Wirft böse Blicke in meine Richtung und nimmt eine Prise Schnupftabak. Glaubt der allen Ernstes, dass ich den Barschl auf dem Gewissen habe?

»Kommens' doch erst einmal rein«, sagt der Papa.

»So was darf man nicht auf die leichte Schulter nehmen. Ein Kollegenmord. Herrjemine!«, brummt der Richter beim Reingehen. Die Oma watschelt auf ihn zu und drückt ihm die Hand.

»Hockens' sich nieder, Moratschek. Ich koch uns einen schönen Kaffee«, sagt sie, bedeutet ihm Platz und verscheucht eine Fliege vom Kuchenblech. Dann kocht sie einen schönen Kaffee, der Paul verteilt Kuchen für alle auf diverse Teller, und der Papa lässt die zwei dabei nicht aus den Augen. Genau wie gestern. Und vorgestern. Und die Tage davor.

»Wer ist das?«, fragt der Richter seinen Busenfreund.

»Ein alter Bekannter von der Oma«, sagt der Papa. »Ein sehr alter.«

»Ja, alte Liebe rostet nicht, gell. Da kriegt die Oma womöglich sogar noch einen zweiten Frühling«, lacht der Richter.

Der Papa lacht nicht.

»Sie sind wirklich geschmacklos, Moratschek. Die Oma ist die Oma und aus. Sie ist doch keine siebzehn mehr.«

»Nein, ist sie nicht«, mischt sich jetzt der Paul ein. »Gott sei Dank nicht. Obwohl sie mit siebzehn auch ganz reizend war. Beinahe so reizend wie heute.«

Als würde die Oma es hören, kommt sie rüber zu ihm, streicht ihm kurz übern Arm und setzt sich auf die Eckbank.

»Setz dich nieder, Paul«, sagt sie und er zieht einen Stuhl hervor.

Kaffee und Kuchen werden verteilt.

»Sie kennen sich wirklich schon so lange? Das müssen ja an die sechzig Jahre sein«, will der Richter jetzt wissen.

»Siebzig«, sagt der Paul heiser und nickt.

»Das interessiert doch kein Schwein hier!«, brummt der Papa.

»Ja … äh, also, wo sind wir stehen geblieben?«, fragt der Moratschek dann mit vollem Mund.

»Bei: was ich für Sachen mache«, sag ich so, allein schon, um das Thema zu wechseln.

»Genau. Eberhofer, Eberhofer, da haben Sie sich aber diesmal keinen Gefallen getan, gell. Ihre ewigen Streitereien mit diesem Barschl, Gott-hab-ihn-selig. Die ganze Inspektion weiß darüber Bescheid.«

»Ja, Sie glauben doch nicht im Ernst, dass ich den ums Eck gebracht hab? Ich hock mich doch nicht jahrelang in den Knast wegen so einem … so einem Wichser.«

»Genau! Der Bub ist doch nicht deppert, Moratschek«, unterstützt mich der Papa.

»Gell, das hab ich der Elisabeth auch gleich gesagt, wie ich davon gehört hab. Elisabeth, hab ich gesagt, ich kenn die Eberhofers wie meine Westentasche. Das sind kreuzbrave Leut. Alle miteinander. Wirklich, durch und durch herzensgute Menschen. Herzensgut, hab ich gesagt. Die könnten keiner Fl…«

Und patsch hat die Oma das nervtötende Vieh mit der Zeitung erwischt. Mitten auf unserem Esstisch.

»Sauviecher!«, brummt sie. »Noch ein Stückerl Kuchen, Moratschek?«

Der nickt, reicht ihr seinen leeren Teller rüber und lächelt dankbar.

»Äh … also gut, Eberhofer. Momentan sind Sie aus dem Schneider, verstehens' mich. Weil ich mich für Sie stark gemacht hab. Aber so wird es natürlich nicht bleiben. Es wird nun mit Vollgas in alle möglichen Richtungen ermittelt, gell. Auch in die Ihre. Vergessens' das bloß nicht! Ein Alibi brauchens', ein wasserdichtes. Denkens' gleich einmal drüber nach, wo Sie denn überhaupt so waren zur Tatzeit.«

Dann läutet mein Telefon, reißt mich aus meinen Gedanken und aus diesem unerfreulichen Gespräch.

»Franz, du alter Serienkiller!«, hör ich den Birkenberger Rudi durch den Hörer frohlocken.

»Woher weißt denn du das schon wieder?«

»Hey, ich bin Detektiv, schon vergessen? Ich weiß alles. Über jeden. Und zwar umgehend«, lacht er. »Nein, im Ernst, der Polizeiapparat funktioniert immer noch vorbildlich. Auch im Privaten. Und sogar bei Exkollegen, du verstehst?«

Aha.

»Aha«, sag ich. »Das ist schön. Und was genau willst du jetzt von mir?«

»Was ich von dir will ... Ja, dir helfen, Mensch. Dir helfen natürlich. Also, merke: wenn du meine Hilfe brauchst, egal worum es geht – ein Anruf genügt, verstanden? Und der Onkel Rudi kommt und rettet dich umgehend. Genauso wie immer halt. Nur keine Hemmungen, Franz. Du kannst dich auf mich verlassen. Bei Tag und bei Nacht. Ich bin für dich da. Völlig uneigennützig und selbstredend diskret.«

Ich häng lieber ein, bevor er sich selber noch heilig spricht.

Um erst mal das Hirn freizubekommen, dreh ich mit dem Ludwig eine Runde. Wir brauchen eins-dreißig dafür. Weil wir nämlich unterwegs auf den Flötzinger stoßen, der grad mal wieder seine aktive Dieser-Mann-muss-schöner-werden-Phase hat. Er hat sich in ein Sportdress gewandet und stöckelt zweiarmig rudernd durch unsere heimatlichen Pfade.

»Franz, du alter Kollegenmeuchler!«, schreit er schon von Weitem her und fuchtelt wie wild mit dem Stock durch die Luft. Ja, Niederkaltenkirchen funktioniert wie ein Morsegerät.

Wir ratschen ein bisschen, und ich berichte von den Geschehnissen der letzten zwei Tage. Aber der Flötzinger ist nicht sonderlich konzentriert dabei. Schaut immer nur auf ein albernes Messgerät am Handgelenk, um seine dämliche Pulsfrequenz zu überprüfen. Schließlich verabreden wir uns später auf ein Bier beim Wolfi. Wir treffen uns dann auch tatsächlich, entscheiden uns aber für Apfelschorle. Weil ich wegen gestern noch Nachwehen habe, und der Flötzinger darf nicht. Er fühlt sich in der letzten Zeit nicht so besonders gut, sagt er. Nein, gar nicht gut, und deswegen war er sogar schon beim Doktor. Und der hat ihn dann freilich gleich auf Herz und Nieren untersucht. Dabei kam wohl raus, dass er's an der Leber hat. Drum eben Apfelschorle.

Dann geht die Tür auf und der Simmerl kommt rein.

»Franz, du abartiger Schlächter!«, begrüßt er mich und bestellt sich ein Bier. Weil mir das jetzt langsam madig wird, trink ich aus und geh heim.

Am nächsten Tag in der Früh möcht ich natürlich zuallererst einmal zur PI Landshut rein. Schließlich bin ich momentan der Hauptverdächtige in einem Polizistenmord, und da will man schließlich wissen, was einen so erwartet, gell. Zuvor fahr ich noch schnell in mein Büro ins Rathaus, um über meine vormittäglichen Pläne Bescheid zu geben. Und da passt mich schon die Susi im Gang ab.

»Morgen, Franz. Du, schau her, da musst gleich einmal hin. Da liegt eine Anzeige vor«, sagt sie und drückt mir einen Zettel in die Hand.

»Du, Susi, für so was hab ich jetzt keine Zeit. Ich bin nämlich momentan ein Mordverdächtiger, weißt du. Und da muss ich mich schließlich um meine Verteidigung kümmern.«

»Geh, Schmarrer. Du … ein Mordverdächtiger«, sagt sie und gibt mir ein Bussi auf die Backe.

»Ja, sag einmal, spinnst du? Wenn das jemand sieht«, sag ich und schau mich kurz um.

»Ja, und? Es weiß doch seit ungefähr hundert Jahren die ganze Gemeinde, dass wir ein Paar sind.«

Ja, das mit dem Paar ist natürlich lachhaft. Weil: das bei der Susi und mir … das ist mehr so eine »Ich-lieb-dich, Ich-lieb-dich-nicht-Nummer«. Meistens singt sie den ersten Teil. Außer, und das ist tatsächlich auch schon passiert, wenn sie mir durchbrennt. Zum Beispiel mit einem Italiener. Wenn sie mir nämlich durchbrennt, dann krieg ich die Krätze. Das kann ich gar nicht haben. Da bin ich halt irgendwie empfindlich.

Plötzlich eilt der Bürgermeister im Sauseschritt aus seinem Büro und reißt mich aus meinen Gedanken. Er schaut uns an, schmeißt einen morgendlichen Gruß in die rathauseigenen Gänge, und schon huscht er weiter.

»Bürgermeister!«, schrei ich ihm nach. Aber nix. Er bleibt einfach nicht stehen. Also hinterher.

»Bürgermeister, ich muss heut dringend nach Landshut rein. Meine Ehre wiederherstellen. Weil …«

Aber er lässt mich gar nicht erst ausreden. Sagt irgendwas davon, dass ich mich jetzt mal nicht lächerlich machen soll. Und, dass ich bis auf Weiteres meinen Aufgaben hier in Niederkaltenkirchen gefälligst nachkommen soll. Und, dass das LKA den wahren Täter schon finden wird, weil das ja schließlich keine Deppen sind. Und so weiter und so fort. Außerdem sagt er noch, ihm pressiert's jetzt unbändig. Weil er dringend zur Frau Lindner muss. Die hat nämlich heute ihren Hundertsten. Und da kommt schließlich Hinz und Kunz und natürlich die Presse. Das ist mordswichtig. Leider geht's der armen Lindnerin gar nicht gut, sagt er. Und drum pressiert's ihm jetzt eben. Nicht, dass die Alte noch abtritt, ehe ein Foto für die Zeitung gemacht wurde. Ein Foto mit der Jubilarin und himself, versteht sich. Schließlich sind heuer Kommunalwahlen.

»Jetzt schauns' einmal, dass Sie weiterkommen, Bürgermeister! Nicht, dass uns die Alte noch wegstirbt«, drängelt die Susi.

»Die Hebamme wär dann aber nicht mehr schuld«, sag ich noch so.

»Moment!«, ruft die Susi, zischt ab wie ein Blitz, um Sekunden später mit einem Blumenstrauß zurückzukommen. Erst denk ich, ja, die sind für mich. Weil sie sich halt entschuldigen will wegen der unpassenden intimen Annäherung von gerade. Das macht sie nämlich manchmal, die Susi. Wenn sie zum Beispiel irgendwas verpatzt hat in unserer Zweisamkeit. Dann kommt sie schon mal mit der einen oder anderen Überraschung rüber. Manchmal eben auch Blumen. Und die schenk ich dann der Oma. Und die freut sich. Das ist schön. Aber heute … heute geh ich wohl leer aus.

»Die Blumen, Bürgermeister! Die Blumen«, schreit die Susi ganz außer Atem. Der entreißt ihr den Strauß, steigt in den Wagen und ist auch schon weg.

»Kümmer dich um die Anzeige, Franz. Eine Familiensache. Und mach es sofort, sonst gibt's bloß wieder Ärger«, sagt die Susi im Weggehen. Und sie sagt es mit Nachdruck. Kümmer dich um die Anzeige … Und mach es sofort … Ja, wie redet die eigentlich mit mir? Grad jetzt, wo ich bis zum Hals rauf in eigenen Problemen stecke. Was verdammt noch mal interessieren mich da irgendwelche wildfremden Familiensachen?

Es ist ein Zweifamilienhaus ein paar Straßen weiter, wo ich jetzt hin muss. Die Frau von der oberen Wohnung hat nämlich die von der unteren Wohnung angezeigt. Weil die »blödes Miststück« zu ihr gesagt hat. Also läute ich zuerst dort. Bei dem blöden Miststück quasi. Und es stellt sich heraus, dass es sich dabei um Schwiegermutter beziehungsweise -tochter handelt. Die Schwiegertochter ist ein stinkfaules Weib, sagt das blöde Miststück. Liegt bis Mittags im Bett und dann frühstückt sie erst mal gemütlich in aller Ruhe. Und zwar lange und ausgiebig und bei Sonnenschein sogar auf dem Balkon. Mit fast nix an. Und jetzt … jetzt wird sie auch noch frech.

»Blödes Miststück! So was muss man sich doch wirklich nicht bieten lassen, oder?«

»Nein«, sag ich. »Auf gar keinen Fall. Ich werd mich mal gleich darum kümmern.«

Dann geh ich eine Etage tiefer.

Sie ist wirklich fast nackert, diese … also diese Schwiegertochter. Aber sagen wir einmal so: Sie kann das auch tragen. Ehrlich. Eine echte Sahneschnitte. Und sie hat ganz verweinte Augen. Ganz verweinte braune Augen. Und sie erzählt mir auch ihre Version von der Geschichte. Die Schwiegermutter, sagt sie, die ist nämlich der Teufel in Vollendung. Macht ihr praktisch alles, ja, wirklich alles mit Absicht. Dreht ihr zum Beispiel die Heizung ab, genau wenn sie baden will. Oder den Strom, wenn die Musik angeblich zu laut ist. Und sie wartet jeden verdammten Tag, bis dieses arme Zauberwesen hier auf dem Balkon sitzt und ihr Frühstück zu sich nimmt. Und exakt in dem Moment, wo sie ins Butterbrot beißen möchte, schüttelt die Alte von oben ihren grintigen Läufer aus. Genau vom Balkon runter. Direkt auf den wunderbaren Frühstückstisch von dieser armen Frau. Das ist ja wirklich die Höhe!

»Was sagt denn eigentlich Ihr Mann dazu? Zu diesen ganzen Aktionen?«

»Ach, der«, sagt sie und schnäuzt sich. »Der weiß eigentlich gar nicht recht, was er tun soll. Sitzt praktisch immer zwischen den Stühlen, verstehen Sie? Er ist ja sowieso die ganze Woche über auf Montage. Und dann, am Wochenende, wenn er endlich heimkommt, da möchte ich ihn halt einfach ein bisschen verwöhnen. Das kann man doch verstehen, oder?«

Jawohl, das kann man!

»Und dann … dann kommt Sie wieder, die alte Hexe, und hämmert mit dem Besenstil so lange gegen unsere Decke, bis er schließlich raufgeht zu ihr und sich wieder stundenlang ihre Lügen anhört, die sie über mich erzählt. So geht das andauernd. Und dabei möchte ich doch nur, dass er sich von seiner harten Arbeit entspannt und ein paar Stunden lang glücklich ist.«

Dann geh ich nach oben.

»Der Teppich ist vorläufig beschlagnahmt«, sag ich. »Der wird jetzt erst mal vom Gesundheitsamt untersucht. Was denken Sie sich eigentlich dabei? Den können Sie doch nicht einfach so durch die Gegend schütteln. Da kann man sich ja alles Mögliche holen.«

Ich zieh meine Handschuhe über. Das unterstreicht meinen bereits durch Mimik demonstrierten Ekel ganz enorm. »Und außerdem … außerdem sollten Sie einmal etwas Rücksicht nehmen auf Ihre Schwiegertochter. Schließlich macht die Ihren Sohnemann glücklich. Sehr glücklich, will ich sogar mal behaupten. Und Sie … Sie sind sicherlich eine gute Mutter, gell. Eine großartige womöglich. Und was, bitte schön, kann sich eine so großartige Mutter eigentlich mehr wünschen, als das Glück ihres Kindes?«

»Aber …«, hör ich sie noch. Doch ich bin auch schon draußen. Das Zauberwesen winkt mir durchs Fenster ganz dankbar zu.

Wunderbar.

Ich schmeiß den Läufer in die nächstbeste Tonne, und gleich darauf düs ich auch schon nach Landshut rein.

Kapitel 5

Die Stimmung in der PI ist seltsam. Irgendwo zwischen Betroffenheit, Erleichterung und gegenseitigem Misstrauen vielleicht. Und rauszukriegen … rauszukriegen ist so gut wie gar nichts. Das Einzige, was durchsickert und meine persönliche Entlastung ins Nirwana schickt, ist die Tatsache, dass der Barschl mit meinem Hirschfänger abgeschlachtet wurde. Gott sei Dank kann ein jeder der Hochzeitsgäste bezeugen, dass ich zwar der Besitzer, aber nicht der alleinige Benutzer davon war. Im Grunde hatte ihn ja wirklich ein jeder mal in der Hand. Allein schon wegen der Schweinekruste. Und dann war er einfach irgendwann weg. An dem Abend hab ich es gar nicht bemerkt. Hatte ja wirklich auch andere Sorgen. Aber so wie es momentan ausschaut, ist ausgerechnet mein Hirschfänger nun das mutmaßliche Mordinstrument. Unglaublich.

Bevor ich heimfahr, schau ich noch schnell zum Stopfer Karl rein, muss aber feststellen, dass er durch Abwesenheit glänzt. Flitterwochen, heißt es. Ja, der hat vielleicht Nerven! Geht seelenruhig flittern, während sein Lieblingskollege unter Mordverdacht steht!

Wie ich am nächsten Morgen in die Küche komm, hockt der Papa drin und liest die Zeitung. Keine Oma, kein Frühstück, kein Garnix.

»Was ist denn heute los?«, will ich wissen.

»Das musst schon deine Großmutter fragen«, sagt der Papa, ohne seinen Blick aus der Landwirtschaftsseite zu nehmen.

»Wo ist sie denn, die Oma?«

»Im Bett.«

»Im Bett? Um die Uhrzeit? Es wird ihr doch nix passiert sein?«, sag ich und schau rauf zu ihrer Zimmertür.

»Das kann man nicht wissen«, sagt der Papa, leckt sich übern Finger und blättert um.

»Ja, Herrschaft, dann schau halt mal nach!«

»Das Gästezimmer ist leer.«

»Ja, und? Was hat das damit zu tun? Vielleicht ist er ja einfach schon abgereist, der Paul. Wahrscheinlich hat er dich nicht mehr ertragen.«

»Seine Sachen sind aber noch da. Inklusive der Straßenschuhe.«

Ich versteh das jetzt nicht ganz und muss kurz überlegen.

Dann – klick!

»Du meinst … er ist oben? Bei der Oma im Zimmer?«

»Wo bitte schön sollte er denn sonst wohl sein?«

Jetzt muss ich lachen. Die Oma! Altes Mädchen!

»Was genau ist so komisch daran?«, sagt der Papa grad noch, dann geht die Küchentür auf. Und die Oma kommt rein mitsamt einem Wiesenblumenstrauß und ihrem Paul. Die beiden kichern. Und sie sind barfuß.

»Jetzt haben wir uns direkt ein bisschen verbummelt«, ruft die Oma und stellt die Blumen in eine Vase. »Frühstück kommt gleich!«

Wahrscheinlich schauen der Papa und ich ein bisschen verwirrt. Weil: dann sagt sie nämlich: »Und wegen was schaut's ihr zwei jetzt so saublöd?«

»Was habt's ihr denn um Himmels willen da draußen gemacht, wenn man fragen darf?«, sag ich, wie ich wieder schnaufen kann.

»Spazieren, Franz!«, sagt der Paul fröhlich. »Wir waren ein bisschen spazieren und haben Blumen gepflückt.«

»Barfuß?«, brummt der Papa.

»Ja, freilich! Wir sind durch die Wiesen gelaufen, gell, Leni. Und das war herrlich!«, lacht der Paul und haut dann der Oma einfach auf den Hintern. Der Papa steht auf, dass gleich der Stuhl umkippt. Sonst ist aber alles ganz prima. Das Frühstück ist ein Gedicht, und ohne dem Papa seine vorwurfsvolle Trauermiene ist es sogar direkt lustig mit den zwei Alten.

Ein paar Tage später, nachdem die Gerichtsmedizin den Leichnam vom Barschl freigegeben hat, ist natürlich Beerdigung. Und weil er ja in Freising beheimatet ist, sorry: war, findet das Ganze eben auch dort statt. Von den Kollegen kommen nicht so viele. Im Grunde nur die planmäßige Abordnung. Der Vertreter vom Vertreter von der PI und zwei Schreibkräfte. Bei denen geht das gut als Arbeitszeit durch. Dann noch eine Handvoll Schleimer. Ich komm auch, aber nicht wegen Schleimen, sondern mehr wegen Spionieren. Man hört ja immer wieder, dass die Täter gern ihre Opfer auf deren wirklich allerletztem Weg noch begleiten. Leider weiß auch Thin Lizzy von dieser These.

»Na, Eberhofer, was tun Sie denn hier? Treibt Sie etwa das schlechte Gewissen her?«, fragt sie gleich, wie sie mich entdeckt.

»Und selber? Wie geht's Ihren Alkoholproblemen?«, frag ich zurück.

Sie grinst.

Dann aber kommt auch schon der Priester mit seiner Ansprache. Es sind nicht viele Trauernde unter den Trauernden. Die Anzahl der Leute ist ohnehin gut überschaubar. Und die, wo hier sind, machen keinen besonders verzweifelten Eindruck. Ein Dicker mit Kappe kratzt mit dem Schlüssel seine Fingernägel aus. Eine Frau zupft völlig überflüssigerweise ständig an ihrem zu kurzen Kleid. Eine andere schaut die Kranzblumen an. Ganz interessiert, und geht sogar in die Hocke, um nur ja alle sehen zu können. Und so ein ganz junger Kerl, der spielt sogar völlig ungeniert mit seinem Handy rum. Von Trauer also kaum eine Spur.

Ganz vorne steht natürlich die Witwe, dieses Hammerweib. Sie wirkt sehr sexy in dem schwarzen Fetzen und dieser riesigen dunklen Sonnenbrille. Sehr sexy, muss man schon sagen. Ich reiß meinen Blick los und suche weiter. Aber all die hier Anwesenden erscheinen mir äußerst vertrauenswürdig. Ja, direkt harmlos. In keinem davon kann ich einen bestialischen Halsaufschlitzer erkennen. Wobei das natürlich nichts aussagt. Rein überhaupt nichts. Weil ja so ein potentieller Halsaufschlitzer nicht notgedrungen wie ein solcher ausschauen muss. Also nicht unbedingt pockennarbig, mit offenem Hemd und dicken Haarbüscheln auf der Brust, das Messer zwischen den Zähnen und den kleinen Finger des letzten Opfers noch in der rechten Hosentasche. Das nicht. Aber wenigstens irgendwas davon. Doch hier: Kein Pockengesicht, keine Brustbehaarung, zumindest keine maßlose, und erst recht weit und breit kein Messer. Und außer uns paar Hanseln ist sowieso keiner da. Der Pfarrer räuspert sich. Lange und laut. Und wie ich ihn schließlich so anschau, merk ich, dass alle anderen mich anschauen. Drum hör ich lieber auf mit Recken und Strecken und lausche den letzten Worten an unseren kürzlich Verblichenen. Irgendwann ist er dann endlich verscharrt, der Barschl. Und so stell ich mich wie alle in die kurze Reihe, um meine Aufwartung zu machen. Eigentlich sollte man sie ja beglückwünschen, die schöne Witwe. Aber gut.

»Mein Beileid«, sag ich und drück ihr die Hand. Sie schaut zu mir auf.

»Sie sind doch der Kollege Eberhofer, nicht wahr?«, sagt sie ganz leise.

Ich nicke. Mir klebt ein Knödel in der Kehle. Was soll ich jetzt machen? Ihr sagen, dass ich ihren Alten nicht auf dem Gewissen habe? Oder, dass er ein Volldepp war, ein elendiger. Und sie froh sein soll, dass er weg ist.

»Gibt's einen Leichenschmaus?«, fragt plötzlich eine ältere Frau zwischen uns zwei durch.

»Nein, bedaure«, sagt die Frau Barschl und schüttelt zaghaft den Kopf. Sie hält noch immer meine Hand.

Die Alte verschwindet schimpfend. »Da stehst dir die Haxen in den Bauch und kriegst noch nicht einmal einen anständigen Leichenschmaus«, brummt sie so vor sich hin.

»Können wir irgendwo einen Kaffee trinken?«, fragt das Hammerweib jetzt.

Meint die mich?

Jedenfalls schaut sie mich an.

»Von mir aus«, sag ich schulterzuckenderweise.

Kapitel 6

»Warum zum Geier wollen Sie ausgerechnet mit dem mutmaßlichen Mörder Ihres Gatten einen Kaffee trinken?«, frag ich erst mal, nachdem die Bedienung von diesem kleinen Straßencafé unsere Bestellung notiert hat. Wir haben ein erstklassiges schattiges Plätzchen gefunden. Die Frau Barschl nimmt ihre Sonnenbrille ab und schaut mich an. Sie hat ganz himmelblaue Augen.

Ein Wahnsinn.

»Erstens glaube ich sowieso nicht, dass ausgerechnet Sie der Mörder sind«, sagt sie leise.

»Und warum nicht?«

Sie nimmt meine Hand.

»Schauen Sie doch Ihre Hände an. Das sind keine Mörderhände. Die können nicht töten. Nein, das sind die Hände eines … eines ganz liebevollen Mannes. Und eines klugen Mannes. Nein, Sie bringen niemanden um, bestimmt nicht. Dafür sind Sie viel zu clever.«

Was die alles an meinen Händen erkennen kann, einfach unglaublich.

»Und zweitens?«, frag ich, zieh meine Hand zurück und schau sie mir ganz genau an.

»Zweitens ist es mir scheißegal, wer ihn auf dem Gewissen hat«, sagt sie und zündet sich eine Zigarette an. »Hauptsache er ist weg.«

Die Bedienung kommt und bringt, was bestellt war.

»Ja, weg ist er ja nun, da gibt's keinen Zweifel«, sag ich und nehm einen Schluck Kaffee. Der ist gar nicht übel. Gar nicht übel, wirklich. Sagen wir mal, nach dem Kaffee von der Susi und der Oma vielleicht auf Platz drei. Wobei der Kaffee beim Wolfi auch nicht schlecht ist. Nicht, dass ich den jetzt so arg oft trinken tät. Das freilich nicht. Beim Wolfi Bier. Ganz klar. Aber ab und zu, sagen wir, wenn der Vorabend vielleicht recht heftig war, oder wenn ich schon Bier hatte und dann noch ein dämlicher Einsatz daher kommt ... dann eben Kaffee. Und wie gesagt, den macht er gut, der Wolfi. Aber das nur so am Rande.

»Wo waren Sie eigentlich in der Tatnacht?«, frag ich jetzt, und gleich ist's mir peinlich.

Sie lacht.

»Auf der Hochzeit vom Ehepaar Stopfer natürlich. Sie haben mich doch dort gesehen. Sie haben mich sogar beobachtet. Glauben Sie, das ist mir entgangen?«, fragt sie und schlurft am Strohhalm ihres Eiskaffees. Zum Niederknien.

Der Knödel in meinem Hals hat jetzt die Größe einer Bowlingkugel erreicht. Und gefühlt auch ihr Gewicht. Ich räuspere mich.

»Aber danach? Ich mein: in der Nacht. Ihr Mann ist ja im Polizeihof gestanden und hat die Kollegen schikaniert. Da waren Sie aber nicht mehr dabei, oder? Zumindest hab ich Sie nirgends gesehen.«

»Nein, das hätte mir noch gefehlt! Ich bin vorher mit dem Taxi nach Hause gefahren. Seine Pläne, die mit den Alkotests, die waren mir natürlich bekannt. Und ich hab mich immer lieber zurückgezogen, wenn er vorhatte, sich zum Narren zu machen.«

»Mit dem Taxi? Bis Freising?«

»Ach, Herr Eberhofer, was soll das alles? Bin ICH jetzt etwa verdächtig, oder was?«

Die Bowlingkugel löst sich aus meinem Hals und knallt mit einer Wahnsinnswucht in meine Magengrube.

»Verdächtig? Nein … Äh …«, stopsle ich umeinander.

Sie stößt ihre Kippe in das wunderbare Sahnehäubchen vom Eiskaffee, fischt ihren Geldbeutel hervor und legt einen Schein auf den Tisch.

»Wer im Glashaus sitzt, sollte nicht mit Steinen werfen«, sagt sie noch und steht auf. Von Steinen war überhaupt nicht die Rede.

»Können Sie mich noch heimfahren?«, fragt sie und wirkt irgendwie grimmig. Ich nicke, was bleibt mir auch übrig?

Danach mach ich mich auf den Weg nach München. Weil: wenn ich schon mal auf halber Strecke bin, kann ich auch gut noch den Birkenberger besuchen. Vorher aber ruf ich ihn an. Mal sehen, ob er überhaupt Zeit für mich hat. Nein, sagt er, er hat grad überhaupt keine Zeit. Nicht die geringste. Weil er nämlich mitten in einer mordswichtigen Observierung ist. Aber ich sag ihm, ich könnte doch gut dabei helfen. Beim Observieren. Schließlich sehen vier Augen mehr als zwei, gell. Da lacht er, der Rudi. Na gut, sagt er und gibt mir seinen aktuellen Standort durch. Da soll ich jetzt hinkommen.

Ich kann ihn auch gleich finden und parke den Streifenwagen direkt hinter seinem Benz.

»Ja, sag einmal geht's noch?«, keift er mir her, grad wie ich mich auf seinem Beifahrersitz breit mach. »Wieso kommst du nicht gleich mit Blaulicht und Horn?«

Ich weiß nicht, wovon er spricht.

Er starrt durch ein Fernglas und schmeißt es dann schließlich hinter auf die Rückbank. Gleich drauf zischen zwei schwarze Limousinen in einem Affentempo an uns vorbei.

»Ja, vielen herzlichen Dank!«, sagt der Rudi dann grantig. »Die Arbeit von Tagen, womöglich von Wochen, ist durch deinen trampelhafen Auftritt jetzt völlig für'n Arsch. Wie kann man überhaupt nur so unsensibel sein?«

Ich weiß immer noch nicht, wovon er spricht, bekomme aber langsam Hunger, weil es auf Mittag zugeht. Also fahren wir in unser ehemaliges Stammlokal und bestellen dort Würstl mit Kraut.

Und ich erzähl dem Birkenberger alles, was ich über den Barschl-Fall bisher weiß, inklusive der Sache mit der dubiosen Witwe. Mit der *schönen* dubiosen Witwe, um genau zu sein.

Der Rudi lacht, wie ich fertig bin.

»Da hat dich die Kleine wohl schon um den Finger gewickelt, Eberhofer«, sagt er und wischt sich mit der Serviette über den Mund. »Das erinnert mich an was, Franz. Hatten wir das nicht schon mal? Dass dir so eine miese kleine Mörderin völlig den Kopf verdreht hat? Und du Depp hast sogar noch bis zum Schluss deine schützenden Hände liebevoll über sie gehalten?«

Jetzt fängt der auch noch mit meinen Händen an!

»Mensch, Rudi, das ist eine sehr alte Geschichte. Und außerdem hat mir die Frau Barschl überhaupt nichts verdreht. Am wenigsten meinen Kopf, nur dass das klar ist. Was machen denn eigentlich so deine eigenen blöden Schnüffeleien? Hast du grad wieder einen von deinen untreuen Ehemännern im Visier?«

Der Rudi schmeißt seine Serviette in den Teller und nimmt einen Schluck Bier.

»Nein, keine Ehemänner. Und auch keine Ehefrauen, wenn du's genau wissen willst«, sagt er ganz leicht eingeschnappt. »Geldwäsche, sag ich dir nur. Geldwäsche im ganz großen Stil. Du verstehst?«

Er hat jetzt wieder diese Tendenz ins Überhebliche hinein. Das ist typisch. Weil ich den Birkenberger aber kenn wie meinen eingewachsenen Zehennagel, kann er mich damit überhaupt nicht meinen.

»Das versteh ich absolut, Matula. Du bist der größte Detektiv, den die Welt je gesehen hat«, sag ich und steh auf.

»Wo willst du denn jetzt schon wieder hin?«, fragt der Rudi.

»Ja, heim halt. Ich kann doch so einen bedeutsamen Ermittler wie dich nicht stundenlang von seiner Arbeit abhalten, gell.«

»Franz, jetzt spinn nicht rum hier«, sagt er in einer leicht weibischen Tonart, die ich nur zu gut kenne. Aber der Franz spinnt schon. Setzt sich ins Auto und fährt gen Heimat.

Das heißt, vorher fahr ich noch schnell bei der Frau Barschl daheim vorbei. Weil die nämlich ihre Sonnenbrille in meinem Auto vergessen hat. Das merk ich gleich, wie ich einsteig. Es dauert ein Weilchen, bis sie mir öffnet, aber dann öffnet sie mir dafür ganz wunderbar. Sie hat ein Handtuch um den Leib geschwungen und um den Kopf ebenso.

»Stör ich grad?«, frag ich erst mal. Sie scheint ein wenig verdattert. Wahrscheinlich zwecks meiner Anwesenheit.

»Nein, ich ... ich war bloß in der Dusche.«

»In der Dusche, soso«, sag ich, weil mir jetzt auch grad nix Besseres einfällt.

»Sind Sie aus einem bestimmten Grund hier?«, will sie wissen.

»Äh, nein. Doch ... doch, Sie haben vorher Ihre Sonnenbrille in meinem Wagen vergessen«, sag ich so und überreich ihr das Fundstück.

Sie bedankt sich ein bisschen verlegen, verabschiedet sich und schließt die Tür. Dann fahr ich mal besser.

Der Moratschek hockt in der Küche, wie ich heimkomm.

»Schau, wer da ist«, sagt der Papa, als könnt ich den Richter nicht selber sehen. Dann erfahr ich, dass die beiden heute mal wieder einen Herrenabend planen. Und ich weiß genau, wie das endet. Rotwein und Beatles bis zum Zenit, danach noch ein Joint und die Stones, bis die Boxen bersten. Das hat mir grad noch gefehlt.

»Was gibt's denn zum Essen?«, frag ich und schau in den Topf.

»Grießnockerlsuppe«, sagt der Papa. »Weil das nämlich die Leibspeis vom Paul ist, hat die Oma gesagt. Weil er die halt im Krieg schon immer von ihr gekriegt hat. War ja auch nix anderes da. Und wahrscheinlich ist es eh das Einzige, was er überhaupt noch zerdatschen kann mit seinen uralten Zähnen.«

»Soso. Und wo bitte schön ist dann das Suppenfleisch hin? Das hat er wohl doch noch beißen können, der Paul«, frag ich und nehm einen Teller aus dem Schrank.

»Nein, das hat überhaupt keiner beißen können, so zäh wie das war. Das hat der Ludwig gekriegt.«

Aha.

»Und wo ist die Oma überhaupt?«, frag ich und blas ein bisschen in die heiße Suppe.

»Im Kino. Ja, Madame ist im Kino. Da läuft grad so ein uralter Schinken mit dem Charlie Chaplin. Ein Stummfilm. Und da ist sie hin, deine Oma. Mit dem Paul natürlich«, sagt der Papa brummig.

»Natürlich«, sag ich.

»Ja, ja, alte Liebe rostet nicht«, sagt der Moratschek und schiebt sich ein Häufelchen Gletscherprise hinter die Kiemen. Die Suppe ist gut, da kann man nicht meckern. Wenngleich kein vollwertiges Mahl natürlich. Ein hart arbeitender Mann braucht was mit Biss. Also ess ich die Suppe auf, schnapp mir den Ludwig und geh rüber zum Simmerl. Ich krieg drei Fleischpflanzerlsemmeln und der Ludwig eine Weiße. Im Anschluss drehen wir gleich unsere Runde. Und weil ich so nullkommanull Lust auf daheim hab, geh ich noch zum Wolfi.

Der Flötzinger ist auch da und hockt vor seiner Apfelschorle. »Saunaclub Jacqueline« steht in schnörkeligen Buchstaben auf seinem T-Shirt. »Sie kommen als Fremder und gehen als Freund« steht etwas kleiner darunter. Und lauter rote Herzen zieren das Gesamtkunstwerk.

»Tolles Shirt«, sag ich und bestell mir ein Bier. Der Flötzinger schaut an sich runter.

»Was? Ach so«, sagt er und nickt.

»Saunaclub Jacqueline. Sehr chic«, sag ich weiter. »Seit wann genau gehst du da hin?«

Er zuckt ein bisschen unmotiviert mit den Schultern.

»Mei, man muss sich halt fit halten, gell. Und ein bisschen schwitzen hat noch niemandem geschadet«, sagt er und nimmt hastig einen Schluck. »Was gibt's jetzt da zu grinsen, ha?«, fragt er dann.

»Oh mei, Flötzinger. Ist es denn wirklich schon so weit?«

Der Wolfi poliert seine Gläser. Und auch er kann sich ein breites Grinsen nicht wirklich verkneifen.

»Geht deine Mary da auch mit hin?«, fragt der Wolfi schließlich. »In deinen Saunaclub?«

»Nein, natürlich nicht. Was soll sie da auch?«, sagt der Heizungs-Pfuscher und nippt etwas unmotiviert an seiner Schorle. »Außerdem dürfte die eh schon genug schwitzen. In ihren blöden Flanellnachthemden.«

Weil wir nicht aufhören können zu grinsen, hat er aber bald die Schnauze voll, der passionierte Saunagast. Trinkt aus und geht.

Wie ich eine Stunde später zum Hof reinkomm, kann

ich es schon hören. Abgesehen von den Beatles, die fast in ungewohnter Lautlosigkeit vor sich hin dudeln, ist ein Radau drüben im Wohnhaus, das glaubst du nicht. Drinnen stehen der Paul und der Papa quasi Brust an Brust und brüllen sich an, das hat die Welt noch nicht gesehen. Und der Moratschek ... der Moratschek hüpft wie ein Känguru außen herum und versucht zu vermitteln. Oder anzufeuern. So genau lässt sich das gar nicht ausmachen. Offenbar weigert sich der Paul vehement, die Musik wieder lauter zu stellen. Weil er halt einfach nicht einschlafen kann. Und weil er diese blöde Dudelei sowieso nicht mehr länger ertragen kann. Beim besten Willen nicht, sagt er. Und der Papa sagt, er kann den Paul nicht länger ertragen. Und er soll gefälligst hingehen, wo er hergekommen ist. Weil ihn schließlich kein Mensch eingeladen hat. Und überhaupt kann er in seinem eigenen Haus die Musik spielen, die er mag. Und auch so laut, wie er mag. Und erst recht so lang, wie er mag. Und aus. Plötzlich geht oben die Tür auf von der Oma ihrem Zimmer, und sie erscheint in ihrer ganzen Herrlichkeit. Stampft die Treppe herunter und brummt Undefinierbares. Dann schreit sie: »Rotzlöffel!«, und tritt dem Papa gegens Schienbein, dass er nur noch japst. Sie stellt die Musik ab, nimmt den Paul bei der Hand und die beiden entschwinden in höhere Galaxien.

Der Papa schaut bloß deppert hinterher.

»Gut«, sagt der Moratschek relativ schrill. »Es ist schon narrisch spät. Ich fahr dann auch lieber mal. Gute Nacht beieinander.«

Und weg ist er.

»Du, Papa ....«, sag ich, um die Situation ein bisschen zu entspannen. Aber ich glaub, er mag nicht.

»Hau ab!«, sagt er bloß. Mei, da kann man dann auch nichts machen.

Am nächsten Tag im Büro läutet mein Telefon. Dran ist die Susi. Das ist komisch, dass sie mich anruft, weil sie grad mal zwei Zimmer weiter hockt und normalerweise herkommt, wenn irgendwas los ist.

»Wieso rufst du an?«, will ich wissen.

»Ich hab hier grad eine gewisse Frau Barschl am Telefon. Eine Ivana Barschl, um genau zu sein. Und sie hat eine ganz zuckersüße Stimme«, sagt die Susi vielleicht eine Spur schnippisch.

»Und weiter?«

»Ja, und sie lässt fragen, ob hier ein gewisser Eberhofer arbeitet. Ein ganz schnuckeliger Polizist soll das sein.«

So was am frühen Morgen. Das tut einfach unglaublich gut. Ich lehn mich weit in meinem Sessel zurück und streif mir die Haare aus der Stirn.

Wunderbar.

»Franz, bist du noch dran?«, fragt die Susi und reißt mich aus meiner Wolke.

»Ja, freilich«, sag ich.

»Und? Was soll ich jetzt machen?«

»Ja, durchstellen halt! Was fragst jetzt da so blöd?«

»Arschloch!«, sagt sie noch, dann klickt es in der Leitung.

»Hallo? Herr Eberhofer?«, flötet es aus dem Hörer.

»Frau Barschl! Wie komm ich zu der Ehre?«

Sie kichert wie ein junges Mädchen.

»Ach, ich wollte mich nur entschuldigen, weil ich gestern so kurz angebunden war. Aber sie haben mich ja direkt aus der Dusche geläutet. Und …«

»Kein Problem«, sag ich ziemlich gönnerhaft. »Ich wollte ja auch nur die Sonnenbrille zurückgeben. Nicht, dass sie die hernach noch suchen müssen.«

»Das ist wirklich ganz lieb. Und ich würde Sie gern, sagen wir einfach: als Wiedergutmachung, zum Essen einladen.

Was meinen Sie? Vielleicht gleich heute Abend? Dann koch ich uns was Feines.«

Ja, wenn sie natürlich was Feines kocht, wie soll man da Nein sagen?

So verabreden wir uns für acht Uhr bei ihr daheim.

»Hast du einen Vogel, oder was?«, schreit mich die Susi an, gleich wie sie bei mir zur Tür reinkommt. »Wieso gehst du zu der Tussi zum Essen?«

»Ja, sag einmal, kann das sein, dass du meine Telefongespräche abhörst?«, frag ich zurück.

»Wieso du zu der zum Essen gehst, will ich wissen!«

Sie gibt einfach nicht auf.

»Weil die Frau Barschl eine lustige Witwe ist, verstehst. Und es sehr gut möglich ist, dass sie ihren Alten auf dem Gewissen hat.«

»Ha!«, ruft sie jetzt relativ hysterisch. »Und das willst akkurat du jetzt herausfinden. Und ausgerechnet beim Essen!«

»Ja, zur Not. Wenn es der Sache dienlich ist, dann eben auch beim Essen«, sag ich, steh auf und schieb die Susi sanft, aber vehement zur Zimmertür raus.

»Wie schaut sie eigentlich aus, diese Barschl?«, fragt sie noch ganz leise und bockig.

»Greislich, Susi. Unglaublich greislich!«

Da lächelt sie. Und gibt mir ein Bussi. Und wieder mitten im Rathausgang.

Kapitel 7

Bevor ich mich am Abend gewaschen und gekämmt auf den Weg nach Freising mache, fahr ich noch schnell in der PI Landshut vorbei. Mal schauen, was die werten Kollegen schon alles rausgefunden haben bei ihren Ermittlungen im Barschl-Fall. Weil: schließlich ist es nicht weniger als mein eigener Schädel, der aus der Schlinge soll. Sie haben gar nix rausgefunden. Nullkommanull. Ich rede mit diesem und jenem und auch mit Thin Lizzy. Aber nix. Keine neuen Erkenntnisse. Irgendwie beschleicht mich langsam der Verdacht, dass hier mit einer gewissen lustlosen Halbherzigkeit ermittelt wird. Alle sagen nur: Ja, ja, sie tun dieses und jenes und in Wirklichkeit tun sie gar nichts. Außer Kaffee trinken oder dem Stopfer Karl seine Fotos anschauen. Die Flitterwochenfotos sozusagen. Wo die Waldburga drauf ist. In allen möglichen Posen. Am Strand, auf dem Schiff, an der Bar und im Pool.

»Sag einmal, Karl«, frag ich ihn schließlich. »Kann es sein, dass ihr überhaupt keinen einzigen Anhaltspunkt habt?«

»Mei, Franz, so genau kann ich dir das nicht sagen. Ich bin heute grad den ersten Tag wieder hier. Und muss mich selber erst informieren.«

»Doch, Eberhofer, einen Anhaltspunkt haben wir durchaus«, mischt sich jetzt Thin Lizzy ein. »*Sie* sind nach wie vor unser Anhaltspunkt. Und unser einziger Verdächtiger mit starkem Motiv, einer Tatwaffe und denkbar schlechtem Alibi. Solang aber der Moratschek seine schützende Hand über Sie hält …«

»Da lachen ja die Hühner!«, sag ich. »Wenn das Ihr einziger Anhaltspunkt ist, dann Mahlzeit!«

Bevor ich zur Frau Barschl fahr, halt ich noch kurz an einer Tankstelle. Wegen Blumen. Schließlich bringt man ja Blumen mit, wenn man zum Essen eingeladen wird, oder? Ich nehm Nelken, weil die oft auf Friedhöfen zum Einsatz kommen, und ich glaub, das passt hier ganz gut, so rein themamäßig.

»Oh, Nelken«, sagt die Frau Barschl, wie ich ihr den Strauß in die Hand drück. Sie lässt mich rein und deutet mir den Weg zum Esszimmer. Dort ist auch schon aufgedeckt wie für ein Festmahl. Mit Kerzen und Servietten und allem erdenklichen Pipapo. Ich setz mich mal nieder und betrachte das Meisterwerk. »Sehr schön«, sag ich, und sie freut sich.

»Bin gleich wieder da. Würden Sie vielleicht schon mal den Aperitif einschenken?«

Aperitif, soso. Ich schau mich kurz um und entdecke auf der Anrichte drüben eine Flasche Champagner auf Eis und die dazugehörigen Kelche.

Donnerwetter!

Sie kommt mit zwei Tellern zurück, auf denen Undefinierbares liegt, doch es riecht göttlich. Wir stoßen an.

»Also Frau Barschl, warum genau haben Sie mich jetzt eigentlich zum Essen eingeladen? Die Sache gestern ist ja kaum der Rede wert«, frag ich zuerst mal.

Es schmeckt auch göttlich. Ein bisschen nach Gemüse, ein bisschen nach Fisch.

Sie lächelt und tupft sich mit der Serviette über den Mund. »Nennen Sie mich Ivana. Ich hasse den Namen Barschl.«

»Das kann ich verstehen.«

Sie lacht.

»Ivana … ist das russisch?«

Sie nickt.

»Sie sprechen akzentfreies Deutsch.«

»Was man von Ihnen nicht behaupten kann«, grinst sie mir her. »Meine Großmutter war Deutsche. Und sie hat mich großgezogen. Ihr ganzes Leben lang hat sie nur Deutsch gesprochen. Fünfundsiebzig Jahre lang. Sie hat sich einfach geweigert, Russisch zu sprechen, obwohl sie jedes Wort verstanden hat. Können Sie sich das vorstellen?«

Das kann ich mir hervorragend vorstellen.

»Und wie sind Sie nach Deutschland gekommen?«, will ich jetzt wissen.

Sie schnauft tief durch. Dann räumt sie die Teller weg und bringt den zweiten Gang. Sie nimmt wieder Platz und fängt an zu plaudern. Und bis zum Nachtisch hat sie mir fast ihre ganze Lebensgeschichte erzählt. Wenn man bedenkt, dass wir vier Gänge hatten und jede Menge an Getränken, kann man sich vielleicht vorstellen, dass sie nicht direkt zielstrebig zum Punkt gekommen ist. Ich mach's kürzer, und zwar so: Die Frau Barschl ist damals im zarten Alter von sechzehn Jahren von irgendeiner Menschenschlepperbande mit verheißungsvollen Versprechungen und samt ihrer werten Mutter nach Deutschland geholt worden. Kaum hier angekommen, war die Mutter plötzlich verschwunden, und die arme Ivana ist in einem dubiosen Bordell gelandet. Dass sie dort nicht nur Gläser polieren musste, dürfte wohl klar sein. Ja, und so ist das wohl ein ganzes Weilchen gegangen. Bis eines schönen Tages ein Prinz auf einem Schimmel kam und sie von ihrem Elend erlöste. Gut, es war kein Prinz, sondern der Barschl, und auch das mit dem Schimmel ist gelogen. Aber immerhin hat der gerade Dahingeschiedene seinerzeit eben diesen Puff geschlossen und den Betreiber verhaftet.

Natürlich wurde die komplette Belegschaft verhört, wieder und immer wieder. Und im Laufe eines dieser Verhöre dürfte er sich dann wohl in seine spätere Gattin verliebt haben, der Barschl. Auf Gegenseitigkeit hat das jedenfalls nicht beruht. Aber er hat sie einfach vor die Wahl gestellt: Ehe oder Knast. Sie hat sich damals für die Ehe entschieden. Wobei ihr wohl nicht ganz klar war, dass Knast hier in unserem wunderbaren Land nicht notgedrungen auch »lebenslang« bedeutet. Und obwohl sie von Anfang an kreuzunglücklich war, wollte sie an eine Scheidung gar nicht erst denken. Weil eben immer dieses Damoklesschwert Gefängnis und Abschiebung über ihr baumelte.

Ihre Augen sind ganz nass, wie sie davon erzählt. Mich kann sie damit aber nicht beeindrucken. Mich nicht.

»Jetzt weiß ich so ziemlich alles aus Ihrem Leben. Aber immer noch nicht, was das mit dieser Einladung hier zu bedeuten hat«, frag ich beim Kaffee, der leicht bitter und stark sandig schmeckt.

»Ja, das weiß ich eigentlich auch nicht so genau. Vielleicht musste ich mich einfach mal irgendwo aussprechen. Ich hab doch sonst niemanden. Und Sie … Sie sind mir eben sympathisch, Franz. Ich mag Sie«, sagt sie und schaut mich durch ihre feuchten Wimpern hindurch ganz eindringlich an.

»Frau Barschl, schau ich aus wie ein Depp?«, frag ich, stell die Tasse ab und beug mich nach vorne. Sie schnauft tief durch und schüttelt den Kopf.

»Ihnen kann man wohl nichts vormachen, stimmt's?«

»Relativ wenig«, sag ich.

»Also gut. Eigentlich wollte ich erst im Laufe des Abends darauf kommen, aber dann bringen wir's eben hinter uns«, sagt sie weiter. »Ich geh davon aus, dass Sie mich verdächtigen, meinen Mann umgebracht zu haben.«

»Da liegen Sie vollkommen richtig, Süße.«

»Und, ja, ich möchte Sie nun gerne vom Gegenteil überzeugen.«

»Nur zu!«

»Setzen wir uns doch ein bisschen rüber. Da ist es viel bequemer«, sagt sie und deutet auf die Couch.

Denkt die, ich durchschau das nicht? Aber gut, spielen wir das Spielchen mit. Mal sehen, was dabei rauskommt. So setz ich mich halt rüber auf die Couch. Sie füllt die Gläser erneut, wandert in meine Richtung und setzt sich unglaublich nahe an meine Seite. Dann stoßen wir an. Dann hab ich ihre Hand auf dem Knie.

»Herr Kommissar«, haucht sie. »Warum sind Sie nur so furchtbar steif? Entspannen Sie sich doch ein bisschen.« Sie fingert an meinen Hemdknöpfen herum. »Sie müssen mir einfach glauben. Bitte! Ich könnte Sie doch niemals belügen«, haucht sie weiter und nagt an meinem Ohr. Ja, glaubt die denn wirklich, dass ich mit der Brennsuppe dahergeschwommen bin?

»Sie sind eine russische Nutte und haben Ihrem Mann jahrelang die große Liebe vorgeheuchelt«, sag ich und befreie meinen Lauschlappen aus ihrem Gebiss. »Selbst wenn Sie behaupten würden, dass der Schnee weiß ist, würde ich das überprüfen!«

Jetzt haut sie mir links und rechts eine runter und hört gar nicht mehr auf damit. Und wie ich endlich zurückschlage, wird es noch doller. Wir prügeln uns derartig, dass schließlich sogar die Klamotten in Fetzen fliegen. Das ist an Leidenschaft nicht mehr zu toppen. Und jetzt, wo wir schon mal so halbnackt auf dem Sofa hocken, jetzt ist eh alles wurst. So fallen wir über einander her, das hat die Welt noch nicht gesehen. Die Ivana ist ein Ass, das muss ich schon sagen. Ja, da sieht man's mal wieder: Gelernt ist gelernt.

Hinterher lieg ich mit dem Kopf auf ihrem Busen und

sie zupft sanft an meinen Haaren. Das ist irre. Ich bin kurz vorm Einschlafen, wie sie mich fragt: »Bleibst du über Nacht hier?«

»Logisch«, sag ich. Weil ich erstens todmüde bin. Und zweitens ein bisschen besoffen. Und ich mir drittens sowieso keinen besseren Platz zum Übernachten vorstellen kann. Auf der ganzen Welt nicht.

Beim ersten Augenaufschlag wird's mir schon bewusst. Das war rein dienstlich gesehen keine große Nummer gestern. Sonst schon, nur halt rein dienstlich nicht. Ich setz mich auf und find einen Zettel: Geh in Ruhe duschen, mein Wilder. Ich besorg uns ein Frühstück!

Bloß weg hier, ist mein einziger Gedanke. Weg und zur Besinnung kommen. Ich klaube die Klamotten vom Fußboden, versuch sie irgendwie an die richtigen Positionen meines Körpers zu kriegen, und dann bin ich weg.

Kaum im Auto, läutet mein Telefon. Dran ist der Birkenberger.

»Mensch, sag einmal, wo warst du denn die ganze Nacht lang? Ich hab ungefähr hundertmal versucht, dich zu erreichen«, sagt er ganz vorwurfsvoll.

»Dienstlich unterwegs, wenn du erlaubst«, sag ich und stopf noch das Hemd in die Hose. Es entsteht eine kurze Pause, und ich kann dem Rudi seine Gehirnzellen richtig rattern hören.

»Lass mich raten! Du warst doch nicht etwa bei dieser schnuckeligen Witwe vom Kollegen Dingsbums. Hab ich recht? Ich weiß, dass ich recht hab. Hast du sie gevögelt?«

»Kein Dings und kein Bums, Rudi. Kein Garnix«, sag ich, aber da hör ich ihn schon lachen. Verdammt, er kennt mich halt wirklich wie aus dem Effeff.

Nachdem er sich wieder einigermaßen beruhigt hat, verabreden wir uns fürs Wochenende in München. Und ich mach mich erst einmal auf den Weg nach Niederkaltenkirchen. Kurz bevor ich dort eintreff, kann ich aus dem Augenwinkel heraus in einem nahen Maisfeld einige junge Burschen sehen. Ich geh runter vom Gas, allein schon, um meiner Neugier freien Lauf zu lassen. Und ganz offensichtlich knicken sie voll Inbrunst die Halme, trampeln drauf rum und ruinieren somit das ganze Getreide. Also, es hilft nix, ich muss da hin. Sehr beeindruckt sind sie nicht durch mein Erscheinen. Noch nicht einmal das Blaulicht scheint ihnen zu imponieren. Und es gibt auch keinerlei Fluchtversuch. Nicht die Bohne. Im Gegenteil. Sie reißen und zerren und trampeln in der gleichen Lässigkeit weiter, als tät's mich gar nicht geben. Ab und zu werfen sie einen Blick in meine Richtung. Und grinsen dabei. Provokant bis dorthinaus. Ich steh da also mit verschränkten Armen und schau mir das Treiben ein Weilchen an. Sagen tu ich nix.

»Ist was?«, schreit plötzlich einer der Vandalen zu mir rüber. Es ist wohl der Anführer.

»Dem Bauern wird das keine große Freude machen«, ruf ich zurück.

»Das ist aber sein Problem, und nicht unseres!«, kommt die Antwort und wird prompt mit Gelächter quittiert.

Ja, das war klar.

»Das wird es aber werden«, ruf ich und zähl sie schnell durch. Sie sind zu viert. Das passt prima. Weil sie so gut in mein Auto reinpassen. Ich zieh meine Pistole.

»Heyheyhey!«, ruft der Maulheld von grade und hebt theatralisch die Hände. Dann aber lässt er sie wieder fallen und fängt an zu lachen. Und mit ihm der Rest der Musketiere. Ich schieß einmal in die Luft. Das beeindruckt sie wenig. Dann schieß ich ins Maisfeld. Circa eine Handbreit vor den wortstarken Wicht. Jetzt kehrt augenblicklich Ruhe ein. Sie steigen wortlos in den Streifenwagen. Alle vier. Und ich verriegle die Türen. Danach ruf ich den Bauern an. Der trifft auch gleich drauf ein und ist wie erwartet wenig beglückt angesichts des Zustands seines Arbeitsplatzes. Wie er meinen Vorschlag hört, beruhigt er sich aber relativ schnell wieder. Ja, sagt er, vier Erntehelfer kann er natürlich ganz wunderbar brauchen. Weil der Sommer ja lang ist und praktisch grade erst angefangen hat. Dann nehm ich noch kurz die Personalien auf, die von dieser Rasselbande, und schicke sie anschließend heim.

Kapitel 8

Endlich im Saustall angekommen, entledige ich mich erst mal meiner Kleidung und nehme eine ausgiebige heiße Dusche. Das Wasser rinnt mir über Nacken und Buckel und die Beine runter und bringt neue Lebensgeister in die müden Knochen. Ich weiß gar nicht, wie lang ich da so stehe, aber es ist göttlich. Wie ich kurz darauf aus meiner Dusche steig, hockt der Papa auf dem Klodeckel und erschreckt mich zu Tode.

»Ja, sag einmal, spinnst du? Warum hockst du hier auf meinem Klodeckel rum?«, frag ich, weil ich's wirklich nicht weiß.

»Ich muss unbedingt mit dir reden, Franz. So geht das wirklich nimmer weiter«, sagt der Papa und steht auf.

»Ja, von mir aus. Aber warte gefälligst draußen!«, sag ich, und schubs ihn zur Tür raus. Dann trockne ich mich ab, schmeiß mir den Bademantel über und geh zu ihm rüber. Er hockt wie ein Häufchen Elend auf meinem Kanapee und streichelt dem Ludwig seinen Kopf.

Ich rubbel mir die Haare und schau ihn auffordernd an.

»Also!«

»Der Paul«, wimmert er leise.

Aha. Daher weht der Wind. Aber für so was hab ich jetzt überhaupt keine Zeit. Und auch keinen Nerv. Ich sag ihm klipp und klar, dass die Oma genauso Besuch erhalten kann wie er selber. Und dass der Moratschek hier auch nächtelang rumhängt, obwohl außer ihm selber sonst keiner scharf drauf ist. Aber er sagt, hier geht's doch um was anderes. Um was ganz anderes sogar. Es geht um Anstand! Und darum, was die Leute sagen! Und überhaupt in diesem Alter! Zucht und Ordnung! Sodom und Gomorrha!

Lächerlich.

Erst recht aus einem Mund, der praktisch ständig illegale Drogen konsumiert. Und das, obwohl die Polizei im Haus ist.

»Die Oma hat Besuch von einem alten Freund, und das bringt halt Freude in ihr Leben. Vergönnst ihr das nicht?«

»Sie hat aber die letzten sechzig Jahre auch ganz wunderbar gelebt ohne diesen Freund. Ganz wunderbar, wirklich. Und jetzt ... jetzt dreht sich alles nur noch um diesen alten Sack!«

»Sag einmal, Papa, bist du eifersüchtig, oder was?«

»Ach Schmarrn! Ich sag bloß so, wie's ist.«

»Die Oma hat halt jetzt einmal Besuch und fertig«, sag ich. »Und das genießt sie. Und das ist im Gegensatz zu deinen eigenen Eskapaden durchaus nicht strafbar, gell. Und jetzt muss ich zur Arbeit. Bin eh schon spät dran.«

Gott sei Dank ist im Büro alles ruhig, und so kann ich ein bisschen entspannen. Schließlich ist man dann schon ziemlich k.o., wenn man so die halbe Nacht lang rumermittelt hat.

Kurz vor Feierabend steckt die Susi ihren Kopf zur Tür rein.

»Na, wie war es denn gestern so bei deiner Hauptverdächtigen? Hat sie dir auch was Schönes gekocht?«, will sie wissen.

»Ging so.«

»Bist du vorangekommen?«

»Wie man es nimmt.«

»Du, was anderes, Franz«, sagt sie ganz lieb. Sie will was von mir, jede Wette. »Ich hab mir da so eine neue Lampe gekauft. Eine fürs Schlafzimmer.«

Aha.

»Aha«, sag ich und schau von der Zeitung auf.

»Ja, so eine chinesische, du weißt schon.«

Ich weiß es nicht, nicke aber trotzdem.

»Und jetzt wollt ich dich halt fragen, ob du mir die vielleicht aufhängen kannst. Am besten gleich heut Abend, was meinst?«

Weil mich freilich irgendwie das schlechte Gewissen plagt, versprech ich ihr zu kommen. Gleich nach dem Abendessen. Und der Runde mit dem Ludwig. Und vielleicht einem klitzekleinen Bierchen beim Wolfi. Aber dann bin ich quasi schon da und häng die Lampe auf, sag ich zu ihr. Und das, wo ich doch elektronisch gesehen eher ein Depp bin. Aber gut.

Ganz gegen meine Erwartung lässt sich die chinesische Lampe komplikationslos anschließen. Obwohl die Montageanleitung ebenfalls chinesisch ist. Sie ist rot, diese Lampe. Eigentlich ist es ja mehr eine Laterne. Und sie wirft lüsternes Licht in der Susi ihr Schlafgemach. Was wahrscheinlich irgendwie antörnt. Zumindest die Susi. Sie schmiegt und schmust sich zu mir her und gibt einfach nicht nach, bis ich ihr schließlich und endlich und völlig uneigennützig zu Willen bin. Hinterher ist sie gleich doppelt so schmusig und ich bin platt wie ein Rochen. Meine ansonsten eher überschaubare Sexualtätigkeit ist in den letzten vierundzwanzig Stunden über alle Maßen hinaus strapaziert worden. Ich kann kaum noch aufstehen. Aber ich tu's trotzdem. Weil mir jetzt der Durst hochkommt.

»Du, Susi«, sag ich, während ich in die Jeans reinrutsch.

»Kannst du mir vielleicht sagen, wo du jetzt hin willst?«, unterbricht sie mich.

»Ich muss dringend heim. Weil: der Papa und der Paul … die sind sich so dermaßen feindlich gesinnt, da muss man tierisch aufpassen, verstehst. Nicht, dass da dann noch ein rechter Schmarrn rauskommt.«

Sie zieht eine Schnute, und das steht ihr hervorragend. Das liebe ich am allermeisten an der Susi. Diese erstklassige Schnute, die sie zieht, wenn ihr etwas nicht passt. Einfach zum Niederknien.

Auf dem Heimweg halt ich noch schnell beim Wolfi wegen Durst. Die Bude ist voll, das kann man kaum glauben. Der Simmerl ist da und der Flötzinger, und am Tresen hockt der Papa und weint in sein Krügerl.

»Was ist denn mit dir los?«, frag ich ihn und bestell mir ein Bier.

»Der Paul …«, sagt er. Der Wolfi verdreht die Augen und sagt, so geht das schon den ganzen Abend, und er kann's wirklich nicht mehr hören.

Hinten im Eck hockt ein Weiberstammtisch mitsamt der Simmerl Gisela.

»Ja, da schau her … der Eberhofer«, sagt sie, wie sie mich sieht. »Müsstest du nicht bei der Susi daheim eine chinesische Lampe anbohren?«

»Ich hab schon alles angebohrt, liebe Gisela. Auch die chinesische Lampe. Und jetzt brauch ich dringend ein Bier, wenn du nichts dagegen hast.«

Der Simmerl hockt sich zu mir her.

»Endlich ein normaler Mensch da herinnen«, sagt er. »Dein Vater hockt da und flennt nur vor sich hin. Der Flötzinger nuckelt an seiner Schorle, und hinten die blöden Weiber lästern umeinander, dass direkt der ganze Boden vibriert.«

»Du, Simmerl«, sag ich. »Ich bin heute sexuell gesehen so dermaßen ausgebeutet worden … sei so gut und lass mir meine Ruhe.«

Der Simmerl spuckt vor meine Füße auf den Boden und geht. Ich trink mein Bier auf ex und geh rüber zum Papa.

»Jetzt geh weiter! Gehen wir heim«, sag ich und hake ihn unter.

»Niemals!«, schreit er und hält sich am Bierglas fest.

»Wie viel hat er denn schon?«, frag ich den Wolfi. Der zählt Striche auf dem Deckel.

»Acht Bier und drei Schnaps«, sagt der und wischt über die Theke.

»Jetzt geh weiter!«, sag ich noch einmal mit Nachdruck, weil das ja wohl für heut reichen dürfte.

»Mei, Franz«, sagt der Papa und folgt mir so halbherzig. »Ihr seid alle so gemein zu mir. So dermaßen gemein. Wirklich. Die Oma und dieser … dieser Paul, und jetzt auch noch du! Was hab ich euch eigentlich angetan? Warum werd ich so mies behandelt …«

So geht das, bis wir daheim zum Hof reinkommen. In der Küche brennt noch Licht.

»Stopp! Ich geh da nicht rein. Nicht ums Verrecken. Ich komm lieber mit zu dir rüber«, sagt der Papa fast panisch. Ich zerr ihn am Ärmel. Aber nix.

»Ich kann da jetzt nicht reingehen, Franz. Das musst du verstehen. Sonst … sonst bring ich ihn um! Ich schwör's!«

Ich nicke, was bleibt mir auch übrig.

»Du, Franz«, sagt er weiter und hält mich an der Schulter fest. Was will er denn jetzt noch? Ich bin todmüde und opfere hier meinen heiligen Schlaf für das Wohlbefinden meines Erzeugers. Ist das nicht genug?

»Kannst du vielleicht noch schnell drüben meinen … meinen Tabak holen?«, fragt er mich leise.

»Du möchtest, dass ich jetzt da rüber geh und dir deine Drogen bringe? Das kann nicht dein Ernst sein?«

Aber es ist sein Ernst. Und so geh ich rüber ins Wohnhaus und treff unweigerlich auf die Oma und ihren Paul. Sie sitzt auf seinem Schoß, und so wirkt sie fast wie ein Kind. Sie hat ihren Kopf an seine Brust gelehnt und die Augen geschlossen. Dem Paul laufen Tränen übers Gesicht. Das hat mir grade noch gefehlt. Dann aber entdeckt er mich und wischt sich über die Wangen.

»Franz!«, sagt er, und die Oma öffnet die Augen.

»Servus miteinander«, sag ich und hetze durchs Zimmer. Schließlich will ich die Idylle nur kurzfristig stören.

»Hast noch einen Hunger, Bub? Es ist ein ganz frischer Apfelstrudel da«, ruft die Oma hinter mir her.

Und so hol ich noch schnell einen Apfelstrudel für den Franz und den Tabakbeutel für den Papa und geh damit zum Saustall rüber. Der Papa hockt im Gartenstuhl davor und lässt das Wohnhaus nicht aus den Augen.

»Was hat sie nur mit ihm?«, fragt er und fischt ein Zigarettenpapier aus dem Spender.

»Sag einmal, Papa, es ist doch wahr, dass du eifersüchtig bist, oder? Sonst würdest du dich doch nicht aufführen wie ein gehörnter Ehemann«, sag ich zwischen zwei Bissen. Der Apfelstrudel ist ein zur Materie gewordener Traum.

»So ein Schmarrn!«, sagt der Papa und lässt Rauchringe kreisen.

Eine Zeit lang sitzen wir schweigend zusammen. Die Luft ist lau, und Glühwürmchen werfen winzige Lichter in die dunkle Nacht.

»Da ist vielleicht doch etwas dran«, sagt der Papa plötzlich, und seine Stimme ist rau. »Weißt, Franz, seit dem Tod von deiner Mama, da sind die Oma und ich … ja fast tatsächlich so was wie ein Ehepaar. Weil sie halt schon lang keinen Partner mehr hat und ich auch nicht. Es hat einfach gepasst so. Und immerhin haben wir zwei ja auch euch Buben miteinander großgezogen. Und gar nicht so schlecht, wie ich meine.«

»Na ja, aber so umwerfend gut jetzt auch wieder nicht, wenn ich so an den Leopold denke«, unterbrech ich ihn und fege ein paar Krümel von meinem Hemd.

Der Papa lacht. Leise und brummig.

»Jetzt lass doch der Oma einfach ihre Freude. Womöglich ist es die letzte in ihrem Leben«, sag ich und steh auf. Ich geh dann mal ins Bett, weil mir langsam die Augen zufallen. Wie ich endlich auf meinem Kanapee bin, legt der Ludwig seinen Kopf auf meinen Schenkel, und ein Weilchen zieht noch der süße Tabakgeruch durch mein Fenster. Dann schlaf ich ein.

Weil Tage später in der PI Landshut noch immer keine brauchbaren Ermittlungsergebnisse vorliegen und die Kollegen offensichtlich im Trüben fischen, gesetzt den Fall, dass sie überhaupt fischen, geh ich mal zum Moratschek. Schließlich kann das so nicht weitergehen. Ich hab Glück. Er hat grad keine von seinen Verhandlungen, hockt hinterm Schreibtisch und freut sich, mich zu sehen.

»Eberhofer«, sagt er und nimmt gleich mal eine Prise Gletscherprise. »Wunderbar, dass Sie da sind. Geh, holens' uns doch einen feinen Kaffee draußen.«

So hol ich einen feinen Kaffee in hauchdünnen Bechern, wo mir schon auf den paar Metern die Finger glühen, das kann man gar nicht glauben. Ich überreich ihm die Hälfte meiner Beute und setze mich dann nieder.

»Hat sich die familiäre Situation wieder etwas beruhigt?«, will der Richter wissen und bläst in seinen Becher.

»Das kann man so nicht grad behaupten. Aber bislang gab es zumindest noch keine Toten«, sag ich und nehm einen Schluck Kaffee.

Der Moratschek schüttelt lachend den Kopf.

»Aber wegen was ich eigentlich da bin, Richter. Im Barschl-Fall gibt's ja noch nicht wirkliche Ergebnisse, soweit ich informiert bin. Kann es sein, dass die Kollegen da ein bisserl überfordert sind?«

»Mei, Eberhofer«, sagt der Richter und steht auf. Er geht rüber zum Fenster und schaut hinaus. »Was heißt überfordert? Ich persönlich halte es ja mehr für Arbeitsverweigerung, wissens'. Weil: die vom LKA, die sind sich ziemlich sicher, dass Sie den Barschl auf dem Gewissen haben. Und ich, ja, ich hab halt gesagt, das ist unmöglich. Ganz unmöglich, verstehens'. Und es soll zuerst einmal in alle anderen Richtungen ermittelt werden.«

»Aha. Und jetzt ermitteln sie praktisch erst gar nicht, um nach einer Weile sagen zu können: Es muss der Eberhofer gewesen sein. Sonst gibt's weit und breit keinen anderen Verdächtigen.«

»Das will ich niemandem unterstellen.«

»Verstehe!«, sag ich und erheb mich. Ich geh zu ihm rüber und schau ebenfalls durchs Fenster. »Soll ich selber mal ein bisschen ... ein winziges bisschen ermitteln, Richter? Mehr so ganz nebenbei?«, frag ich jetzt.

»Um Himmels willen! Nein, Eberhofer! Wagen Sie es nicht! Sie als Hauptverdächtiger ... Nein, nein, das ist unmöglich. Ganz unmöglich. Wirklich.«

Kurze Pause.

Dann: »Und überhaupt, in welche Richtung würden Sie denn eigentlich so ermitteln? Haben Sie da schon irgendeinen Verdacht?«

»Ja, Verdacht ... was heißt hier Verdacht? Die Witwe halt, die hätte allen Grund gehabt, ihn abzumurksen.«

»Die Witwe, soso. Die soll ja ein affenscharfes Gerät sein, was ich gehört hab. Hähä. Und die haben Sie auf der Liste?

Da schau einer an! Aber da soll lieber mal ein anderer ermitteln, gell. Nicht, dass Ihnen da wieder so eine delikate Sache passiert wie seinerzeit mit der kleinen Französin«, sagt er noch.

Gut, dann weiß ich Bescheid. Weiß Bescheid und kann heimfahren.

Die Oma hat uns ein paar Forellen gebraten, und dazu gibt's einen Kartoffelsalat, in dem ich gern ersaufen möchte. Danach serviert sie Marillenknödel in geschmolzener Butter. Der liebe Gott meint's gut mit uns. Nur der Papa stochert lustlos im Essen umeinander. Genau so wie damals, als er sich zwei Zehen abgemäht hat. Verhungert ist er dabei nicht. Und er wird es auch jetzt überleben.

»Sag einmal, schmeckt's dir wieder nicht?«, fragt dann die Oma ziemlich grantig und reißt ihm seinen Teller weg.

»Geht so«, sagt der Papa kaum vernehmbar, was aber wurst ist, weil sie's ja eh nicht hört.

Der Paul räuspert sich, steht auf und hilft ihr beim Abräumen und später beim Abwasch.

Und ich geh lieber mal mit dem Ludwig die Runde, weil's derzeit nicht so richtig gemütlich ist, hier bei uns daheim.

Wir brauchen eins-siebenundzwanzig dafür, weil der Flötzinger auch grad seine Runden dreht. Wir gehen ein Stückchen gemeinsam und ratschen. Und da erfahr ich, dass er morgen operiert werden soll. Sterilisiert, um genau zu sein. Vasektomie nennt sich das Ganze. Samenleiter durchtrennt auf Deutsch. Weil eben seine Mary keine Kinder mehr will. Nicht um alles auf diesem Planeten. Zwei sind eh schon eine Zumutung, hat sie gesagt. Und drum ist sie zum Arzt gegangen und hat sich dort beraten lassen. Zuerst wollte sie ja den Eingriff an sich selbst vornehmen lassen, die Mary. Das aber wieder will der Flötzinger auf gar keinen Fall. Lieber legt er sich selbst unters Messer. Auch wenn's ihm noch so schlecht ist bei diesem Gedanken. Aber so, sagt er, ist er halt auf der sicheren Seite. Auch bei eventuellen Seitensprüngen sozusagen. Da ist praktisch Schicht im Schacht. Dann kann ihm auch keine mehr kommen mit: Ich bin überfällig und so. Spart ihm enorm Nerven, sagt er. Und seine Mary, die ist sowieso froh, dass der Kelch an ihr vorübergeht. Ja, das kann man verstehen. Und so hat praktisch jeder was davon, könnte man sagen. Aber ausschauen ... ausschauen tut er gar nicht gut, der Gas-Wasser-Heizungs-Pfuscher. Käsig bis zum Gehtnichtmehr. Armer Kerl. Dann wünsch ich ihm noch alles Gute, wirklich alles Gute. Und wir verabschieden uns. Er steigt in sein Auto. Zwei Aufkleber zieren die Ecken der Heckscheibe. »Ignatz Fynn on board« steht auf dem einen. »Clara-Jane on board« auf dem andern.

Kapitel 9

Am Samstag fahr ich also zum Birkenberger Rudi und wir gehen in den Englischen Garten zum Chinesischen Turm. Wir kaufen uns eine gescheite Brotzeit an der Theke und freilich für jeden eine Mass. Damit hocken wir uns an einen der Biertische. Die Sonne scheint ganz großartig durch die Bäume und die Mädchen tragen Kleider, da kann man quasi gar nicht mehr wegschauen. Einwandfrei.

»Dein Bart wird immer besser, Franz«, sagt der Rudi. »Ein paar Wochen noch, und du kannst prima bei den Oberammergauer Passionsspielen mitmachen.«

»Ein paar Tage noch, dann ist er weg!«, sag ich.

Der Presssack sauer ist ein Gedicht, die Radieserl knackig und saftig und der Birkenberger urplötzlich rotzgrantig. Weil er sich wahrscheinlich wieder mal das falsche Essen bestellt hat und jetzt neidvoll auf meinen Teller rüberschaut.

»Was schaust so? Ist deine Käseplatte etwa nicht gut?«, frag ich kauenderweise.

»Ein bisschen arg trocken, würd ich sagen. Kannst du mir ein paar von deinen Zwiebeln abgeben? Und vielleicht eine Essiggurke?«, sagt er, und schon ist seine Gabel unterwegs zu meinem Teller. Weil ich das aber direkt erwartet hab, schieb ich mein Brotzeitbrettl zur Seite, und er rammt die Gabel mit Anlauf ins Tischholz.

»Arschloch!«, brummt er noch. Dann aber entspannt sich

die Lage wieder ein bisschen. Und so plaudern wir natürlich auch noch über den Barschl und seine Ermittler, die nicht ermitteln. Und natürlich erzähl ich ihm auch von meiner richterlichen Unterhaltung.

»Schau einer an, Franz. Er lässt dich also wieder mal nicht ran, der Moratschek«, lacht der blöde Birkenberger hämisch.

Möge er an seiner Käseplatte ersticken!

Ich beiße genüsslich in eine Essiggurke und schieb einen ganzen Haufen Zwiebeln hinterher und mir trieft direkt das Wasser aus den Mundwinkeln.

»Aber ehrlich gesagt, Franz, hat dich das doch noch nie gehindert, es trotzdem zu tun. Hast du schon irgendjemanden im Visier?«, fragt der Rudi und schiebt seinen halb vollen Teller zur Seite.

»Die Witwe«, sag ich. »Die werd ich mir mal genauer anschauen.«

Der Birkenberger lacht ein dreckiges Lachen.

»Was lachst du so deppert?«

»Die Witwe will er sich genauer anschauen, der Eberhofer!«

»Hast du sonst eine Idee, du Klugscheißer?«, frag ich und nehm einen Schluck Bier.

Der Rudi lehnt sich selbstgefällig zurück und vergisst komplett, dass er auf einer Bierbank hockt. Einer Bierbank ohne Rückenlehne, versteht sich. Wie er endlich wieder vom Boden hochkommt und sich niedersetzt, ist die Überheblichkeit wie weggeblasen.

»Hast du dir denn eigentlich schon mal seine Fälle angeschaut?«, fragt er und schüttelt den Staub aus seiner Kleidung. »Also die Fälle, die der Barschl Zeit seiner vorbildlichen Karriere alle so bearbeitet hat, mein ich. Seine Kandidaten, die er halt in den Knast gebracht hat. Vielleicht ist da ja was Brauchbares drunter.«

Ich schüttle den Kopf.

»Ja, lieber Franz, das solltest du vielleicht zuallererst mal untersuchen. Wahrscheinlich wird da eher keine schnuckelige Witwe darunter sein. Aber womöglich der Täter.«

»Arschloch!«, sag ich und steh auf.

»Ich dich auch, Schatz!«, ruft mir der Birkenberger noch hinterher. Dann fahr ich heim.

Dem Leopold sein Auto steht im Hof. Das Wochenende ist ruiniert.

Grad wie ich zur Küchentür reinkomm, stürmt mir schon der Papa entgegen. Der Leopold klebt ihm am Wadel.

»Aus dem Weg!«, ruft er und rauscht an mir vorbei in den Hof hinaus.

»Was wird das, wenn's fertig ist?«, frag ich den ungeliebten Besucher.

Der legt mir den Arm auf die Schulter.

»Franz«, sagt er in einem Tonfall, als würde er mit einem geistig Behinderten reden. »Der Papa, der muss ganz dringend hier mal raus, verstehst du? Die ganze Geschichte mit diesem … diesem seltsamen Paul. Mit dem und der Oma, das geht ihm unglaublich nahe, weißt du. Er fühlt sich … keine Ahnung … irgendwie vernachlässigt halt. Ja, vernachlässigt und zurückgestoßen. Und das … das hat er nicht wirklich verdient. Und drum werd ich jetzt einen kleinen Ausflug mit ihm machen. Und werd ihn ein bisschen verwöhnen. Schließlich kümmert sich ja sonst auch niemand um diesen armen Mann.«

»Sag einmal, Leopold, kann das sein, dass ihr alle zwei einen Vogel habt, der so groß ist wie ein Albatross?«, muss ich noch loswerden. Aber er lächelt nur milde und geht rüber zu seinem Wagen. »Uschi on board‹ steht auf der Heckscheibe. Tür zu und weg, dass der Kies nur so fliegt.«

Hinten im Garten hocken die Oma und der Paul und trinken Kaffee. Grad will ich mich dazugesellen, da läutet mein Telefon. Dran ist der Bürgermeister. Und sein Tonfall ist aufgeregt bis rein ins Cholerische.

»Eberhofer! Eberhofer, hören Sie mich?«, brüllt er in den Hörer. Vermutlich könnte ich ihn auch ganz prima ohne Telefonleitung hören.

»Ausgezeichnet, Bürgermeister? Was gibt's? Ist was passiert?«

»Sie müssen herkommen. Sofort! Der Doktor Brunnermeier, der liegt hier in einer Blutlache. So groß wie der Gardasee. Der Sanka ist schon unterwegs. Jetzt schicken Sie sich!«

»Wo genau befindet sich denn die Blutlache?«

»In der Küche, verdammt. Aber was spielt das für eine Rolle?«

»Und in welcher Küche genau?«

»Ja, in seiner eigenen halt. In der Küche vom Brunnermeier, verdammt!« Der Brunnermeier, das ist der Arzt hier, in Niederkaltenkirchen. Das muss man jetzt mal dazusagen.

Dann bin ich auch schon unterwegs.

Kein schöner Anblick, wirklich nicht. Der Brunnermeier liegt also auf seinem Küchenfußboden in einer Lache und ist nicht bei Bewusstsein. Ich schau mir das mal genauer an, achte aber schon darauf, mir meine Klamotten nicht komplett zu versauen.

»Könnens' irgendwas sehen, Eberhofer? Herrschaft, machens' doch etwas! Seins' doch nicht so zimperlich! Der verreckt uns hier noch!«, schreit der Bürgermeister relativ hektisch und hüpft dabei von einem Fuß auf den anderen.

»Ja, können vor Lachen!«, schrei ich zurück.

Wir sind wohl beide ein bisschen nervös, so wie's ausschaut. Das Blut kommt aus der Gegend vom Handgelenk, das kann ich jetzt sehen. Und zwar direkt aus beiden.

»Küchentücher! Schnell!«, ruf ich.

Mein hektischer Handlanger wirft mir einen dreckigen Schwamm aus dem Spülbecken zu.

»Himmel, nein! Ich brauch Geschirrtücher oder so was. Und wenn möglich ohne Essensreste!«

Der Bürgermeister reißt nacheinander die Küchenschränke auf, wird schließlich fündig und überreicht mir den Stapel fast andächtig.

»Passens' bloß auf, dass alles sauber ist. Nicht, dass er uns hernach noch an einer Blutvergiftung krepiert!«

Dann binden wir die Stellen ab, so gut es eben geht, und hören die Sirene schon aus der Ferne.

Zwei riesige Blutflecken zieren die Knie von mir und auch die vom Bürgermeister. Na bravo! Wobei das bei seinem hellgrauen Fetzen wahrscheinlich eh nicht so wild ist. Meine Jeans aber, die ist hinüber. Und die hat vermutlich mindestens das Dreifache gekostet wie dem Bürgermeister sein windiges Beinkleid.

Er geht rüber zum Waschbecken und träufelt Spülmittel auf einen Schwamm. Damit beginnt er, diese Stellen zu bearbeiten. Hinterher sind die Knie nicht mehr rot, sondern rosa, was aber keinen Deut besser ausschaut.

»Ob das ein Selbstmordversuch war?«, fragt er schrubbenderweise.

»Nach Unfall hat es jedenfalls nicht ausgeschaut«, sag ich noch. Aber dann läutet mein Telefon. Was ist denn heute eigentlich los? So oft läutet es ja normal im ganzen Monat nicht.

Einen Autounfall hat's wohl gegeben. An der Einfahrt zur Bundesstraße. Also hinfahren und nachschauen. Ein elendiger Stress ist das bei der Polizei.

»Bürgermeister, ich muss weg. Verkehrsunfall auf der Bundesstraße«, ruf ich noch kurz und bin schon unterwegs.

Wie ich hinkomm, ist bereits der Notarzt da und ebenso die Feuerwehrler. Und die schneiden grad Menschen aus Autos, die komplett ineinander stecken. Kein schöner Anblick. Wirklich nicht. Wie endlich der Erste geborgen wird, muss ich meinen Zahnarzt in ihm erkennen. Meine Güte, das darf doch nicht wahr sein! Natürlich hab ich ihm – seit ich überhaupt denken kann – die Krätze an den Hals gewünscht. Aber doch nicht so was! Nein, so etwas nicht.

Er wird ordnungsgemäß in den Sanka verfrachtet, und schon geht es ab. Der zweite Fahrer kann relativ zügig geborgen werden, ist bei Bewusstsein und noch nicht mal wesentlich verletzt. Auch er wird kurz ärztlich versorgt und danach fortgebracht. Ich ruf den Abschleppdienst und fang an, meine Notizen zu machen. Und, ob du's glaubst oder nicht, dann läutet mein Telefon. Es ist die PI Landshut, die jetzt anruft. Ja, heißt es, ich muss sofort kommen. Sie brauchen dringend meine Verstärkung.

»Nix!«, sag ich. »Ich tu hier keinen Fuß weg. Wir haben grad ein akutes Ärztesterben hier in Niederkaltenkirchen. Ich komm nicht. Auf gar keinen Fall!« Dann häng ich ein.

Wie ich am Abend in den Hof hineinfahr, bin ich erstens ziemlich platt wegen der ganzen Arbeit und zweitens hungrig wie ein Bär. Am Esstisch hocken außer den sonst Anwesenden auch noch der Leopold und die Mooshammer Liesl. Und offensichtlich schmeckt's allen hervorragend. Die Oma steht auf und holt ein neues Gedeck.

»Jetzt rutsch halt ein bisserl, dass der Bub Platz hat«, sagt sie zum Papa.

Der schaut den Leopold ganz wehleidig an und sagt: »Siehst, Leopold, so geht es mir ständig. Eine einzige Gängelei ist das hier bei uns daheim geworden. Ja, eine einzige Gängelei.«

Der Leopold legt die Hand auf die vom Papa und seufzt ganz mitfühlend.

»Jetzt rutsch schon!«, sag ich und setz mich dazu.

Die Mooshammerin langt in den Brotkorb und bedient sich.

»Du, Franz«, sagt sie zu mir rüber. »Was ist denn da heute eigentlich los gewesen? Der Brunnermeier, der hat sich die Adern aufgeschlitzt, hat es geheißen. Und unser Zahnarzt, der soll ja gleich sein ganzes Auto zerlegt haben. Das ist doch direkt unglaublich. Jetzt erzähl schon, was du drüber weißt!«

»Ich weiß gar nix drüber, Liesl. Und wenn doch, dann ist es ein Dienstgeheimnis. Am besten, du liest morgen einfach die Zeitung. Da steht alles drin, was du wissen willst.«

»Schon recht«, sagt die Liesl ein bisserl beleidigt. »In Zukunft weiß ich dann aber auch nix mehr, wennst' mich was fragst. Nur, dass das klar ist!«

Dann steht sie auf, verabschiedet sich und geht. Ich hinterher. Schließlich darf man eine so wichtige Informantin nicht kampflos aufgeben. Im Hof erzähl ich ihr dann kurz, was morgen ohnehin jeder weiß, und sie ist zufrieden.

»Du, glaubst denn wirklich, dass es ein Selbstmordversuch war, das mit dem Brunnermeier?«

Ich zuck mit den Schultern.

»Ja, mei, verstehen kann man das ja schon irgendwie. Der war ja auch immer so einsam, seit er aufgehört hat zu arbeiten. So gar keine Ansprach mehr, gell.«

»Lieber gar keine Ansprach wie eine unangenehme«, sag ich so und scharr mit dem Fuß im Kies.

»Ja, gell. Da hast recht. Eine unangenehme Stimmung ist das bei euch da herinnen. Wirklich ganz unangenehm. Ob das am Paul liegt?«

»Am Paul liegt's definitiv nicht. Eher an den depperten zwei anderen.«

Die Liesl haut mir auf die Schulter.

»Wird schon wieder, Franz. Wird schon wieder!« Dann schwingt sie sich aufs Radl und fährt davon. Gleich im Anschluss kommen der Papa und der Leopold in den Hof und fallen sich theatralisch in die Arme.

»Vielen Dank, mein Sohn!«, sagt der Papa mit Tränen in den Augen. »Es war der schönste Tag seit Langem. Seit sehr langem sogar!«

»Schon recht, Papa. Das ist doch das Mindeste, was ich für dich tun kann. Was du alles so mitmachen musst hier! Und mich … mich hat unser Ausflug auch glücklich gemacht. Wirklich, sehr, sehr glücklich! Es war einfach wunderbar und das Wetter so himmlisch!«

Ja, selig sind, die arm sind im Geiste.

»Ein großartiger Aufkleber ist das. ›Uschi on board‹. Ganz einfach großartig«, sagt der Papa noch mit belegter Stimme. Ja, das war klar.

Hinterher geh ich mit dem Ludwig meine Runde, und dann fall ich ins Bett. Kaum eingeschlafen, ruft die Susi an. Sie will wissen, ob ich noch bei ihr vorbeischau. Aber ich kann nicht. Nicht ums Verrecken. Ich kann die Schnute direkt sehen, die sie zieht. Und schlaf wunderbar weiter.

Kapitel 10

Durch die Wochenendturbulenzen steck ich am Montag hüfthoch in Arbeit. Und wenn ich dran denke, dass es die werten Kollegen noch nicht einmal geschafft haben, einen winzigen Ermittlungserfolg im Barschl-Fall vorzuweisen, kräuseln sich mir die Nackenhaare. Vom Bart mag ich gar nicht erst reden. Also check ich zuerst mal das Polizeisystem, um nachzuschauen, welchen Individuen der Barschl im Laufe seiner Dienstjahre einen Umzug in die JVA ermöglicht hat. Da kommt einiges zusammen, mein lieber Schwan! Und wenn ich mal auf die reduziere, die zur Tatzeit nicht mehr im Knast residierten, bleibt trotzdem noch immer ein Dutzend. Ich schreib mir die Namen auf und mach mich auf den Weg nach Landshut. Doch bevor ich die PI stürme, halt ich noch kurz an der Taxizentrale. Die Frau dort kenn ich von einem meiner früheren Fälle. Sie sieht wieder umwerfend aus, und ihr Dekolleté ist immer noch tipptopp. Keine Frage. Leider trägt sie mittlerweile so eine Art Ehering.

»Ah, darf man gratulieren«, sag ich gleich nach der Begrüßung und deute auf das Goldstück. Sie nickt ganz versonnen und lächelt mich an. Schade. Wirklich. Dann aber geb ich ihr einen Zettel mit meinen Daten. Und ich bitte sie zu überprüfen, ob in der Tatnacht eine Fuhre von der PI zur Adresse von der Frau Barschl gemacht worden ist oder nicht. Sie wird das gern checken, sagt sie. Und mir so schnell wie möglich telefonisch Bescheid geben. Na also.

In der Inspektion geh ich zuerst einmal zum Stopfer Karl rein. Der freut sich, wie ich komm, und schenkt mir gleich einmal Kaffee ein. Meine Nachfrage zwecks baldiger Täterüberführung muss er leider verneinen. Aber soviel er weiß, sind alle Kollegen mordsbeschäftigt, sie wollen den Fall ja zügig knacken. Ja, das kann ich mir vorstellen. Er selber hat damit nicht viel zu tun, sagt er, weil er ja nur Spurensicherung macht. Und die ist längst abgeschlossen.

»So, Karl, dann werd ich dir jetzt mal was geben«, sag ich und kram die Opferliste vom Barschl hervor.

»Das sind alle, die unser armer Dahingeschiedener jemals verknackt hat. Und die überprüft ihr jetzt alle schön der Reihe nach.«

»Du, Franz. Magst das den Kollegen nicht lieber selber sagen? Weil: ich … ich bin ja sozusagen gar nicht so richtig involviert in den Fall, verstehst?«

Aber der Franz mag nicht. Ich deute auf den Zettel und sag: »Überprüfen!« Und weil der Kaffee eh furchtbar ist, lass ich ihn stehen und geh.

Danach fahr ich ins Krankenhaus. Mal sehen, wie's unseren Geschädigten so geht. Also dem Brunnermeier natürlich. Und meinem Zahnarzt.

Ich stell den Streifenwagen in die Rettungszone. Genau dort, wo ich sonst auch immer parke, wenn zum Beispiel eine Blutentnahme fällig ist. Also bei einem Betrunkenen etwa. Oder bei einem Junkie. Nicht, dass das so arg oft vorkommt bei uns in Niederkaltenkirchen, das nicht. Aber ab und zu halt dann doch.

Weil der blöde Aufzug ewig nicht kommt, nehm ich schließlich die Treppe. Und dann, bei meinem mühsamen

Aufstieg, da seh ich es. Ich schau praktisch so zufällig durch eine der Glastüren. Und was entdecke ich da? Dort im Gang ist die Frau Barschl. Wie sie leibt und lebt. Sie trägt zwar Sonnenbrille und Kappe, aber das verdeckt natürlich diesen Wahnsinnskörper nicht. Den würd ich aus Tausenden wiedererkennen. Sie steht dort also auf dem Krankenhauskorridor, geht ein paar Schritte auf und ab. Und bleibt wieder stehen. Grad so, als würd sie auf etwas oder jemanden warten. Jetzt bin ich einigermaßen überrascht, muss ich sagen. Was sucht die denn hier? Ich hab meine Gedanken noch gar nicht fertig geordnet, da kommt eine rothaarige Schwester winkend auf sie zugeeilt. Um nicht gesichtet zu werden, geh ich hinter der Wand in Deckung, kann aber mit dem Fuß unbemerkt die Tür einen kleinen Spalt öffnen.

»Ich hab nachgesehen. Die Frau Hausladen liegt in Zimmer siebzehn, gleich hier ums Eck«, sagt die Schwester.

»Herzlichen Dank!«, sagt die Frau Barschl und geht dann davon. Ich schau mir die Stationstafel an: Gynäkologie steht da drauf. Aha.

Ich begeb mich mal ins Schwesternzimmer und zeige dem Rotschopf meinen Dienstausweis.

»Gnädigste, ich ermittle in einem Mordfall«, sag ich. »Die Dame von gerade, wen will sie hier besuchen?«

»Haben Sie eine richterliche Verfügung?«, kommt es wie aus der Pistole geschossen.

»Nein, aber die kann ich besorgen.«

»Dann tun Sie das«, sagt sie und straft mich dann mit Ignoranz.

»Und so ganz unbürokratisch ...?«, versuch ich es noch mal.

»Nein!«

Lieber eine Tote als eine Rote, schießt es mir durch den Kopf. Da ist schon was dran.

So greif ich zu Plan B und begeb mich erst mal an das andere Ende vom Flur. Und schon nach einigen fruchtlosen Versuchen find ich ein Zimmer, wo die Patientin tief und fest schläft. Ich merk es gleich, weil sie schnarcht, dass sich die Balken biegen. Dass Frauen so dermaßen schnarchen können, ist mir ein Rätsel. Die Susi auch. Die Susi kann schnarchen, dass ich sogar aufwach davon. Da muss ich sie natürlich wach schütteln. Und sie fragt dann immer, was los ist. Du schnarchst, sag ich zu ihr. Aber sie glaubt es mir nie. Sie denkt immer, dass ich Sex will. Und sie deswegen geweckt hab. Meistens haben wir dann auch Sex. Hinterher schnarcht sie weiter. In aller Seelenruhe. So, als wär gar nix gewesen. Ja, so ist das mit den Weibern. Die können ganze Wälder absägen mit ihrem Geschnarche und geben's noch nicht einmal zu. Aber jetzt bin ich abgeschweift.

Also, diese Frau hier schnarcht eben auch, drum ist anzunehmen, dass sie schläft. Und das ist gut so. Bei der drück ich nämlich jetzt auf die Notklingel und mach mich darauf gleich aus dem Staub. Und wie erwartet, saust im Nullkommanix die rote Schwester an mir vorbei in die Richtung vom Notruf. Ich schick mich wie blöd und finde recht schnell die Unterlagen, die ich suche. Die aus Zimmer siebzehn. Jahrelange Suchaktionen lassen dich einfach irgendwann zum Profi werden. Da gibt's keinen Zweifel. Dann kopier ich mir die Krankenakte und bin auch schon wieder draußen, noch ehe Pumuckl Wind davon kriegt. Danach geh ich zum Brunnermeier. Er schaut schlecht aus, frag nicht. Ich kann ihn zwar nur durch ein Fenster betrachten, aber selbst auf diese Entfernung ist das gut erkennbar. Reden kann ich nicht mit ihm. Er ist seither noch nicht aufgewacht, sagt der Doktor. Körperlich besteht wohl keine große Gefahr mehr, aber er kann natürlich nicht sagen, wie tief die seelischen Störungen sind. Na bravo! Und weil ich hier jetzt eh nix mehr tun kann, frag ich bloß noch nach dem Zimmer vom Zahnarzt, verabschiede mich und mach mich von dannen.

Er hat großes Glück gehabt, sagt der Dentalmediziner. Riesengroßes Glück sogar. Schleudertrauma, ein paar Prellungen und sonst nix. Schon in ein paar Tagen kann er wieder raus, sagt er. Obwohl er irre Schmerzen hat. Das schon. Jede Bewegung tut ihm weh. Selbst, wenn er nur starr und steif im Bett liegt. Und anfassen … anfassen kann man ihn praktisch überhaupt nicht. Das wär grad so, als bekäm er elektrische Schläge.

»Wird schon!«, sag ich aufmunternd und klopf ihm ein paar Mal auf die Schulter. Er hat Tränen in den Augen.

Dann frag ich nach dem Unfallhergang. Dieses Rindvieh, sagt er, dieses Rindvieh dieses beinige, ist mit Minimum hundertzwanzig Sachen einfach in die Bundesstraße reingefahren. Ohne Rücksicht auf Verluste. Und quasi direkt in seinen nagelneuen Toyota rein.

Ich schreib das kurz mit, tätschel seinen Oberschenkel, und weil ihm jetzt direkt vor lauter Wut der Schweiß ausbricht, brech ich hier ab und geh.

»Eberhofer!«, kann ich vernehmen, grad wie ich ins Auto einsteigen will. Ich schau mich kurz um und da steht einer von den Pflegern und kommt dann auf mich zu.

»Wo ist der Übeltäter?«, will er wissen.

»Heute kein Übeltäter«, sag ich und steig ein.

»Wie jetzt? Sie haben keinen Besoffenen dabei? Keinen Junkie oder so was?«

Ich schüttle den Kopf.

»Dann können Sie doch nicht hier parken!«, ruft er empört und legt die Hände auf mein Autodach. »Das ist ein Parkplatz für Dienstfahrzeuge im Einsatz, verstanden. Für

Leute, die schnell und dringend einen Arzt brauchen. Sie können doch nicht einfach bei einem Privatbesuch Ihr Auto hier abstellen!«

»Wenn du Lauser nicht sofort deine Griffeln von meinem Einsatzwagen nimmst, bist du der Nächste, der schnell und dringend einen Arzt braucht«, sag ich noch. Und dann fahr ich lieber.

Auf dem Heimweg komm ich an einem Geschäft vorbei, das ich noch nicht kenn. Muss neu sein. »Aufkleber für jeden Anlass«, steht in Signalrot auf dem Schild. Das macht mich jetzt neugierig. Ich parke den Wagen und schau einmal rein. Da gibt's ja die tollsten Sachen, muss man schon sagen. Ein Weilchen schiebe ich mich grinsend von Ständer zu Ständer. Und dann werd ich fündig. Ich bezahle den Aufkleber und geh damit raus. Ziehe die Folie runter und kleb ihn an meine Heckscheibe. »Kein Scheißkind on board« steht nun auf meinem Auto. Wunderbar.

Weil das schon ziemlich anstrengend war, diese ganze Ermittlerei, fahr ich nur noch kurz ins Büro, und dann will ich heim. Leider hab ich die Rechnung ohne die Susi gemacht. Die besteht nämlich akkurat heute auf einen Kuschelabend. Das wär längst schon überfällig. Und weil mir so spontan keine geeignete Ausrede einfällt, versprech ich ihr, nach dem Abendessen zu kommen.

Die Oma und der Papa hocken schon am Tisch, wie ich heimkomm. Vom Paul ist weit und breit nichts zu sehen.

»Wo ist denn der Paul?«, frag ich den Papa gleich relativ aggressiv, weil ich schwören könnte, er hat ihn vom Hof geekelt.

»Der fühlt sich nicht gut«, sagt der Papa und schmiert Leberwurst auf sein Brot. »Wahrscheinlich zu viel Geturtel in seinem hohen Alter.«

»Was ist mit dem Paul?«, frag und deute ich der Oma.

»Er hat sich ein bisschen niedergelegt«, sagt sie und langt mir den Brotkorb rüber. »Wahrscheinlich zu viel schlechte Gesellschaft da am Hof.« Sie wirft giftige Blicke auf ihren Sohn.

So richtig informativ ist weder die eine noch die andere Antwort. Drum steh ich auf, um mir selber ein Bild zu machen. Nachdem ich ein leeres Gästezimmer vorfinde, schau ich bei der Oma nach. Und dort werd ich auch fündig. Er liegt da in dicken Kissen. Blass und müde und mit tiefen Ringen unter den Augen.

»Was ist los, Paul? Du wirst uns doch hier nicht abschmirgeln?«, frag ich und setz mich auf die Bettkante.

Er grinst. Schwach nur, aber er grinst.

»Gebt euch keinen falschen Hoffnungen hin, Franz. Es ist nur ein kleiner Schwächeanfall. Weiter nichts«, murmelt er leise.

»Willst du nichts essen?«

»Die Leni hat mir schon eine feine Hühnersuppe gebracht. Aber dank dir.«

Eine feine Hühnersuppe, soso. Und warum essen wir anderen dann Leberwurstbrote?

»Hühnersuppe. Das ist gut. Wirklich. Ja, dann schlaf dich mal wieder munter«, sag ich noch so, und dann geh ich wieder.

»Wo ist die Hühnersuppe?«, frag ich, kaum in der Küche zurück.

»Die hat der Oma ihr liebeskranker Gast bereits restlos ausgelöffelt«, sagt der Papa und schaut beleidigt auf sein Wurstbrot.

Ein Jammer, wirklich.

Ich komm dann ziemlich spät an bei der Susi, weil ich unterwegs noch schnell beim Wolfi anhalt, auf ein Bier oder zwei. Leider hat sie dann gar keine Lust mehr auf Kuscheln, viel mehr ist sie sauer. Wegen Alkohol und Verspätung und Pipapo. Also leg ich mich nieder und schlaf ziemlich schnell ein. Aufwachen tu ich dann alle halbe Stunde, weil die Susi so was von unruhig schläft, frag nicht. Sie wälzt sich im Bett rum und dreht und wendet sich in einer Tour. Direkt wie ein Hendl am Grill. Von entspanntem Schlaf überhaupt keine Rede. Irgendwann in den frühen Morgenstunden frag ich sie dann: »Sag einmal, geht's noch? Hast du vielleicht irgendwann eine passende Position gefunden?«

»Nein, du Arsch!«, schreit sie mir her und richtet sich auf. Sie sieht einfach umwerfend aus mit zerzausten Haaren.

»Du gehst mir so derart auf die Nerven, Franz. Das kannst du dir gar nicht vorstellen. Ich hab mich so auf den Abend gefreut. Und du … du hast wieder mal alles versaut!«

Aber es dauert gar nicht so arg lang und sie ist wieder zufrieden, die Susi. Völlig zufrieden, würd ich sogar sagen. Und dann kriegen wir tatsächlich noch ein bisschen Schlaf ab, wir zwei.

Wie ich aufwach, riecht es herrlich nach Kaffee, und die Susi steigt grad aus der Dusche raus. Sie frottiert sich die Haare.

»Wann kommt der blöde Bart endlich runter? Ich bin überall ganz zerkratzt«, sagt sie durch ihr Handtuch durch.

»Du hast einen Klassearsch, Susi«, sag ich und reib mir die Augen.

»Findest du?«, fragt sie, indem sie kurz Augenmaß nimmt. »Na ja, ich glaub, die Hälfte würde auch gut reichen. Vielleicht lass ich mir das mal absaugen.«

»Mach das bloß nicht! Überleg mal, wie du mit nur einer Arschbacke ausschaust«, sag ich grad noch, da fliegt schon ein Kissen. Und der Kaffee muss warten, auch wenn er noch so gut riecht.

Aber danach gibt's dann doch den Kaffee, und er schmeckt fast genauso gut wie er riecht, obwohl er schon ein Weilchen steht.

Die Susi will, dass wir gemeinsam ins Büro fahren. Was natürlich Sinn machen täte. Gar keine Frage. Aber ich muss erst noch mal dringend nach dem Paul schauen. Drum eben getrennt.

So richtig fit ist er nicht, der Paul. Aber immerhin sitzt er am Frühstückstisch und isst einen Grießbrei mit Zucker und Zimt. Die Oma bringt ihm Tee und streichelt seine Wange. Der Papa verdreht die Augen in alle Richtungen, sagt irgendetwas von »sterbender Schwan« und geht dann nach draußen. Ich schieb mir noch schnell eine Butterbreze hinter die Kiemen, geb der Oma ein Bussi auf die Backe und schau nach dem Ludwig. Der liegt im Hof und würdigt mich keines Blickes. Fühlt sich vernachlässigt, hasst es, wenn ich des Nächtens auswärts bin.

»Du, Papa, kannst du dich um den Ludwig kümmern?«, frag ich, wie ich ins Auto steig.

»Aber logisch. Du hast deine Susi. Die Oma hat ihren Lustgreis. Und ich hab den Ludwig. Jeder kriegt das, was er verdient, gell, Ludwig«, sagt er irgendwie in einem komischen Ton und tätschelt dem Ludwig seinen Kopf. »Was hast du eigentlich für einen Scheißaufkleber da hinten auf deinem Wagen?«, hör ich ihn noch, aber da bin ich auch schon weg.

»Der Bürgermeister will mit dir sprechen, Franz«, sagt die Susi, wie ich mir in ihrem Büro einen Kaffee einschenk. Die andern zwei Kolleginnen grüßen freundlich und haben diesen Ich-weiß-was-du-letzte-Nacht-gemacht-hast-Blick drauf.

»Ah, Eberhofer«, sagt der Bürgermeister, kaum dass ich zur Tür drin bin. »Gut, dass Sie da sind. Hatten Sie eine angenehme Nacht? Setzen Sie sich doch.«

Ich setz mich auf seinen Schreibtisch. Er räuspert sich kurz, steht auf und geht zum Fenster. Dann will er wissen, was ich schon rausgefunden hab. Über unseren Herrn Doktor. Und den Zahnarzt natürlich auch. Fragen über Fragen.

»Alles der Reihe nach, Bürgermeister. Danke der Nachfrage, aber die erste Hälfte der Nacht war furchtbar, dafür war die zweite umso besser«, sag ich so.

»Häha. Schön. Sehr schön. Und weiter! Was ist mit unseren Ärzten? Wissens' da schon was?«

»Genau, unsere Ärzte. Also, der eine ist noch nicht bei Bewusstsein, der Brunnermeier. Und unser werter Zahnarzt ist wohlauf. Zimperlich bis zum Dorthinaus, aber wie gesagt: wohlauf.«

»Wohlauf, soso. Und haben Sie schon was rausgefunden? Wegen den Umständen, mein ich«, will er noch wissen. Dann aber läutet mein Telefon.

»Bürgermeister«, sag ich noch. »Sie sehen's ja selber ...«

Der Stopfer Karl ist am Apparat. Zuerst bin ich mir gar nicht so sicher. Weil er so dermaßen in den Hörer nuschelt, dass ich kaum was verstehe. Aber dann merk ich es schnell. An seiner leicht verklemmten Stimme.

»Warum flüsterst du denn so?«, frag ich zuerst.

»Ja, Mensch, weil das sonst keiner hören soll, verstehst. Ich hab deine Liste abgearbeitet, Franz. Heimlich natürlich, ist ja eigentlich nicht mein Zuständigkeitsgebiet«, wispert er.

»Und, was hast du denn jetzt Informatives für mich?«

»Also, wenn es wirklich einer von denen war, die der Barschl verräumt hat, dann ist die Auswahl sehr begrenzt. Ich hab das genau überprüft, und im Grunde kommen eh nur zwei in Frage. Die anderen fallen aus verschiedenen Gründen aus. Beinbruch, Auslandsaufenthalt, Knastaufenthalt und so weiter und so fort.«

»Prima! Und die zwei heißen?«

»Wimmer, Felix und Grablonski, Victor. Letzterer war der Zuhälter von der Frau Barschl, wenn du's genau wissen willst. Und beide waren zur Tatzeit hier in der Gegend. Auf Alibis hab ich sie natürlich nicht gecheckt. Das geht dann doch zu weit.«

»Wunderbar, Karl. Das hast du großartig gemacht. Und das mit den Alibis mach ich schon selber, keine Angst.«

Dann häng ich ein. Häng ein und fahr zur Frau Barschl.

Kapitel 11

Sie will mich gleich küssen, wie sie mir die Tür aufmacht. Aber ich glaub, ich muss da einiges klarstellen. So sag ich ihr gleich mal, dass sie bitte ihre Zunge aus meinem Hals nehmen soll. Und dass sie diese Geschichte von neulich einfach vergessen soll. Weil da nix war. So rein gefühlsmäßig. Hormone, nichts weiter. Und sowieso geht es einfach nicht. Weil sie momentan meine Hauptverdächtige ist und ich beim besten Willen keine Fortsetzung haben kann. Und auch nicht haben will. Und dass sie mich gefälligst nicht ständig duzen soll. Sie ist nicht einmal beleidigt. Aber sagen wir einmal so: Frauen mit einer solchen Vergangenheit sind wahrscheinlich hart im Nehmen. Die hat sicher schon ganz anderes gehört.

»Ich miste grad die Schränke aus«, sagt sie und deutet nach oben. »Stört das, wenn ich da weitermache? Ich will endlich damit fertig werden.«

Also gehen wir nach oben, und ich setz mich auf die Bettkante. Sie stöbert im Schlafzimmerschrank und wirft ein Teil nach dem anderen in diverse Kartons.

»Ich muss das Zeug hier loswerden. Alles muss weg, was ihm jemals gehört hat«, sagt sie fast hektisch.

Das kann ich verstehen. Was ich nicht verstehe, ist, dass sie kaum Männersachen wegwirft. Beinahe alles sind Klamotten für eine Frau. Und auch das bringt's noch nicht auf den

Punkt. Es sind fast durchwegs pompöse Teile. Mit Glitzer und Federn und Glanz und Gloria.

»Ich versteh schon, dass Sie das Zeug von ihrem Alten wegbringen wollen«, sag ich so. »Aber warum in aller Welt schmeißen Sie Ihre eigenen Sachen weg?«

Sie schaut mich erst ziemlich entgeistert an und fischt dann ein rotes Kleid aus einer der Schachteln.

»Glauben Sie etwa … glauben Sie, dass ich so was anziehen würde?«, fragt sie und fängt zu lachen an.

»Nicht?«

»Nein!«, sagt sie und schüttelt den Kopf.

»Ja, wer denn dann?«

Sie hört gar nicht mehr auf zu lachen, und ich weiß nicht, was ich davon halten soll. Sie lacht und lacht, eine ganze Weile, und ich schau blöd.

»Sie wollen damit aber nicht sagen, dass … äh, dass Ihr Gatte …?«, frag ich schließlich.

»Doch, genau das will ich damit sagen!«

Da bleibt selbst mir die Luft weg. Ich starre zwischen dem roten Fetzen und ihr hin und her, und mir fehlen die Worte. Der Barschl, Tyrann und Scherge in einer Person, verbrachte seine Freizeit in glamourösen Damenkleidern? Unmöglich.

»Kommen Sie«, sagt die Frau Barschl, nimmt mich bei der Hand und reißt mich aus meiner mentalen Verwirrung.

Wieder unten angekommen, kocht sie Kaffee, und wir setzen uns aufs Sofa. Dann beginnt sie zu erzählen.

Ja, sagt sie, ihr Gatte trug tatsächlich bevorzugt Kleider, wenn er daheim war. In allen Variationen. Und er hat sie allesamt im Katalog bestellt, damit nur ja niemand Wind kriegt davon. Es war ihm eh furchtbar peinlich, und er hat ihr oft an den Busen geweint. So sehr hat er sich selber geschämt dafür. Aber er konnte einfach nicht raus aus seiner Haut.

Nicht ums Verrecken. Das war auch der Grund, warum er sie überhaupt geheiratet hat. Nicht etwa aus Liebe. Weit gefehlt. Nein, rein aus Alibigründen hat er damals dieses hilflose Wesen zum Altar geschleppt. Und sexuell … sexuell ist überhaupt nix gelaufen. Nullkommanull. Was seine Gattin aber nicht sonderlich vermisst hat. Und so war es eben eine Art Zweckgemeinschaft. Sie hatte ein sorgenfreies Leben in unserem wunderbaren Land. Und er konnte Kleider tragen und nach außen hin den harten Kerl mimen. Alles einwandfrei. So erzählt sie das, die Frau Barschl. Und ich brauche sage und schreibe vier Tassen Kaffee, bis es endlich in meinem Schädel angekommen ist.

Wobei ich sagen muss, dass sie mit ihrer Erzählung freilich keine Pluspunkte gesammelt hat. Ist es nicht vielmehr so, dass sie damit von der Hauptverdächtigen zur Oberhauptverdächtigen wird? Mir rattert das Hirn. Ich muss nachdenken. Und ich muss weg hier. Sofort.

Wieder in meinem Wagen, schnapp ich erst einmal nach Luft. Reiß das Fenster weit auf und atme durch.

Der Barschl, dieser Saubär! Hockt daheim in Tüll und Federn, heult seiner Alten ans Revers, und im Dienst macht er den harten Bullen und haut die Kollegen in die Pfanne. Ja, pfui Deife, fällt mir da bloß ein.

Zum Mittagessen gibt's eine Grießnockerlsuppe, die mit der Hautfarbe vom Paul farblich geradezu identisch ist. Was wohl kein Wunder ist, wenn er ständig nur Grieß in sich reinstopft.

»Gibt's noch was anderes? Etwas Anständiges vielleicht?«, frag ich mit Blick auf den Suppentopf.

»Hol dir beim Simmerl etwas«, sagt die Oma und fischt einen Schein aus ihrer Schürze. »Und bring deinem Vater auch was mir. Sonst kriegt er noch Zuständ.«

Der Papa hockt hinten im Garten und raucht einen Joint.

»Soll ich dir was vom Simmerl mitbringen oder machst du grad eine Grasdiät?«, frag ich ihn so.

»Mach dir keine Umstände, mich holt jetzt gleich der Leopold ab. Wir machen einen Ausflug«, sagt er und bläst Ringe in die Luft.

Ja, wenn der heilige Leopold natürlich einen Ausflug macht, kann sich der Franz seine Leberkässemmeln sonst wo hinstecken. Also schnapp ich mir den Ludwig und wir wandern rüber zum Metzger. Ich muss ständig an den Barschl denken. Krieg diesen Schuft im Rock einfach nicht raus aus meinem Schädel. Aber zum Glück haben andere Menschen ebenfalls Sorgen. Andere freilich, aber das zählt genauso.

Ich komm also grad so zum Simmerl rein, wie der seinen Filius total zur Sau macht.

»Jetzt hat das Rindvieh seit zwei Wochen den Führerschein, und was macht er? Fährt meinen BMW so dermaßen gegen eine Hauswand, dass man nur noch ein Kehrblech braucht, um ihn zu entsorgen!«

»Jetzt gib doch eine Ruh, Herrschaft!«, mischt sich die Gisela ein. »Und sei froh, dass dem Maxl nix passiert ist. Da hätt ja wer weiß was rauskommen können dabei.«

»Genau!«, sagt der Sohnemann.

»Eine Bockfotze kriegst gleich, eine gescheite, wennst' dich nicht schleichst!«, brüllt der aufgebrachte Metzger und hebt drohend die Hand.

»Zuerst machst mir aber ein paar Warme mit Händlmaier, Simmerl«, sag ich, um die Situation zu entschärfen. Der Max schmeißt mir dankbare Blicke zu und flieht auf dem kürzesten Weg Richtung Schlachthaus.

»Saubub, elendiger!«, brummt der Metzger noch, wie er meine Semmeln eintütet. Ich leg ihm das Geld auf den Tresen.

»Was ist eigentlich mit dem Flötzinger los? Den hab ich

ja ewig schon nicht mehr gesehen«, fragt mich die Gisela, wahrscheinlich um das Thema zu wechseln.

»Kastration«, sag ich nur, und dann bin ich auch schon wieder weg.

Hernach, auf dem Weg in mein Büro, geh ich noch schnell bei der Susi vorbei und leg ihr die Namen auf den Schreibtisch, die mir der Karl zuvor durchgegeben hat.

»Du, Susi. Kannst mir da die Adressen raussuchen?«, frag ich sie.

»Freilich, Schatz«, sagt sie, und die blöden Weiber kichern wie Schulmädchen. Tür zu und raus.

Dann ruft die Taxizentrale an. Ja, heißt es, die Frau Barschl ist tatsächlich in der Tatnacht von Landshut nach Freising gefahren. Und zwar ganz exakt zur Tatzeit. Der Fahrer ist sich aus zweierlei Gründen total sicher. Erstens kann er sich prima an dieses Wahnsinnsweib erinnern. Er hatte große Probleme, sich überhaupt auf die Fahrbahn zu konzentrieren und nicht ständig in den Rückspiegel zu starren. Und zweitens haben sie noch an einer Tankstelle angehalten, weil die Kundin Zigaretten brauchte. Und weil dort zu genau dieser Uhrzeit eine enorme Benzin- und Alkoholnachfrage war, hat das halt ein Weilchen gedauert in der Tankstelle. Und da hat der Fahrer gleich mehrmals auf die Uhr geguckt. Damit dürfte die Frau Barschl wohl aus dem Schneider sein. Weil sie ein Alibi hat. Und ein ziemlich wasserdichtes obendrein. Gut, sag ich, ich brauch das natürlich noch schriftlich. Der Fahrer möge in den nächsten Tagen seinen Arsch hierher bewegen, um mir das zu unterschreiben.

Am Abend steht das Auto vom Leopold im Hof, und hinten aus dem Garten tönen laute Stimmen. Da geh ich halt mal hin. Der Papa hat den Grill angeschmissen und die Oma macht den Tisch zurecht. Dem Leopold seine kleine Thailänderin, die Panida, mischt Salat durch und Zwerg Nase, das gemeinsame Töchterchen, sitzt in der Wiese und zerdatscht Gänseblümchen. Sie sieht mich als Erste.

»Onkel Wans«, schreit sie und kommt gleich mit winzigen Schritten und ausgestreckten Ärmchen auf mich zu gerannt. Sie landet in meiner Einflugschneise und ich dreh sie im Kreis, bis sie quietscht.

»Jetzt hör endlich auf, ihr wird doch ganz schlecht!«, schnauzt der Leopold rüber. Ich hör auf zu drehen und nehm sie auf den Arm. Die Sushi (so nenn ich die Kleine, obwohl sie eigentlich Uschi heißt, aber wegen Mandeläuglein, drum eben Sushi) greift mir in den Bart und sagt: »Igitt!«

Ich kann sie verstehen.

Die Panida kommt, stellt sich auf Zehenspitzen und gibt mir ein Bussi auf die Backe. Der Leopold droht zu zerplatzen.

Unter dem Apfelbaum, aus einer Liege heraus, beobachtet uns der Paul und lächelt ein bisschen. Da gehen wir dann hin, die Sushi und ich.

»Kennst du den Paul schon, Sushi?«, frag ich die Kleine. Sie schüttelt kurz den Kopf, nimmt dann die Hände vors Gesicht und drückt sich an mein Schulterblatt. Dabei grinst sie natürlich.

»Hör sofort damit auf! Sie fürchtet sich ja zu Tode«, poltert der Leopold und reißt mir unsanft das kleine Bündel aus den Armen. Aber bis er überhaupt schauen kann, haut ihm das Goldstück mit Inbrunst beide Hände ins Gesicht und schreit wie am Spieß.

Jetzt mischt sich die Panida ein. Wirft tödliche Blicke auf ihren Gatten und gibt mir die Sushi zurück.

»Also«, versuch ich es noch mal. »Das da ist der Paul.«

Sie lächelt verschämt und sagt schließlich »Pa-haul.« Der quält sich ein Lächeln ab.

»Und du bist die Uschi, hab ich gehört«, sagt er leise.

»Su-shi!«, verbessert das kluge Kind und beugt sich dabei weit nach vorne. Alle lachen. Alle außer dem Leopold natürlich. Sonst ist das Essen aber ziemlich gut. Das Fleisch ein Traum. Innen saftig und außen resch. So wie es sich gehört. Wenn er auch nicht mehr allzu viel tut, der Papa, aber grillen kann er, gar keine Frage. Der Paul isst Salat und Gemüse, und die Oma schneidet ihm alles ganz klein. Die Panida schneidet auch alles ganz klein, natürlich für die Sushi, und ich bin froh, dass ich gleich zugreifen kann, ohne erst noch jemanden mit mundgerechten Happen versorgen zu müssen.

»Was hast du eigentlich für einen Scheißaufkleber auf deiner Karre?«, fragt mich der Leopold beim Kaffee, gleich nach dem göttlichen Mahl.

»Mein Auto, mein Aufkleber!«, sag ich so.

Der Papa schüttelt den Kopf.

»Ja, Panida«, sagt der Leopold ziemlich schrill und erhebt sich. »Dann werden wir jetzt mal unser Scheißkind nehmen und nach Hause fahren.«

Hohohoho!

Ich helf der Oma dann beim Abwasch, und der Papa gibt sich die Beatles in voller Dröhnung. Nach gut einer Stunde wird's mir zu blöd und ich zieh ihm den Stecker.

»Es wohnen noch andere Menschen hier, solltest du das vergessen haben«, schrei ich ihn an.

»Die Oma ist taub und du … du hörst es doch sowieso kaum, da in deinem Saustall drüben«, brüllt er zurück.

»Wir haben aber einen Gast hier. Und noch dazu einen kranken. Da kann man ja wohl etwas Rücksicht erwarten.«

Er winkt nur ab. Winkt ab und macht sich auf den Weg zum Wolfi. Was mir wiederum die Entscheidung abnimmt, ebenfalls dorthin zu wandern.

So geh ich mit dem Ludwig die Runde und schau hinterher noch schnell beim Flötzinger vorbei. Der hockt vor seinem Haus auf einer Bank und blinzelt in die Abendsonne.

»Servus, Franz. Was verschafft mir die Ehre?«, begrüßt er mich.

»Alles gut überstanden, du alter Kastrat?«, frag ich und setz mich daneben.

»Alles bestens«, sagt er, schaut runter auf seine überflüssig gewordenen Eier und grinst. »Der Eingriff war ein Klacks. Kann ich wärmstens empfehlen. Und jetzt: Freie Fahrt für freie Bürger, kann ich nur sagen«, sagt er grinsend und zwinkert verschwörerisch. Dann dreht er sich um und klopft an das Fenster. »Mary!«, schreit er. »Geh, sei doch so gut und bring uns zwei Halbe!«

Die Mary ist so gut.

»Na, Mary«, sag ich, wie sie mir mein Glas herreicht. »Schluss mit Fortpflanzung?« Sie wird rot wie ein Mohnfeld, schaut ihren Mann strafend an und geht.

»Auf die Liebe!«, sagt der Flötzinger und prostet mir zu.

»Freie Fahrt für freie Bürger«, grins ich und nehm einen Schluck Bier.

Kapitel 12

Am nächsten Tag beim Frühstück ist ein Gekeife in der Küche, das kann man gar nicht erzählen. Weil die Oma nämlich dringend zum Einkaufen muss. Und das tut sie bevorzugt mit mir. Drum sagt sie zum Papa, dass er sich um den Paul kümmern soll. Dem geht's heute eh schon viel besser, und die meiste Zeit schläft er sowieso. Aber um halb zehn braucht er seine Medizin. Und zwar dringend. Nein, sagt der Papa, er hat den Alten nicht eingeladen und wird sich jetzt hüten, ihn zu hüten. Und aus. Und er könne ja die Oma wunderbar zum Einkaufen fahren und der Franz kann sich derweil um den Alten kümmern. Freilich kann die Oma das alles nicht hören. Dafür hört's der Paul umso besser. Und sie … sie will sowieso auf gar keinen Fall mit dem Papa zum Einkaufen fahren, weil der keine Ahnung vom Autofahren hat. Nicht die geringste.

Ich trink dann mal lieber meinen Kaffee aus, schnapp mir eine Semmel und brech auf. Der Paul, der hockt hinten im Lehnstuhl und wirft flehende Blicke in meine Richtung.

»Also gut«, sag ich und dreh mich um. »Wo genau ist diese Scheißmedizin?«

Die Oma versteht mich auf Anhieb. Kramt eine Schachtel aus ihrer Schürze hervor und legt sie auf den Küchentisch. Ich nehm das Päckchen und drück's dem Papa in die Hand.

»Halb zehn!«, sag ich noch und deute der Oma den Ausgang. Die zieht die Schürze aus, nimmt Tasche und Jacke und triumphiert rüber zum Papa. Dann küsst sie den Paul auf die Stirn und entschwebt durch die Haustür. Aldi, Lidl, Wochenmarkt. Alle Sonderangebote, Rabattpackungen und Tiefpreisartikel dieses Planeten im Kofferraum, die Oma mit Gesichtszügen, als hätt sie grad den Jackpot geknackt, machen wir uns danach auf den Heimweg. Es ist kurz nach halb elf, wie wir endlich die letzte unserer Tüten in die Küche schleppen. Der Paul schläft ganz ruhig in seinem Sessel. Der Papa ebenfalls, und zwar drüben auf der Couch mit der Zeitung in der Hand. Sein Kopf ist nach hinten in den Nacken gekippt und er hat den Mund weit geöffnet. Schön ist das nicht. Der Ludwig wacht treu zu seinen Füßen.

Die Medizinschachtel liegt am Küchentisch und wirkt völlig unberührt. Die Oma merkt es sofort. Und sie schüttelt den Papa wach.

»Hat er denn seine Medizin nicht bekommen?«, will sie wissen.

Der Papa kann nicht auf Anhieb in die Welt der Wachen und Schaffenden finden und blickt etwas wirr durch die Gegend. Dann schaut er auf die Uhr.

»Verdammt! Wie spät ist es denn jetzt?«, fragt er und richtet sich auf.

»Hat er oder hat er nicht?«, schreit die Oma. Er schüttelt seinen Kopf leicht verschämt. Und er senkt ihn auch etwas. Vielleicht so, als würde er gleich mit einer handfesten Bestrafung rechnen.

»Vollidiot!«, brummt die Oma und wackelt rüber zum Paul. Dann weckt sie ihn sachte und gibt ihm seine Tabletten mit einem Glas Wasser.

Der Papa verschwindet. Er kommt auch nicht am Abend. Und am nächsten Morgen ist er immer noch weg, der alte Depp.

Da ich mich aber auf meinen ausgeprägten kriminalistischen Spürsinn jederzeit verlassen kann, weiß ich ziemlich schnell, wohin ihn sein gekränkter Stolz getrieben hat. »Moratschek«, meldet sich der Richter, und irgendwie klingt er verschnupft. Das tut er meistens, mal mehr und mal weniger. Was aber keinesfalls an einer Erkältung liegt. Das nicht. Vielmehr ist es dieser Schnupftabak. Weil: wenn du dir jahraus und jahrein dieses Zeug in die Nasenlöcher ziehst, sind die Schleimhäute halt irgendwann völlig im Arsch. Keine Frage. Und heute … heute ist es wieder mal richtig extrem. Er hört sich an, als hätte man seine Nasenlöcher mit Sekundenkleber versiegelt.

»Herrschaft! Wer ist denn da«, näselt er weiter.

»Ah, Moratschek! Eberhofer am Apparat. Sagen Sie, haben Sie zufällig eine Ahnung, wo sich mein Vater aufhalten könnte?«

»Nein!«, kommt es wie aus der Pistole geschossen.

»Aha. Und telefoniert haben Sie auch nicht mit ihm? Sagen wir, so die letzten vierundzwanzig Stunden.«

»Nein, äh … telefoniert auch nicht!«

»Richter Moratschek, glauben Sie eigentlich, dass ich deppert bin? Wo ist er?«

»Herrschaft, Eberhofer! Was bilden Sie sich denn eigentlich ein? So geht man doch mit niemandem um. Erst recht nicht mit seinem Vater! Der arme Mann! Ist ja auf seinem eigenen Hof nicht mehr glücklich! Die ganze Sache mit diesem dubiosen Besucher. Kommt mir nix, dir nix und ohne jede Einladung und denkt gar nicht dran, wieder abzureisen. Und wird dann auch noch krank. Eine Zumutung ist das. Und dann noch Ihre Großmutter, die alte Schachtel, die sich aufführt wie eine läufige Hündin! Herrje! Und Sie, Eberhofer, Sie selbst, als sein Sohn, bieten ihm nicht den geringsten Rückhalt! Was dieser Mann alles ertragen muss. Sie sollten sich was schämen!«

»Ist er bei Ihnen daheim?«

»Ja, ja, bei mir daheim. Meine Frau kümmert sich um Ihren armen Vater. Das sind ja wirklich alles keine Zustände nicht!«

Dann häng ich ein. Weil ich erstens weiß, was ich wissen wollte. Und zweitens diese nasalen Vorwürfe, die ohnehin jeglicher Grundlage entbehren, nicht länger ertragen kann. Dann fahr ich zum Haus von den Moratscheks. Die Richtergattin, die ansonsten eine wirklich ganz reizende Frau ist, öffnet die Tür und verhält sich dann, als würde ein Zeuge Jehovas vor der Tür stehen. Ein leprakranker Zeuge Jehovas, um genau zu sein. Aber ich drück mich an ihr vorbei direkt ins Wohnzimmer, und da seh ich ihn auch schon. Er hockt ganz entspannt auf dem Sofa und liest in der Zeitung. Hat die Füße in einer Schüssel mit dampfendem Wasser und kleinen weißen Schaumkronen, die auf der Oberfläche tanzen. Am Tisch vor ihm steht ein halb volles Weißbier, und der Teller daneben weist eindeutig Spuren eines ausgiebigen Weißwurstfrühstücks auf. Um in Ekstase zu fallen, fehlt ihm vermutlich nur noch ein Joint.

»Was willst du hier«, fragt er, ohne seinen Blick auch nur ansatzweise von seiner Lektüre zu lösen.

Die Frau Moratschek kommt und bringt einen Aschenbecher. Dann überreicht sie ihm … ja, schon fast feierlich, das Tütchen mit Tabak. Ich glaub es nicht! Der Papa legt würdevoll die Zeitung beiseite und beginnt, Tabak in einen Trichter Papier zu drehen.

»Du wirst doch etwa hier nicht …«, keif ich ihn an.

»Lassen Sie ihn doch!«, unterbricht mich die Hausherrin. »So ein Zigarettchen nach dem Essen ist doch nicht schädlich. Ganz im Gegenteil. Ist sogar prima für die Verdauung.«

Der Papa grinst und nickt.

»Steh auf!«, sag ich relativ aggressiv.

»Ich denk gar nicht dran!«, sagt er und lehnt sich behaglich zurück. Aber nur kurz. Dann zieh ich meine Waffe.

Die Frau Moratschek quietscht.

Der Papa flucht.

Und er erhebt sich. Langsam zwar, aber immerhin. Er geht auch gleich barfuß zum Wagen. Tür zu und weg. Auf der ganzen Heimfahrt sagt er kein Wort. Aber das ist mir wurst. Daheim übergeb ich ihn dann der Oma und die schlenzt ihm die Wange. Sagt ein paar Mal »Depp, damischer!«, aber schlenzt ihm die Wange.

Wie ich hinterher im Rathaus eintreff, riecht es schon im Korridor nach Kaffee und Kuchen, und aus dem Büro der Verwaltungsschnepfen tönen Stimmen und Gelächter. Die Mooshammer Liesl sitzt mittig und hat ein Kuchenblech auf dem Schoß. Zwetschgendatschi. Selbstgemacht.

»Servus, Eberhofer«, sagt die Liesl, wie sie mich sieht. »Geh, hol dir einen Teller und geh her. Ein Stückerl ist noch übrig.«

Ich beweg mich zur Kaffeemaschine und hol frischen Kaffee. Der Bürgermeister streckt seinen Schädel zur Tür rein.

»Mooshammerin, was habens' denn da Schönes? Ah … einen Datschi! Selbergemacht, nehm ich mal an?«

Die Liesl nickt. Reden kann sie nicht, weil sie den Mund voller Kuchen hat. Und bis ich schau, schnappt sich der Bürgermeister das allerletzte Stückerl und beißt hinein.

»Heeeey!«, schrei ich und könnt schäumen vor Wut.

»War das der Ihrige, Eberhofer?«, fragt er in meine Richtung. Jedenfalls glaub ich das zu hören. Verstehen kann man ihn nämlich nicht. Mund rappenvoll. Vermutlich bis zur Gurgel runter.

»Ja, das war meiner, Majestät!« Mehr krieg ich nicht über die Lippen. Ich dreh mich ab und geh raus.

»Eberhofer … jetzt wartens' doch, bitt schön! Wollens'

einmal beißen?«, hechelt er hinter mir her. Aber der Eberhofer will nicht. Schließlich graust's dem auch vor irgendwas.

»Sie, der Dings ist bei Bewusstsein, wissen's schon ... der Doktor ...«, sagt er und tupft sich mit einem Tempo über die Lippen.

»Brunnermeier«, sag ich und setz mich nieder.

»Genau! Der Brunnermeier. Grad kam ein Anruf vom Klinikum. Geh, sinds' doch so gut und fahrens' da hin. Und fragens' den Dings, den Doktor, weshalb er eigentlich aus unserer wunderbaren Welt scheiden wollte.«

Ja, so wunderbar ist jetzt unsere Welt auch wieder nicht, dass man nicht auch einmal ans Ausscheiden denken könnte.

Aber gut. Ich nehm den Autoschlüssel und beweg mich zur Tür raus.

»Aber seien Sie ein bisserl taktvoll, Eberhofer. Ein bisserl taktvoll, gell. Nicht, dass er gleich noch mal ...«

Auf dem Weg nach draußen kommt mir der Taxifahrer entgegen. Er will schnell seine Aussage zu Protokoll geben, sagt er, weil er zufällig grad in der Gegend ist. Also machen wir das. Er berichtet mir haarklein, was ich ohnehin schon weiß, und kann die Frau Barschl bis ins letzte Detail beschreiben. Er muss sie schier mit den Augen gefressen haben, anders ist das gar nicht möglich. Außerdem kann er nicht aufhören, von »diesem Hammerweib« zu erzählen. Mir reicht diese Aussage vollkommen und drum geleite ich ihn zu seinem Taxi zurück und verabschiede mich. Dann mach ich mich aus dem Staub.

Nachdem ich einen erstklassigen Parkplatz in der Rettungszone ergattert hab, bin ich auch schon auf dem Weg zum neugeborenen Brunnermeier.

»Sind Sie das Arschloch, das mich gerettet hat«, fragt der, kaum dass ich zur Tür drin bin.

»Nein, das war unser werter Herr Bürgermeister. Ich persönlich hab nur Ihre Pulsadern abgedichtet, bis der Sanka kam«, sag ich und nehm auf dem Stuhl neben ihm Platz.

»Ja, dann sind Sie halt das Arschloch, das meine Adern abgedichtet hat. Großartig! Zwei Arschlöcher retten mein Leben. Herzlichen Dank! Ja, glauben Sie denn, ich hab das aus Jux und Tollerei gemacht? Man bringt sich doch nicht einfach so um, ohne vorher gründlich darüber nachzudenken! Und dann, wenn man diesen Entschluss endlich einmal gefasst hat … ja, dann will man halt in Ruhe sterben. Klar? Und nicht von zwei Vollidioten gerettet werden! Verdammt noch mal!«

»Das versteh ich vollkommen«, sag ich und versuche, taktvoll zu klingen. »Und ich persönlich, ich hätte Sie niemals gerettet, Brunnermeier, das dürfen Sie mir glauben. Aber was sollte ich denn machen? Der Bürgermeister hat angerufen und gesagt, Sie liegen in einer Blutlache. So groß wie der Gardasee. Soll ich da vielleicht sagen: ›Lassens' ihn liegen, Bürgermeister. Der hat sich das bestimmt gut überlegt. Und der will sicherlich nicht von zwei so Vollidioten gerettet werden.‹ Nein, das sehens' doch selber. Da hätt der Bürgermeister kein Verständnis gehabt dafür. Nicht das geringste.«

Der Brunnermeier starrt an die Decke und schweigt. Eine ganzc Wcilc sogar. Dann fängt cr zu wcincn an. Was wicderum eine ganze Weile in Anspruch nimmt. Ich putz mir derweil meine Nägel aus. Wie ich beim vorletzten bin, erst da, hört er zu weinen auf und fängt zu reden an. Und so erfahr ich, dass er keine Lust aufs Altwerden hat. Nullkommanull. Er hat keine Frau und keine Kinder, ja, noch nicht einmal irgendeine popelige Verwandtschaft, die einem aber im Grunde ja sowieso nur auf die Eier geht. Nein, so was alles hat der Brunnermeier nicht. Die wenigen Freunde, die er wegen zu viel Arbeit und zu wenig Freizeit hatte, sind auch schon alle tot. Und außerdem hat er in seinem Leben so viele Alte dahinsiechen sehen, hilflos und vollgeschissen, dass er darauf überhaupt keinen Bock hat. Und drum hat er eben beschlossen, jetzt, wo er noch dazu in der Lage ist, sich seine Adern selber aufzuschneiden und niemanden darum bitten zu müssen, dies für ihn zu tun. Damit das Elend ein Ende hat, bevor es überhaupt beginnt quasi.

Ich sag ihm dann, dass er einen Vogel hat und ich ihm einen Psychiater schicken werde. Und wie ich zur Tür rausgeh, fliegt eine Bettpfanne hinter mir her. Zum Glück ist sie leer. Und sie verfehlt nur knapp meinen Kopf. Ja, ein Psychiater hätte hier alle Hände voll zu tun, muss man schon sagen.

Zurück in meinem Büro liegen ein paar Unterlagen auf dem Schreibtisch. Mit einer kleinen, sehr intimen Notiz von der Susi am Blattrand. Es sind die Adressen, die wo sie mir raussuchen sollte. Braves Mädchen.

Ich schau mir das so an und schau und schau, und irgendwas kommt mir komisch vor. Es dauert ein bisschen, bis ich drauf komm, aber dann!

Die Anschrift von diesem Grablonski, diesem Victor Grablonski, ist die gleiche wie die von der Frau Barschl. Zwar erst seit kurzem, aber trotzdem. Das ist ja allerhand! Wieso wohnt ein Exknacki, der auf das Konto vom Barschl geht, jetzt ausgerechnet bei dessen Witwe? Das heißt es herauszufinden. Und zwar hurtig. Darum fahr ich jetzt erst mal nach Freising. Und weil ich immer gerne das Angenehme mit dem Nützlichen verbinde, ruf ich mal beim Birkenberger an. Denn wenn ich schon nach Freising muss, kann man ja prima noch kurz in München vorbeischauen. Nicht, dass jetzt ein Treffen mit dem Birkenberger so unbändig angenehm wäre. Das nicht. Aber weil der Rudi einen Hang zum Nachtragenden, ja direkt Weibischen hat und gern und ausdauernd beleidigt ist, wenn man sich länger nicht meldet, drum anrufen und Treffen vereinbaren. Dann hat man mal wieder eine Zeit lang Ruhe und kein schlechtes Gewissen.

»Eberhofer, wunderbar«, sagt er, wie er meine Stimme hört. Er freut sich hörbar über meine Kontaktaufnahme. Ja, sagt er, prima, ich soll dann morgen kommen. Am besten am Nachmittag, weil er am Vormittag einen Aufsichtsratsvorsitzenden observieren muss und am Abend die Ehefrau vom Landrat von Schlag-mich-tot-ich-hab-den-Namen-vergessen. Aber am Nachmittag hätte er ein bisschen Zeit. Viel nicht, sagt er. Weil dieses abtrünnige Weib in einem mordswichtigen Hotel residiert. Und da muss sich der Rudi zuvor noch kräftig in Schale schmeißen und einen auf Schicki und Micki machen, damit er überhaupt am Türsteher vorbeikommt. Anstrengend, furchtbar anstrengend, sagt er. Nur lauter Leute, die mörderfad an ihren Cocktails schlürfen, überhebliche Blicke in die Runde werfen und absolut humorresistent sind. Aber es hilft alles nix. Und drum freut er sich narrisch, mich zuvor noch kurz zu sehen. So quasi als Entschädigung.

Wie ich am Abend meine Runde dreh (eins-achtzehn, wir sind grad gut in Schuss, der Ludwig und ich), da treffen wir am Schluss hinten am Waldparkplatz auf den Simmerl samt Sohnemann. Sie sitzen beide in einem nagelneuen BMW metallicblau und machen Fahrübungen. Der Max fährt, der Simmerl hockt daneben und brüllt sich die Seele aus dem Leib. »Kupplung! Bremse! Erster Gang! Hochschalten! Bremsen!« So geht das eine Weile und wir schauen uns das an, der Ludwig und ich. Dann entdeckt mich der Max und sein pickeliges Gesicht leuchtet gleich wie die untergehende Sonne von Malibu. Er stößt seinen Vater mit dem Ellbogen.

»Franz! Servus! Warst mit dem Ludwig?«, fragt der mich jetzt und steigt aus. Ich nicke.

»Was wird das hier, wenn's fertig ist?«, muss ich wissen und geh mal um das Auto rum. Erstklassiges Teil, keine Frage.

»Du, der Max, der braucht dringend noch ein paar Fahrstunden, verstehst? Über dreihundert PS die Kiste. Twin-Power Turbo mit variabler Turbinengeometrie und Common-Rail-Direkteinspritzung. Da brauchst ja eigentlich schon fast einen Pilotenschein dafür. Und der Max ... der Max hat das Autofahren in einem Polo gelernt. Verstehst? In einem Polo!«

»Soso. Und jetzt soll er das Autofahren in einem 7er BMW lernen. Mit dreihundert PS. Wo er dir doch erst vor kurzem den Vorgänger an die Wand gesetzt hat.«

»Ja, mei. Der Bub braucht doch ein anständiges Auto. Was Gescheites unterm Arsch praktisch. Und das mit diesem kleinen Unfall ... das haben wir mit unserem Versicherungstantler wunderbar geregelt. Der hat das schon gedeichselt. Und kriegt dafür jetzt ein Weilchen sein Fleisch für umsonst. Capito?«, lacht der Metzger.

Der Max hat langsam seine alte Gesichtsfarbe zurück, aber die Pickel sind noch da. Er steigt aus der Turbokarre. Hat die Hände tief in den Hosentaschen vergraben und den Kopf gesenkt und gesellt sich schließlich zu uns.

»Tolle Kiste, Max«, sag ich zu ihm.

Er zuckt mit den Schultern und wirkt wenig begeistert.

»Gefällt sie dir nicht?«, frag ich weiter.

»Doch, schon«, druckst er herum. »Eigentlich schon.«

»Aber?«

»Mei, ich hätt halt viel lieber einen Polo oder so«, sagt er.

»Einen Polo!«, ruft sein Vater hämisch. »Ja, das ist doch kein Auto, Depp! Glaubst, ich lass mir nachsagen, dass ich meinem einzigen Sohn kein anständiges Auto kaufen kann! So weit kommt's noch! Einsteigen! Und zwar hurtig!«

Die zwei steigen in den Wagen und die Motivationen könnten wohl kaum unterschiedlicher sein. Und der Ludwig und ich, wir machen uns auf den Heimweg. Das heißt, vorher gibt's noch einen kurzen Abstecher zum Wolfi auf ein Bier. Das ist schön.

Am nächsten Vormittag mach ich mich dann relativ zeitig auf den Weg nach Freising. Ich geb noch schnell im Büro Bescheid. Die Susi fragt nach wegen abends. Wegen Schnackseln und so weiter. Und der Bürgermeister will wissen, ob ich noch mal kurz nach dem Brunnermeier schauen kann. Ich muss beides verneinen. So leid's mir auch tut. Und dann bin ich quasi auch schon unterwegs.

Kapitel 13

Ein schmächtiger Mann mit Oberlippenbart und Boxershorts öffnet mir die Tür. Also die Tür von der Frau Barschl. Ich bin einigermaßen überrascht. Oder wär ich gewesen, wenn ich nicht durch der Susi ihre wunderbaren Unterlagen bereits über den Aufenthalt des mageren Bartträgers hier auf dem Laufenden gewesen wäre.

»Victor Grablonski?«, frag ich ihn gleich und zeige meinen Dienstausweis.

»Ich hab diese Tunte nicht abgemurkst, wenn Sie deswegen hier sind«, sagt er, dreht sich um und geht vor mir her in die Küche. Die Frau Barschl steht am Herd und brät Eier.

»Herr Eberhofer«, sagt sie freundlich, aber förmlich. Sie sieht umwerfend aus. Trägt ein schwarzes Nichts mit Federn, die ständig um ihren zarten Hals umherplustern. Umwerfend, wirklich.

»Möchten Sie auch ein paar Eier?«, fragt sie mich und deutet auf die Pfanne. Die Pfanne interessiert mich einen Scheißdreck. Noch weniger die Eier. Ich kann nicht aufhören, diese wunderbaren Federn anzustarren.

»Ist was?«, fragt mich jetzt der Dürre und guckt in die Richtung, in die ich selber gucke. Das reißt mich in die Wirklichkeit zurück. Und so lass ich jetzt alles mal auf mich wirken. Also: Er steht da nur in diesen winzigen Shorts, und sie … sie wäre nackig ohnehin deutlich züchtiger. Und man braucht jetzt nicht unbedingt so arg viel Phantasie, um zu ahnen, was da läuft. Ich kann mir ein gewisses Neidempfinden nicht verkneifen und erinnere mich an das sehr kurze, aber extrem intensive Zusammentreffen mit der Ivana. An diese wunderbaren Stunden, wo sie mir schier mein Gehirn weggeblasen hat. Und ich muss sagen, diese Federn, die pausenlos an ihrem schmalen Hals entlangflirren, die machen mich fast wahnsinnig.

»Eier?«, fragt der Grablonski jetzt noch mal, und diesmal deutlich eindringlicher. Ich schüttel den Kopf. Keine Eier. Keine Federn. Kein Garnix. Ich muss hier weg. Ansonsten schmeiß ich sie auf den Boden und mich gleich dazu. Würde vielleicht keinen so guten Eindruck machen. Ganz klar. Ich schau schnell auf die Uhr und sag, ich hätte einen dringenden Termin vergessen. Und da müsste ich jetzt hin. Sofort. Und ich käm dann lieber am Nachmittag noch mal vorbei. Dann verabschiede ich mich und hoffe inständig, dass dieses Weibsstück bis zum Nachmittag hin in ihren richtigen Klamotten steckt.

Dann ruf ich die Susi an. Ja, sag ich, Schnackseln ist wunderbar. Ich komm heute Abend gleich nach dem Essen, und zwar direkt zu ihr heim. Und sie soll sich was Nettes anziehen. Vielleicht was mit Federn oder so. Und sie soll sich auf etwas gefasst machen. Dann leg ich auf.

Der Birkenberger hockt schon in unserer ehemaligen Stammkneipe und durchforstet die Speisekarte. Ich setz mich nieder und bestell mir ein Bier. Wie der Wirt kommt, um uns erstens zu begrüßen und zweitens die Bestellung aufzunehmen, weiß der Rudi noch immer nicht, was er essen möchte. Ich bestell mir einen sauren Presssack mit Zwiebeln und Schwarzbrot.

»Hast du's dann jetzt?«, frag ich ihn auffordernd.

»Ja«, sagt er und klappt die Karte zu. »Ich nehm auch einen Presssack. Nicht, dass dein Essen dann wieder lecker ist, und meines ist scheiße.«

Ja, das hatten wir schon des Öfteren.

»Du, gell«, sagt der Wirt brummig. »Bei mir da herinnen ist überhaupt gar nix scheiße. Rein überhaupt nix. Nur damit wir uns richtig verstehen.«

Der Rudi lächelt versöhnlich und nimmt einen Schluck Bier. Anschließend will er alles über den Barschl-Fall wissen. Jede winzige Einzelheit. Bei meiner Berichterstattung über den Grablonski macht sich ein Grinsen in seinem Gesicht breit. Ein sehr breites Grinsen sogar.

»Bingo!«, sagt er. »Der und die Witwe … das sind die Mörder, jede Wette. An deiner Stelle würd ich denen unbedingt auf den Fersen bleiben. Und du weißt ja, wenn du Hilfe brauchst, nur zu!«

Wie das Essen kommt, läuft mir schon das Wasser im Mund zusammen. Der Presssack ist ein Gedicht. Das Schweinefleisch butterzart, das Brot resch und frisch und der Essig hat genau die richtige Schärfe. Der Rudi hat den Anschnitt vom Schwarzbrot, das Scherzerl, quasi. Und er kann es kaum beißen. Überhaupt stochert er so was von lustlos in seinem Teller herum, dass dir fast der Appetit vergeht. Oder vergehen könnte, wenn der Presssack nicht, wie gesagt, ein Gedicht wäre.

»Ist irgendwas?«, frag ich ihn schlemmernderweise.

Der Rudi zuckt mit den Schultern.

»Ich weiß auch nicht«, sagt er. »Das Fleisch ist irgendwie knorpelig. Und das Brot ist steinhart. Es schmeckt einfach nur furchtbar.«

Der Wirt kommt schnurstracks auf ihn zu geschossen, entreißt ihm den Teller und erteilt ihm Hausverbot auf Lebenszeit. Der Rudi sagt, das soll er sich gut überlegen. Denn sonst … sonst würde er niemals erfahren, ob ihn seine Alte bescheißt oder nicht.

Das ist dem Wirt aber wurst. Und er bringt uns die Rechnung.

»Eberhofer«, sagt er zu mir, wie wir zahlen. »Komm in Zukunft allein her, verstanden? Ich kann diesen ewigen Nörgler einfach nicht mehr ertragen.«

Jetzt ist der Rudi aber beleidigt. Und nicht nur mit dem Wirt, sondern auch mit mir. Er geht schweigend zu seinem Auto und verabschiedet sich dort mit vibrierender Stimme.

»Ja, lieber Franz«, sagt er theatralisch. »Du kannst dich ja melden, wenn du mal wieder in der Gegend bist.«

Ich verdreh die Augen in alle Richtungen. Aber dann muss er mich tatsächlich auch schon verlassen, um pünktlich in der Arschgeigenszene einzutreffen.

Wie mir am Nachmittag die Frau Barschl die Türe öffnet, ist sie bekleidet und allein. Der Grablonski ist weg. Zumindest seh ich ihn nirgends. Sie kocht uns einen Kaffee und sieht auch jetzt ganz hervorragend aus, obwohl ich mir irgendwie die schwarzen Federn zurück wünsche.

»Der Grablonski, der ist doch bei Ihnen hier gemeldet. Weswegen eigentlich genau?«, frag ich und nehm einen Schluck Kaffee. Sie kommt mit ihrer Tasse zum Tisch rüber und nimmt Platz.

»Ja, wo hätte er denn sonst hinsollen nach seiner Entlassung? Zuerst ist er ja zu seiner Mutter nach Chemnitz. Aber die hatte wohl weder Platz noch Lust, ihr Einzimmer-Appartement mit ihm zu teilen. Dann hat er sich eben bei mir gemeldet.«

Aha.

»Aha«, sag ich so. »Und haben Sie eigentlich mit allen Verbrechern, die ihr Gatte je verknackt hat, so ein inniges Verhältnis?«

»Nein. Natürlich nicht«, lacht sie und schüttelt den Kopf. Bezaubernd, einfach bezaubernd. Wirklich.

»Und warum dann ausgerechnet mit dem Grablonski?«, frag ich und versuche die kleinste Spur Eifersucht in meiner Stimme zu vermeiden.

»Ja, weil wir uns halt schon seit Lichtjahren kennen, der Victor und ich. Er war doch mal mein Lebensgefährte, bevor ihn mein Mann dann verhaftet hat.«

Ihr Lebensgefährte. Wieso denn das jetzt? Ich bin verwirrt. Um kurz nachdenken zu können, nuckle ich intensiv an der Kaffeetasse.

»Und auch mein Zuhälter, wenn Sie's genau wissen wollen«, ergänzt sie zum Glück und erspart mir weitere Gedächtnisakrobatik. Nachdenken muss ich jetzt also nicht mehr. Verwirrt aber bin ich immer noch. So täusche ich wieder mal einen wichtigen Termin vor und mach mich auf den Heimweg.

Da mich dieser morgendliche federbesetzte Nacken den ganzen Tag lang nicht mehr losgelassen hat, verzichte ich direkt aufs Abendbrot. Verzichte aufs Abendbrot und fahr stattdessen direkt zur Susi. Die freut sich, wie sie mich sieht. Leider hat sie mich gar nicht so früh erwartet und hat dementsprechend noch nix Nettes an. Wobei natürlich ein geblümtes Sommerkleid auch nett sein kann. Sehr sogar. Aber so was meinte ich eigentlich nicht. Was aber im Grunde jetzt keine große Rolle spielt. Nein, überhaupt nicht. Vermutlich hätt es sich gar nicht erst rentiert, etwas Nettes anzuziehen. Für die paar Minuten. Und so leid es mir auch tut, aber diese Frau Barschl hat mich heut so derartig aufgeheizt, dass an ein knisterndes Vorspiel erst gar nicht zu denken ist. Und exakt wie ich fertig bin, kommt die Susi grad erst richtig in Stimmung. Aber zu spät. Schade.

»Du, Susi«, sag ich, weil mir ganz plötzlich der Hunger

hochkommt. »So leid's mir auch tut, aber ich brauch jetzt dringend was zu essen. Und zwar sofort.«

Ich schlüpf in meine Jeans, schnapp mir die Lederjacke und bin schon fast draußen. Irgendwie tut sie mir jetzt direkt ein bisschen leid. Wie sie da so liegt in ihrem Bett. So völlig unbefriedigt. Aber es hilft alles nix. Weil: mit knurrendem Magen ist an eine zweite Runde erst gar nicht zu denken.

Am nächsten Tag in der Früh ruf ich zuerst mal die Frau Barschl an. Schließlich muss das Alibi überprüft werden. Also nicht ihres, das kennen wir ja bereits, sondern das vom Grablonski. Sie überlegt kurz und sagt schließlich, dass er zum Zeitpunkt, wo ihr Gatte dahingerafft wurde, in Chemnitz gewesen sein muss. Bei seiner Mutter eben. Die, die weder Platz noch Lust hatte, ihr übersichtliches Reich mit ihm zu teilen. Nein, sagt die Frau Barschl, eine Telefonnummer hätte sie nicht von ihr, nur den Namen. Grablonski hieße das Weib. Ja, diese Möglichkeit scheint mir denkbar. Und so bedank ich mich erst mal und häng ein.

Dann stürmt der Bürgermeister in mein Büro.

»Eberhofer!«, sagt er gleich ganz ohne Gruß. »Eberhofer, Sie müssen jetzt unbedingt nach dem Brunnermeier sehen. Und zwar umgehend. Schließlich war er jahrzehntelang unser Dorfarzt, und ich will meinen, kein schlechter. Und da gehört es sich einfach, nach dem werten Befinden zu fragen.«

Er hat sich weit über meinen Schreibtisch gebeugt und schnauft mir ins Gesicht. So was kann ich gar nicht ertragen. Nicht ums Verrecken. Ich steh auf und geh rüber zum Fenster.

»Und warum, Bürgermeister, schauen Sie bitte sehr nicht selber nach dem werten Befinden von unserem wunderbaren Dorfarzt, wenn ich fragen darf?«

»Ja, weil er mich doch rausgeschmissen hat, verdammt!«, brüllt er und gesellt sich zu mir ans Fenster. »Ein Arschloch, ein saudummes, hat er mich beschimpft und gesagt, dass ich mich schleichen soll! Weil ich ihm seinen Abgang versemmelt hab. Seinen Abgang, den er schon jahrelang penibel geplant hat. Ja, wie soll man denn so etwas wissen, Herrschaft?«, sagt er und schnauft dabei stoßweise. Er geht zum Schreibtisch zurück und plumpst in den Stuhl. Kramt ein Tempo hervor und tupft sich die Stirn.

»Wieso waren Sie eigentlich beim Brunnermeier daheim an diesem Tag?«, will ich jetzt wissen.

»An dem Tag von seinem missglückten Selbstmord, meinen Sie?«

»Ja, so direkt missglückt ist er ja eigentlich nicht. Vielmehr wurde er vereitelt.« Jetzt muss ich grinsen. Der Bürgermeister grinst nicht. Eher schickt er vorwurfsvolle Blicke durchs Zimmer.

»Hexenschuss«, sagt er schließlich. »Meine Frau hat einen Hexenschuss bekommen, der sich gewaschen hatte. Kommt öfters vor. Wenn sie halt wieder mal schwere Trümmer rumschleppt oder so was. Und der Brunnermeier, der weiß da Bescheid. Hat sie ja schon mehrmals deswegen behandelt. Und drum bin ich eben hin.«

Jetzt fragt man sich freilich, warum die Frau vom Bürgermeister schwere Trümmer rumschleppt, und nicht er selber. Aber was geht mich das an.

»Und wie sind Sie reingekommen ins Haus? Immerhin wird er Ihnen ja nicht geöffnet haben, wenn er auf dem Küchenfußboden in seinen Körpersäften lag.«

»Also, Eberhofer!«, empört er sich und schüttelt den Kopf. »Der Schlüssel liegt unter einem Blumentopf, so wie halt bei den meisten, gell. Und weil er mir aufs Läuten hin nicht aufgemacht hat, sein Auto aber vor der Tür stand, hab ich geglaubt, er macht ein Nickerchen und hört mich einfach nicht.«

»So war es ja eigentlich auch«, sag ich noch.

Weil mir jetzt eine Fahrt bei schönem Wetter nach Landshut rein immer noch lieber ist wie diese Unterhaltung mit unserem Ortshäuptling, stoß ich mich vom Fenster ab und schnapp mir die Autoschlüssel.

»Sie schon wieder!«, sagt der Brunnermeier, gleich wie ich zur Tür reinkomm. »Ihr Komplize war auch schon da vor ein paar Tagen. Dem hab ich gleich gesagt, dass er sich schleichen soll. Und für Sie gilt übrigens das Gleiche.«

»Wie geht's uns denn heute so?«, frag ich und versuch einen mütterlichen Tonfall hinzukriegen.

»Wie's Ihnen geht, ist mir scheißegal, Eberhofer. Mir persönlich geht's großartig. Alle zehn Minuten kommt eine von den Schwestern rein und schaut nach, ob ich noch im Bett liege oder bereits unten auf dem Asphalt. Und täglich besucht mich ein äußerst besorgter Kollege, der meint, alles wird wieder gut. Das Leben sei ein wundervolles Geschenk, und man hat sich gefälligst zu freuen darüber. Und immer, wenn er mich fragt, ob ich mich denn nun langsam darüber freuen kann, sag ich: JA! Natürlich! Und, dass ich mich besonders drauf freue, wenn ich wieder heim darf. Heim, zu meinen Rasierklingen!«

Irgendwie hat er jetzt einen schrillen Tonfall drauf. Und gleich darauf geht auch schon die Tür auf und eine Schwester steckt den Kopf rein.

»Alles in Ordnung?«, fragt sie freundlich.

Ich nicke.

»Brauchen Sie irgendwas?«, fragt sie weiter.

Ich schüttel den Kopf.

»Rasierklingen!«, schreit der Brunnermeier.

Weil mir das jetzt auch keinen Spaß macht, verabschiede ich mich und geh.

Wie ich abends heimkomm, hockt der Papa im Wohnzimmer und hört die Beatles. Natürlich in Konzertlautstärke. Er hat die Augen geschlossen und nimmt mich überhaupt gar nicht wahr. Die Küche ist verwaist, drum geh ich erst mal nach hinten in den Garten. Und dort sitzt sie dann auch schon, die Oma. Sitzt ganz entspannt unterm Obstbaum und putzt Gemüse. Der Paul liegt keinen Schritt weit entfernt in der Hängematte und döst. Er hat Gesichtsfarbe heute. Das freut mich.

»Was gibt's denn heut Feines?«, frag und deute ich der Oma.

»Einen Pichelsteiner«, sagt sie. »Da ist ein Haufen Vitamine drin. Und das tut ihm jetzt gut.«

Vermutlich meint sie den Paul. Wobei mir natürlich so ein Pichelsteiner von der Oma auch guttut. Sehr sogar.

Nach dem Essen mach ich mit dem Papa den Abwasch, weil er von der Oma vor die Wahl gestellt wurde, entweder den Paul medizinisch zu versorgen oder abzuwaschen. Und da hat dreckiges Geschirr eindeutig den Vorrang beim Papa, keine Frage.

»Weißt du eigentlich, was er hat, der Paul«, frag ich ihn, während ich einen Stapel Teller verräume. Der Papa zuckt mit den Schultern.

»Krebs, würd ich mal sagen. Vermutlich im Endstadium«, sagt er und poliert dabei das Spülbecken.

»Aha. Und wie kommst du darauf?«

»Ich habe die Beipackzettel gelesen. Die von seinen Medikamenten. Schließlich will man ja wissen, welche Art von Drogen in den eigenen vier Wänden so aufbewahrt werden.«

Ja, für Drogen zeigt der Papa seit jeher ein gesteigertes Interesse.

»Und du glaubst …?«

»Ich glaub, er macht es nicht mehr lang. Du brauchst ihn dir doch bloß anzuschauen. Es wird ja jeden Tag schlimmer. Er ist doch schon ganz durchsichtig.«

Da hat er recht, der Papa.

»Und warum geht er dann nicht heim?«, frag ich mehr zu mir selber. »Ich mein, zum Sterben geht man doch nach Hause, oder? Vielleicht auch noch in ein Krankenhaus. Aber doch nicht irgendwohin in die Fremde, wo man mal vor hundert Jahren ein Gspusi hatte.«

»Also bitte!«, brummt der Papa. »Du glaubst doch nicht allen Ernstes, dass der und unsere Oma …«

»Ja, wieso denn nicht? Ich mein, die Oma war ja nicht immer eine Oma, verstehst. Die war doch früher bestimmt mal ein ganz ein heißer Feger!«

»Jetzt langt's aber, Franz! Es ist immerhin meine Mutter, über die du grad redest. Und immerhin hat sie etwa zur selben Zeit meinen Vater geheiratet, wo sich dieser … dieser Paul hier am Hof rumgetrieben hat. Ein paar Wochen plusminus vielleicht. Also kann er beim besten Willen nicht ihr Gspusi gewesen sein. Passt das rein in deinen Schädel?« Er wirft das Geschirrtuch beiseite und macht sich von dannen. Durchs Fenster hör ich sein Feuerzeug klicken. Und gleich kann man es auch schon riechen. Dass er immer einen Joint braucht, wenn er seinen Sentimentalen kriegt? Und ich könnte wetten, dass er meine Gedanken teilt, was die Oma und den Paul betrifft.

Ich geh dann mit dem Ludwig die Runde, eins-siebzehn, ja, Vitaminbomben treiben dich vorwärts, frag nicht. Und dann geh ich noch zum Wolfi auf ein Bier. Der Simmerl hockt drin und berichtet erfreut über die Fahrkunststeigerungen bei seinem Filius. Und auch der Flötzinger ist da, und offensichtlich bester Laune. Weswegen, sagt er uns nicht, aber er grinst von einem Lauschlappen bis rüber zum andern.

Dann geht die Tür auf und die Susi kommt rein. Sie hat eine Freundin im Schlepptau, die ich noch nicht kenn. Es ist ein Mördergerät mit Megaausschnitt und Minirock, der ihren Schlüpfer ganz groß rauskommen lässt. Und im Handumdrehen läuft dem Flötzinger ein Rinnsal übers Kinn.

»Servus, liebe Susi«, sabbert er gleich los. »Wen hast du uns denn da Schönes mitgebracht?«

»Das ist die Silvie, lieber Ignatz. Und sag, wie geht's eigentlich deiner lieben Mary?«, sagt die Susi und gibt mir ein Bussi.

Die Silvie, soso.

»Servus, Silvie«, sag ich. »Ich bin der Franz.«

»Das weiß die Silvie schon, gell, Silvie. Und sie weiß auch, dass du mein Franz bist«, sagt die Susi und haut mir mit voller Wucht auf den Hintern. Der Wolfi kommt und wir bestellen Bier. Alle, auch das Mördergerät. Dann erfahren wir, dass eine Kollegin von der Susi, eine aus unserer Gemeindeverwaltung, jetzt in Altersteilzeit geht. Und dass diese Silvie nun deren Posten übernehmen soll. Was unser Rathaus auf jeden Fall gleich in einem ganz neuen Licht erscheinen lassen würde. Ja, um nicht zu sagen, in einem neuen Glanz.

Ein paar Bier später tanzt das blöde Flidscherl dann zu ›Griechischer Wein‹ aus den Boxen an der Schulter vom Flötzinger, und er hat seine Pratzen nur ganz knapp über ihrem Schlüpfer. Es ist einfach bloß ekelhaft. Bei ›Er gehört zu mir‹ sind plötzlich beide verschwunden. Eine halbe Stunde später kommt der Flötzinger zurück. Er ist alleine und hat wieder dieses dämliche Grinsen in der Visage. Aus den Boxen dröhnt jetzt ›Merci‹. Ja, danke, ich hab für heut genug gesehen. Und so verabschiede ich mich kurz und geh heim.

Am nächsten Tag in der Früh ruf ich zuerst einmal den Stopfer Karl an. Schließlich ist jetzt ein Weilchen ins Land gezogen, und da könnte man doch erwarten, dass die werten Kollegen in ihrem Barschl-Fall endlich einen Verdächtigen haben. Ja, sagt der Karl, den hätten sie auch. Und es wär nach wie vor derselbe, nämlich ich. Wunderbar. So hab ich mir das vorgestellt! Es ist also genau so, wie es immer war: Weil die Landshuter Polizei völlig unfähig ist und schon rein arbeitstechnisch nullkommanull motiviert ist, ja, man könnte durchaus von Arbeitsverweigerung reden, muss ich den Fall wieder selber lösen. So wie beim letzten Mal. Und beim vorletzten. Und beim vorvorletzten.

Kapitel 14

Wie es sich für einen zielstrebigen Ermittler gehört, verbring ich die nächsten Tage mit der Durchsicht der mir bisher bekannten Fakten. Und ich muss sagen, viel ist das nicht. Da ist einmal das Opfer mit transsexuellen Vorlieben, eine Witwe mit handfestem Alibi und ein Exgeliebter mit keinem ebensolchen, was nun dringend überprüft werden muss. Nach Angaben von der Frau Barschl soll er ja zum Mordzeitpunkt bei seiner Mutter im Osten abgehangen haben. Das heißt es abzuklären. Also begeb ich mich in das Büro von der Susi, weil die nämlich im Rausfinden von Adressen und Telefonnummern einfach eine Granate ist. Leider ist sie nicht da, nur ihre neue Kollegin, die Silvie, die wiederum glänzt mit Anwesenheit. Sie sitzt am Schreibtisch und ist genauso ordinär gekleidet wie neulich. Dahinter steht unser Bürgermeister und versucht offenbar, sie in die Geheimnisse unseres gemeindeeigenen Computersystems einzuweisen. Jedenfalls ist ihr Blick auf den Bildschirm gerichtet, seiner mehr auf ihren Ausschnitt.

»Ah, Eberhofer«, sagt er und hievt seinen Scheitel aus dem fremden Dekolleté. »Ich erklär grad unserer neuen Mitarbeiterin das Dings … das Programm, hähä. Was kann ich für Sie tun?«

Dann erscheint der Flötzinger im Türrahmen. Er hat einen Strauß Rosen im Arm. Die Situation ist jetzt vielleicht ein bisschen unangenehm. Und so mach ich hier einen Abbruch und geh. Gott sei Dank treff ich im Korridor auf die Susi. Sie hat Kuchen dabei, genauer Tiramisu, und es riecht traumhaft. Ich geb ihr die mir bekannten Daten, nehm dafür ein Stück von ihren Süßigkeiten, und unsere Wege trennen sich wieder. Nach dem Austausch so wesentlicher Elemente leg ich erst mal die Füße auf den Schreibtisch. Leg die Füße auf den Schreibtisch und gönn mir eine kulinarische Pause. Der Bürgermeister kommt rein.

»Haben Sie sich die Neue angeschaut, Eberhofer?«, will er wissen und drückt die Tür hinter sich zu. »Eine Göttin ist das, nicht wahr? Eine wahre Göttin. So was haben wir hier dringend mal gebraucht. Die bringt frischen Wind in unsere angestaubten Räume.«

Da momentan das Tiramisu jeden Winkel meines Mundes in Anspruch nimmt, ist an eine Antwort gar nicht zu denken. Aber ich glaube, das erwartet er auch nicht. Er schwelgt so ganz privat vor sich hin. »Ja, wirklich, eine Bereicherung … eine richtige Bereicherung. In jeder Beziehung. Übrigens, Eberhofer, haben Sie eine Ahnung, was der Flötzinger von ihr will? Mit seinen dämlichen Rosen? Der ist doch verheiratet, Menschenskinder!«

Der Teller ist leer. Ich lutsch mir die letzten Zuckerreste aus den Mundwinkeln.

»Ja, aber Sie sind doch auch verheiratet, Bürgermeister. Und trotzdem haben Sie grad eben ihren kompletten Schädel zwischen diese göttlichen Brüste gesteckt«, sag ich so, und auf einmal pressiert's ihm.

Kurz vor Feierabend bringt mir die Susi brav die gewünschte Anschrift samt Telefonnummer und fordert im Gegenzug ein romantisches Abendessen. Das lässt sich einrichten, sag ich. Und, dass sie dann gefälligst was Leckeres kochen soll. So quasi: wenn schon, denn schon.

Nach einigen erfolglosen Versuchen kann ich am nächsten Vormittag endlich die Frau Grablonski telefonisch erreichen. Sie hat eine leise, fast weinerliche Stimme, bestätigt mir aber, die Mutter ihres Sohnes zu sein. Stolz ist sie darauf nicht, weil er ein Nichtsnutz ist, ein krimineller. Aber ja, er war bei ihr zu der Tatzeit. Sie wisse das so genau, weil am selben Tag ihr über alles geliebter Wellensittich, der Bibo, gestorben ist. Diesen Tag werde sie nie vergessen. In ihrem ganzen Leben nicht. Und ihr Sohn, der sei auch bald wieder abgereist, weil sie beim besten Willen keinen Platz für ihn hat. Noch nicht einmal jetzt, wo der Vogelkäfig weg ist. Ja, das ist natürlich schade. Somit fällt wohl auch der dürre Grablonski aus dem Raster der mutmaßlichen Mörder. Ich sag ihr, dass ich das noch schriftlich brauche und dass ich einen ortsansässigen Kollegen vorbeischicken werde.

Die Leute in der PI Chemnitz sichern mir gleich ihre unbürokratische Hilfe zu, und trotz dieses abartigen Dialektes, den sie dort sprechen, verstehen wir uns prima. Ich faxe ihnen noch schnell das Bild der erkennungsdienstlichen Behandlung mitsamt Foto vom Grablonski durch, nicht, dass womöglich diese Frau einen ganz einen anderen Sohn hat. Weil: sicher ist sicher. Und dann geh ich heim.

Der nächste Tag ist ein wichtiger Tag. Ein Da-hab-ich-lange-drauf-gewartet-Tag. Und schon bevor ich meinen Arsch überhaupt aus den Kissen hebe, läutet mein Telefon.

»Na, Franz, deine Zeit als Halbaffe ist ja jetzt abgelaufen. Wenn du deine Wettschuld eingehalten hast, ist heute der Zeitpunkt für eine allererste Rasur.«

»Wettschulden sind Ehrenschulden, Birkenberger«, sag ich und setz mich im Bett auf.

»Und, wie schaut's aus? Ist das Haar noch dran oder bist du schon glatt wie ein Babyarsch?«

»Rudi! Es ist zwanzig nach sechs. Glaubst du im Ernst, ich stell mir den Wecker auf Mitternacht, bloß um mich zu rasieren?«

»Nicht?«

»Nein!«

»Dann kann es ja gar nicht so schlimm gewesen sein«, lacht er in den Hörer. »Wie kommst du in deiner Barschl-Sache voran? Brauchst du Hilfe?«

Im Grunde genommen ist jetzt dem Birkenberger seine Hilfe das Letzte, was ich brauche. Um aber einen Lichtstrahl in sein Schattendasein zu werfen, vereinbaren wir ein Treffen am nächsten Wochenende. Er will nach Landshut kommen, weil er da schon lang nicht mehr war, sagt er. Und sowieso, weil's dort so schön ist. Außerdem hätten die ein wirklich hammermäßiges Bier und eine ebenso gute Küche. Dann legen wir auf.

Nach der Dusche leg ich dann feierlich mein Rasierzeug zurecht. Und das ist jetzt ein Aufwand, das kann man gar nicht erzählen. Nicht so wie sonst, mal kurz mit dem Messer über das Kinn. Nein, weit gefehlt. So einen Vollbart zu entfernen, das kann schon mal gut und gerne den halben Vormittag in Anspruch nehmen. Zwischenzeitlich kommt die Oma wegen Frühstück, verschwindet aber gleich wieder, weil sie meinen halb rasierten und eingeschäumten Anblick nicht ertragen kann. Sie sagt irgendetwas von »Ja, Pfiati Gott!«, und überlässt mich weiter der zuckenden Klinge. Meine Haut brennt wie Feuer und hat auch noch die gleiche Farbe. Dann ruft die Susi an, weil der Bürgermeister nach mir gefragt hat.

»Bist du krank?«, fragt sie gleich ganz besorgt.

»Höchstens halbseitig!«, sag ich und verspreche, bis mittags wieder zu genesen. Und die Tortur nimmt kein Ende. Ich schäume und rasiere und kühle die Haut mit kaltem

Wasser. Zwischenzeitlich deck ich mit winzigen Watteflocken die diversen Schnittwunden ab und tupf mir die Tränen aus den Augen. Aber irgendwann ist es geschafft. Ich betrachte mich im Spiegel, und was ich seh, kommt mir fremd vor. Sehr fremd sogar. Was nicht nur an den unzähligen Watteflocken liegt. Aber vielleicht wird es besser, wenn die weg sind und meine natürliche Hautfarbe zurück ist. Wer weiß.

Bevor ich mich auf den Weg ins Büro mach, schau ich noch schnell zu der Oma in die Küche. Der kurze Weg über den Hof ist äußerst unangenehm, weil es mich jetzt so dermaßen ins Gesicht friert, und das, obwohl es noch nicht einmal kalt ist. Unglaublich.

Der Papa und die Oma können mit meinem neuen, alten Antlitz wohl auch wenig anfangen. Beide starren mich an, als hätt ich die Krätze. Also schnapp ich mir nur schnell eine Semmel, hau ein Paar Scheiben Wurst drauf und verlasse das ungastliche Gehöft. Im Büro ist es dann deutlich besser. Die Susi freut sich, dass ich sie nicht mehr kratzen kann, und auch die Silvie wirft ein paar neckische Blicke durch den Raum.

»Ah, Eberhofer!«, schreit der Bürgermeister schon von Weitem. »Schön, dass Sie wieder menschliche Züge annehmen, sehr schön, ja. Und diese feuerroten Dellen, die verschwinden in ein paar Tagen ganz von allein. Sie werden sehen!«

Kapitel 15

Bevor ich am Abend zur familiären Essensaufnahme schreite, begeb ich mich noch kurz in meinen Saustall rüber, um den Verlauf der Schwellungen zu kontrollieren. Ich geh also ins Badezimmer, knips das Licht an und stell mich vor den Spiegel. Entferne die Watteflocken, die noch nicht selbst die Flucht ergriffen haben, und kühle mit einem kalten Lappen die noch immer leicht geröteten Stellen. Es sieht tausendmal besser aus wie noch heute Mittag. Sogar aus der Nähe. Zufrieden tret ich noch näher an den Spiegel. Aber was ich dann sehe … was ich dann sehe … mir fehlen einfach die Worte. Dieses Gesicht hab ich doch schon mal …

»Oma!«, schrei ich gleich, wie ich zur Tür reinkomm. Natürlich hört sie es nicht, aber sie kann es fühlen, gar keine Frage. Sie erhebt sich vom Stuhl, kommt auf mich zu und streicht mir ganz sanft übers Gesicht.

»Setz dich hin, Bub, setz dich!«, sagt sie und ich tu, wie mir geheißen. Weil mir momentan ohnehin die Füße wegkippen wie nix.

Der Papa kommt in die Küche geschlurft. Ganz langsam schaut er in die Runde. Zuerst zur Oma, dann zum Paul auf dem Sofa und schließlich zu mir. Dort bleibt sein Blick hängen und geht nicht mehr weg. Er zieht langsam einen Stuhl hervor und lässt sich schwerfällig drauffallen, ohne mich auch nur einen Wimpernschlag aus den Augen zu lassen. Die Oma bringt Gläser und eine Flasche Schnaps. Den brauchen wir jetzt. Alle.

Dann beginnt sie zu erzählen. Ganz ruhig, ja beinahe sachlich. Und trotzdem schwingt in ihrer Stimme eine Gewalt, eine solche Gewalt, die ich noch nie zuvor an ihr erlebt habe. Sie sitzt dort am Tisch, dieses winzige Weiblein, und redet und redet und schaut dabei ständig auf ihre Hände. Auf diese faltigen, fleißigen kleinen Hände. Nur ab und zu hebt sie den Blick und starrt ins Leere. Wir anderen lauschen gespannt, und fast möchte man sich das Atmen verkneifen.

Wenn ich mir den Paul heut so anschau, wie er drüben liegt, dort an der Wand unter seiner Wolldecke, dann weiß ich genau, wie ich einmal ausseh. Wie ich einmal ausseh, in vielen Jahren. In vielen, vielen Jahren. Der Paul ist also mein Opa. Und somit natürlich auch der Papa vom Papa praktisch. Gut, dass er damals was mit der Oma am Laufen hatte, das war mir ziemlich schnell klar. Zu vertraut und ja, auch zu verliebt haben die zwei sich verhalten. Aber das? Nein, das hätt ich nie geglaubt. Im Leben nicht.

Der Papa fällt plötzlich in eine Art Schnappatmung, und die Oma geht und bringt ihm ein Glas Wasser. Nur ganz allmählich beruhigt er sich wieder. Und so erzählt sie weiter. Vom Krieg und von der Liebe und vom Abschied. Der Paul wischt sich immer mal wieder über die Augen, und das eine oder andere Mal entweicht ihm ein Seufzer. Es ist ziemlich rührend, wie er dort so liegt und über die Worte von der Oma weint. Ich hab einen dicken Knödel im Hals.

»Aber was ist mit meinem Vater, Oma? Was ist mit dem Eberhofer?«, fragt schließlich der Papa, und dank einiger Handbewegungen versteht sie ihn auch.

»Der Eberhofer? Das war ein ganz feiner Kerl, Bub. Ja, das war ein Ehrenmensch. Wahrhaftig. Er war schon verliebt in mich, da hab ich noch Zöpfe getragen. Er war ja auch viele Jahre älter als ich. Im gleichen Alter wie meine Eltern in etwa. Allein deshalb hat er mich ja auch gar nicht erst interessiert. Und dann, als der Paul fortging und meine Schwangerschaft beim besten Willen nicht mehr zu verheimlichen war, da ist er einfach zu meinem Vater gegangen. Ist zu meinem Vater gegangen und hat um meine Hand angehalten. Ja, so ist das gewesen. Er hat uns zwei vor der Schande bewahrt und dem blöden Gerede von den Leuten. Und du weißt es, Bub, er hat sich zeit seines Lebens sehr liebevoll um uns beide gekümmert.«

Der Papa nickt und hält sich die Augen zu. Die Oma schnäuzt sich, steht schließlich auf und geht rüber zum Paul. Nimmt seine Hand zwischen die ihren und führt sie sich zur Wange.

Es ist hier nicht mehr auszuhalten. Bevor ich selber noch das Flennen krieg, muss ich raus. Ich geh mit dem Ludwig die Runde und stolpere x-mal, weil ich nicht auf den Weg achten kann. Weil mir der Schädel dröhnt. Der kalte Wind schneidet mir ins Gesicht und macht die Sache auch nicht besser. Und ich wünsche mir meinen verdammten Vollbart zurück. Ja, der wär jetzt prima.

Am nächsten Morgen düst der Leopold vors Haus. Offenbar funktionieren die Alarmglocken zwischen ihm und dem Papa hervorragend. Also, er düst vors Haus und rast direkt vom Auto zum Paul auf dem Sofa. Dort umarmt er ihn innig und küsst ihn beidseitig und mehrmalig auf die Wangen.

»Opa, mein Gott, warum hast du uns das nicht von Anfang an wissen lassen? Du gehörst doch zur Familie, Mensch. Schau, wen ich dir mitgebracht hab«, sagt er und präsentiert uns dann seinen Begleiter, der ein bisserl verloren im Türrahmen steht. Das sei ein guter Freund von ihm, sagt er, und obendrein ein ganz großartiger Arzt. Ein Spezialist, sozusagen. Und zwar einer, der seinesgleichen sucht und ganz Promi-München mit seinen medizinischen Kunstgriffen heilt. Und der … der soll ihn jetzt erst einmal gründlich untersuchen, unseren neuen Opa.

Ich krieg gleich das Kotzen.

Dann läutet mein Telefon. Dran ist der Bürgermeister, und der hat einen Spezialauftrag für mich. Ich möge doch so gut sein und den Brunnermeier vom Krankenhaus abholen. Denn der wird heute entlassen, und da wär es doch schön, wenn wir, so quasi als Gemeinde, ihn abholen täten und heimfahren. Er würde diese Aufgabe, diese wundervolle Aufgabe, ja gerne selber übernehmen. Aber die Haslwimmer-Eheleut, die feiern heut ihre goldene Hochzeit, und da muss er halt hin. Sagen wir einmal so: Unter normalen Umständen, hätt ich jetzt gesagt, mein Streifenwagen ist doch kein Taxiunternehmen. Den Brunnermeier kann holen, wer mag. Ich jedenfalls nicht. Da aber die Situation momentan alles andere als normal ist, bin ich um jede Zerstreuung dankbar, und wenn es auch nur Chauffeurdienste sind. Also mach ich mich auf den Weg.

Der Brunnermeier ist ziemlich verdattert, wie er mich sieht. Verdattert, aber dankbar. Er verlässt brav das Krankenhaus an meiner Seite und öffnet die Autotür. Die hintere, wohlgemerkt. Denn wenn er schon gefahren wird, dann eben mit Stil, sagt er. Also schwingt er sich dort auf die Rückbank, um Augenblicke später unter seinem Hintern ein paar Unterlagen hervorzuziehen.

»Hui, wo hab ich mich denn jetzt da draufgehockt?«, fragt er und wedelt damit vor meinen Augen. Ich hab keinerlei Ahnung, aber wir werden es rausfinden. Und rasch merk ich, dass es sich hierbei um die Krankenakte von der Frau handelt, die neulich in der Klinik Besuch von der Frau Barschl erhielt. Und wo ich heimlich eine Kopie gemacht und mittlerweile längstens vergessen hatte. Aber jetzt, wo praktisch eh schon ein Fachmann an Bord ist, kann der doch prima die Fahrtzeit nutzen und einen Blick darauf werfen. Zuerst mag er ja nicht recht. Faselt irgendwas von Schweigepflicht und Arztgeheimnis. Aber wie ich ihn dann genau zwischen Landshut und Niederkaltenkirchen, also praktisch mitten in der Prärie, aus dem Auto zu werfen drohe, wird er gesprächig. Und so erfahr ich, dass diese Frau – ihr Name ist Hausladen – vor nicht allzu langer Zeit eine Abtreibung hatte. Deswegen wär sie zwar nicht in Behandlung, der Eingriff liegt schon ein Weilchen zurück. Aber dann gab es wohl Komplikationen. Auf Grund des Eingriffs. Übrigens wurde die Abtreibung nicht in derselben Klinik vorgenommen. Was man durchaus verstehen kann. Wenn man schon Probleme hat wegen des einen Eingriffs, geht man halt das nächste Mal lieber woanders hin, gell. Wobei der Brunnermeier nach genauerer Betrachtung dann schon sagen muss, dass eine stationäre Behandlung rein medizinisch gesehen nicht wirklich erforderlich gewesen wär.

»Oft sind es ja mehr die seelischen Probleme, wo die Frauen in die Klinik zurücktreiben. Sie haben ein schlechtes Gewissen wegen diesem fragwürdigen Eingriff und bilden sich dann hinterher körperliche Schmerzen ein. Und durch diese imaginären Schmerzen verschwindet dann so nach und nach das schlechte Gewissen, verstehens'. Weil sie ja jetzt praktisch bestraft worden sind. Die Psyche der Frauen, wer will da durchblicken?«

Ja, das sagt er so, der Brunnermeier. Und das wär alles, was er aus der Akte ersehen kann. Ich bedanke mich recht herzlich, und dann sind wir auch schon da und er steigt aus. Klappert mit seinem Hausschlüssel zwischen den Fingern und geht zögerlich zur Tür.

»Ist irgendetwas?«, ruf ich durchs Fenster.

»Das Blut …«, fragt er leise. »Hat irgendjemand das Blut weggewischt?«

Keine Ahnung.

Also entsteig ich ebenfalls dem Wagen, nehm die Schlüssel an mich und betrete das Haus. Geh zielstrebig zur Küche und kann auch gleich Entwarnung geben. Kein Blut, keinerlei sonstige Körpersäfte, alles blitzblank und sauber. Der Brunnermeier schnauft tief durch und tritt ein. Sein suchender Blick ertastet jeden Winkel des Raumes. Und es ist fast so, als käm er zum allerersten Mal an diesen Ort. Mir fallen die Rasierklingen wieder ein.

»Räumen Sie doch Ihr Gepäck noch schnell fort«, sag ich. »Ich koch uns derweil einen Kaffee.«

Er nickt und verschwindet mit der Reisetasche in die obere Etage. Nachdem ich alle Rasierklingen, Messer und anderen Gegenstände mit einer tödlichen Klinge in einen Jutebeutel gepackt hab, setze ich Kaffee auf.

»Eberhofer«, sagt der Brunnermeier, nachdem er meinen Kaffee gelobt hat. »Ich kann mich vor den Zug werfen, am nächsten Baum erhängen, mich mit Tabletten ins Jenseits befördern und so weiter und so fort. Sie können also die Tasche ruhig dalassen.«

Ich überlege kurz, ob ich ihn mit meinen Handschellen am Heizkörper fixieren und dann einfach täglich nach ihm schauen soll. Da mir das aber als Dauerlösung eher schwierig erscheint, überlass ich ihm die Tasche und ihn seinem Schicksal und mach mich vom Acker. Schließlich kann ich mich nicht um den Erhalt des gesamten Planeten kümmern.

Wie ich heimkomm, ist der Leopold noch da mitsamt seinem Medizinmann. Und der sagt, der Paul müsse dringend in eine Spezialklinik am Bodensee. Der Leopold pflichtet ihm natürlich bei und bejubelt jedes Wort, das dieser Quacksalber von sich gibt. Dabei schaut er ihn voller Bewunderung an. Man könnte auch sagen, er steckt hüfttief in seinem Arsch. Also noch mal, beide beschwören den Paul, mitzukommen. Und zwar sofort. Aber der Paul mag nicht. Und wenn der Paul nicht mag, mag die Oma erst recht nicht. Der Papa sagt überhaupt nichts dazu, weil's ihm seit dieser familieninternen Offenbarung sowieso die Sprache verschlagen hat und er einen Hauptteil seiner Zeit damit verbringt, abwechselnd die Oma und den Paul anzustarren. Der Doktor sagt, es tangiert hier nur peripher, was der Paul jetzt will oder was er nicht will. Wichtig ist, was er jetzt braucht. Und das wäre die Klinik. Heutzutage hätten sie großartige Erfolge in der Krebsbekämpfung. Ganz großartige sogar. Der Leopold applaudiert mit all seinen Gesichtszügen und bereitet sogleich eine gewaltsame Entführung vor, um den ja gerade erst gewonnenen Großvater nur möglichst lange behalten zu können. Schließlich will man doch sowieso nur sein Bestes, gell. Und ich sag, dass es mich einen rechten Scheißdreck tangiert, was dieser Guru hier meint. Und er soll sich seine Kräfte lieber für seine Münchner Edeldepperln bewahren und den Paul hier zufrieden lassen. Nur um das ein bisschen zu unterstreichen, nur deshalb zück ich meine Waffe und schieb sie erst wieder in den Halfter zurück, wie das Auto vom Leopold samt Inventar den heimatlichen Hof verlässt. Damit sind die Fronten geklärt. Die Oma beginnt, uns eine Brotzeit zu zaubern, der Papa starrt vor sich hin und der Paul drückt meine Hand.

»Du bist ein guter Bub, Franz«, sagt er dort aus seiner Wolldecke heraus. Ich schüttel den Kopf.

»Sag einmal, Paul, hast du eigentlich keine eigene Familie? Ich mein, das mit der Oma, das ist doch schon Lichtjahre her. Du wirst doch wohl nicht behaupten, dass danach nix mehr war. Da gab's doch sicherlich noch andere Frauen, oder? Was hast du so gemacht in all den Jahren?«, frag ich, weil ich's wirklich wissen will. Der Papa rückt zu uns auf, schließlich will auch er auf dem Laufenden sein.

»Was ich so gemacht habe? Herrje ... was hab ich gemacht? Weißt du, Franz, damals, als ich hier wegmusste, bin ich nach einer unendlich langen und mühsamen Flucht irgendwann auf einem Dampfer gelandet. Auf der Queen Elizabeth. Ein herrliches Schiff, weiß Gott. Nun, wie es dazu kam, das würde hier zu lange dauern. Was mir aber wichtig ist, nachdem ich damals meine erste Leidenschaft verloren hatte, die Kunst, und beinah gleichzeitig meine zweite, deine Großmutter, hat mir der liebe Gott eine neue geschickt. Und die durfte ich mein Leben lang behalten. Und das war die Seefahrt. Ich war viel unterwegs, Franz. Fast überall auf dieser Welt. Und natürlich hab ich auch andere Frauen gehabt, reichlich Frauen, das kannst du mir glauben. In jedem verdammten Hafen. Aber eine Liebe ... eine Liebe hatte ich nur ein einziges Mal. Ein einziges Mal in meinem ganzen Leben.«

Eine Weile ist es ganz still hier im Zimmer. Aber dann muss es doch raus.

»Aber ... aber warum in aller Welt wartet man dann sein ganzes Leben lang und kommt nicht mal früher zurück?«

Der Paul schaut mir tief in die Augen und danach ins Leere.

»Ich bin schon gekommen, Franz. Wo denkst du hin. Kaum, dass die Nazis weg waren, bin ich hierher zurück. Aber es war schon zu spät. Ich ... ich bin vorne durchs Tor und dann übern Hof. Es war niemand im Haus, das konnte ich durch die Fenster sehen. Dann bin ich hinter in den Garten. Und da hab ich es gesehen, Franz. Meine Leni mit einem Kind auf dem Schoß und dahinter ein Mann, der sie zärtlich in den Nacken küsst. Sehr, sehr zärtlich. Ich … ich hatte hier nichts mehr verloren, verstehst du?«

Der Papa flennt jetzt wie ein Kind und rennt auch genauso aus dem Zimmer. Er kommt auch nicht zum Abendessen. Bevor ich hernach mit dem Ludwig geh, find ich den Papa hinten im Garten. Er hat sich heut für Rotwein und Drogen entschieden. Und er telefoniert. Dem Wortlaut und dem Klang seiner Stimme nach kann sein Gesprächspartner eigentlich nur der Moratschek sein.

Kapitel 16

Am nächsten Nachmittag ist das Treffen mit dem Rudi. Und weil ich da natürlich nicht ohne neue Informationen antanzen will, fahr ich zuvor noch schnell zu der Frau Barschl. Weil es ja noch immer keinen wirklichen Fortschritt gibt im Mordfall ihres Gatten, klammere ich mich praktisch an jeden Strohhalm. Und sei es nur ein popeliger Krankenhausbesuch. Sie öffnet mir die Tür, grüßt nur mäßig und geht vor mir her in die Küche. Irgendwie hab ich das Gefühl, dass sich ihre Wiedersehensfreude in deutlichen Grenzen hält. So komm ich auch gleich auf den Punkt.

»Nein, der Name sagt mir nichts«, antwortet sie auf meine Frage nach der Frau Hausladen. Jetzt bin ich einigermaßen überrascht. Ich persönlich kann mich nämlich ziemlich genau an jeden Namen erinnern, wo ich jemals einen Krankenbesuch gemacht hab.

»Sie haben die Frau Hausladen vor zwei, drei Wochen in der Klinik besucht …«, versuch ich ihr auf die Sprünge zu helfen. Aber nix. Kennt sie nicht, und aus. Dann bringt sie mich zur Haustür zurück und sagt, sie hätt's eilig.

Also verabschiede ich mich artig und gehe zum Auto. Kurz vor Niederkaltenkirchen läutet mein Telefon. Dran ist die Frau Barschl, deutlich höflicher als noch eben, und grade sei's ihr eingefallen …

»Ich war wohl ein bisschen auf der Leitung gestanden

vorhin. Aber jetzt weiß ich, wen Sie meinen«, flötet sie in den Hörer. Und dann erzählt sie mir die Story vom wilden Schwein, und zwar so: Sie war also tatsächlich kürzlich in der Klinik, genauer gesagt in der dortigen Apotheke. Wegen Kopfschmerztabletten. »Migräne, schreckliche Sache«, sagt sie. Und dann, auf dem Rückweg zu ihrem Wagen, wär sie plötzlich über einen Geldbeutel gestolpert. Einen Geldbeutel samt Ausweis und Pipapo. Und als rechtschaffene Bürgerin hat sie sich freilich gleich an der Pforte danach erkundigt, wo die mutmaßliche Besitzerin dieser Habseligkeiten stationiert ist. Und dann ist sie zielstrebig dorthin geeilt, um das Fundstück dem rechtmäßigen Eigentümer zurückzugeben. Nobel, nobel.

Ich bedank mich recht herzlich und häng ein. Schau ich eigentlich auch ohne Bart wie ein Depp aus?

Der Rudi kommt pünktlich. Aber das war klar. Bei so was kennt er nix. Pünktlichkeit ist die Höflichkeit der Könige. Und das Erfolgsgeheimnis der Privatdetektive, sagt er immer. Ich bin auch einigermaßen pünktlich, zumindest in Landshut. Und wenn ich auf Anhieb einen schattigen Parkplatz gefunden hätte, dann sogar an unserem Treffpunkt. Fünfzehn Minuten. Was sind schon fünfzehn Minuten? An einem Tag wie diesem. Wo dir die Sonne so großartig auf den Buckel brennt und alle Mädels mit fast nix an rumlaufen.

»Bist du bescheuert?«, begrüßt mich der Birkenberger gleich, wie ich ums Eck komm. Er schwitzt wie ein Schwein. Steht direkt vorm Rathaus, mitten in der wunderbaren Sonne, und schießt gleich einmal ein Donnerwetter ab, das sich gewaschen hat. Von wegen Uhrzeit und Hitze und Hunger und Durst. Ich sag ihm, dass wir gegen Punkt zwei bis vier was unternehmen könnten. Punkt eins ist nun leider mal geschehen und nicht mehr zu ändern. So machen wir uns also auf den Weg und suchen ein Plätzchen im Schatten in unserem Lieblingsbiergarten. Dort, wo das Bier am besten ist und die Bratwürstel direkt ein Traum. Bedauerlicherweise sind alle Tische unter den Kastanien überfüllt bis zum Gehtnichtmehr. Nur zwischen dem Lokus und dem Grill ist noch eine Bierbank frei. Mitten in der prallen Sonne natürlich. Ich will da nicht hin, weil ich keinen Bock hab auf Brotzeit zwischen Hitze und Gestank. Außerdem kenn ich das schon. Es sind diese miesen Plätze, wo ein jeder, den die Blase drückt, vorbeigeht und mitleidige Blicke versendet. Nein danke, darauf hab ich überhaupt keine Lust. Nicht die geringste.

Wie die Bedienung dem Rudi seine Würstl samt Bier bringt und mir ein Glas Wasser, ist die Stimmung schon ziemlich im Keller. Ich bin sauer wegen diesem Scheißplatz, und der Birkenberger grämt sich immer noch wegen fünfzehn lächerlichen Minuten.

»Jetzt red schon, Eberhofer! Was hast denn alles rausgefunden in diesem Kollegenmord?«, fragt er und schiebt sich ein Stückerl Brot in den Rachen.

Eine Horde Jugendlicher kommt aus der Klotür raus und pöbelt irgendetwas von »Scheißsitzplatz!«. Dabei lachen sie vorpubertär. Na bravo!

Es ist heiß hier und stinkt, hat ungefähr das Ambiente von einem türkischen Stehklo und ich frag mich ernsthaft, wie der Rudi auch nur einen einzigen Bissen hinunterkriegen kann.

»Es ist heiß hier und stinkt«, sagt er plötzlich, trinkt sein Bier auf ex und bezahlt die Zeche. Das Mineralwasser spendier ich dem Ludwig und dann machen wir uns auf den Weg zur Isar. Finden schließlich und endlich eine schattige Wiese, und da hauen wir uns dann ganz entspannt rein. Der Ludwig rennt am Ufer entlang, ganz narrisch wegen Enten, und springt sogar todesmutig in die Fluten. Und ich könnte schwören, das Federvieh lachen zu hören, das natürlich weiß, dass er sie nie im Leben nicht kriegt.

»Sag einmal, Franz«, sagt der Rudi, und sein Blick schweift durchs Gras. »Gibt's hier eigentlich Zecken?«

»Zecken? Wieso? Nein, nicht dass ich wüsste«, sag ich. Dann erzähl ich erst mal von dieser dubiosen Krankenhausgeschichte. Die von der Frau Barschl. Aber ganz gegen meine Erwartung wittert das kriminalistische Näschen vom Rudi bei dieser Story keinerlei Lunte. Ganz im Gegenteil. Es erscheint ihm äußerst plausibel und vor allem löblich, dass es noch so ehrliche Finder gibt. Ich persönlich glaube ja, dass er noch immer ein bisschen beleidigt ist wegen zuvor und mir heute sowieso in keinem Punkt recht geben würde. Drum schießt er jetzt quer, bei allem, was ich sage. Also hocken wir eine Zeit lang im Gras, beobachten den Ludwig bei seinen hoffnungslosen Jagdversuchen und schmollen so vor uns hin.

»Da!«, schreit der Rudi plötzlich und springt auf. Er fummelt an seinem Unterarm herum und kommt gleich darauf auf mich zu. Sein Daumen und der Zeigefinger sind dicht aneinandergequetscht und müssen irgendetwas von immensem Wert beherbergen. Ganz vorsichtig legt er sein Fundstück in meine Handfläche.

»Ein Zeck!«, brummt er und ich betrachte das winzige Wesen.

»Ja, super! Und was soll ich jetzt damit«, frag ich und entsorge das Vieh unsanft.

»Ich hab dich gefragt, ob es hier welche gibt!«, sagt er ganz vorwurfsvoll.

»Ja, bin ich ein Hellseher, oder was?«, sag ich und er schweigt. Und weil sich die Situation jetzt ums Verrecken nicht mehr entspannen mag, brechen wir hier ab und jeder geht seiner Wege.

Wo ich nun eh schon mal in Landshut bin, kann ich auch gut noch in der PI vorbeischauen. Heute ist Sonntag, und da dürfte von den Tagdienstlern kaum einer hier sein. So kann ich womöglich den einen oder anderen Blick in die aktuellen Vorgänge werfen.

Hinter den meterdicken Mauern ist es kühl wie am Nordpol. Der Ludwig haut sich auf den kalten Boden, und schon schnarcht er. Mir wär jetzt auch eigentlich mehr nach Müßiggang, aber deswegen bin ich ja nicht gekommen. Zumindest nicht vorsätzlich. Nachdem ich aber mit meiner Schnüfflerei relativ erfolgreich bin, lehn ich mich auch ein bisschen im Sessel zurück und schließe die Augen.

»Eberhofer!« Eine nicht unbekannte Stimme reißt mich aus meinen Träumen. »Was in aller Welt tun Sie hier?«

Thin Lizzy steht mit einem Kaffeehaferl in der Zimmertür und schaut fragend zu mir rüber. Erst mal nehm ich die Füße vom Schreibtisch.

»Ah, Kaffee! Wunderbar!«, sag ich. »Aber das Gleiche könnte ich Sie auch fragen, Frau Maierhofer. Sonntag. Wahnsinnswetter. Und Sie hier im Büro?«

Sie kommt auf mich zu, übergibt mir ihre Tasse und hockt sich auf den Stuhl gegenüber. Irgendwie wirkt sie recht müde.

»Ach, dieser Scheißbarschlfall! Der macht mich noch wahnsinnig. Glauben Sie, wir kommen auch nur einen einzigen Schritt weiter? Der einzige Verdächtige, tja, das waren wohl Sie, Eberhofer. Und wenn der Moratschek nicht seine schützenden Hände über Sie legen würde, dann wären Sie es wohl immer noch.«

»Ja, tut mir natürlich sehr leid, wenn ich dafür nicht zur Verfügung stehe«, sag ich und nehm einen Schluck Kaffee.

»Im Übrigen wirkt es für meine Begriffe nicht gerade entlastend für Sie, dass Sie ausgerechnet am Sonntag hier in der PI abhängen und rumschnüffeln.«

»Aber irgendwer muss doch den Fall knacken. Und wenn ihr es nicht schafft …«

»Halten Sie sich da raus, Eberhofer. Sie tun sich keinen Gefallen mit ihren Schnüfflereien.«

»Was anderes: sagt Ihnen der Name Hausladen zufällig etwas?«

Sie überlegt kurz und schüttelt den Kopf. »Hausladen? Nicht mein Revier, sorry. Aber den Namen hab ich schon mal gehört. War das nicht, warten Sie … ein Unfall, genau! Ein Unfall vor ein paar Wochen. Korpulenter Mann, älteres Semester. Treppensturz unter Alkoholeinfluss, wenn ich mich recht erinnere. Aber wie gesagt, nicht mein Revier.«

Sie reibt sich die Augen, streckt sich und gähnt. Irgendwie schaut sie völlig überarbeitet aus.

»Aber warum fragen Sie?«

Da ich sie nun nicht auch noch mit meinen popeligen Verdachtsmomenten langweilen möchte, wink ich nur ab und empfehl ihr, eine Mütze voll Schlaf zu nehmen. Weil sie gelinde gesagt einfach Scheiße aussieht. Fröhlich stimmt sie das auch nicht grade, aber zumindest bewegt es sie, hier die Zelte abzubrechen und nach Haus zu gehen.

Irgendwie sagt mir mein innerer Schweinehund, dass es eine Verbindung gibt zwischen den Fällen Barschl und Hausladen. Geben muss. Welche, das weiß ich noch nicht. Aber ich werde es rauskriegen. Außerdem sagt mir mein innerer Schweinehund, dass der Magen knurrt. Und, dass er Durst hat. Also begeb ich mich nach dem Essen zum Wolfi auf ein Bier. An so einem Tag, mit so viel Ärger, da läuft Bier praktisch wie Niagara. Ich hab schon mein viertes und die Stimmung ist prima, da geht die Tür auf und der Flötzinger kommt rein. Der Wolfi und ich, wir schmeißen uns grade weg wegen einem Witz, einem saublöden, den er grad erzählt hat. Er ist wirklich so lustig, dass der Wirt halt jetzt nicht direkt aufs Kommando aufhört zu lachen und Bier zapft.

»Was ist da so komisch, ha!«, schreit der Heizungs-Pfuscher gleich relativ aggressiv, da bleibt dir jeder Spaß im Halse stecken.

»Ein Bier! Und zwar hurtig! Das dürfte doch nicht zu viel verlangt sein!«

Huihuihui!

»Darf man erfahren, was dir für eine Laus über die werte Leber gelaufen ist?«, fragt der Wolfi und knallt das Glas hin, dass alles nur so überschwappt.

»Mach es sofort wieder voll!«, zischt der Flötzinger jetzt und kneift seine Augen zusammen wie der Charles Bronson in seinen besten Zeiten. Der Wolfi sendet unfreundliche Blicke auf den neuen Gast. Dann nimmt er sein eigenes Bierglas und füllt damit dem Flötzinger seines exakt bis zum Rand.

Huihuihui!

»Ich warne dich, Wolfgang!«, keucht daraufhin mein Nebenmann.

»Nur zu!«, keucht mein Visavis.

Und schon haben sich die zwei am Krawattl. Ich persönlich lehn mich erst mal zurück und schau mir das ein Weilchen an. Vier Fäuste für ein Halleluja – Schwangerschaftsgymnastik dagegen. Wie aber mein Bierglas ins Wanken gerät, muss ich mich einmischen. Und mit Hilfe meiner Dienstwaffe sind die zwei dann ziemlich schnell wieder Freunde. Danach gewährt uns der Flötzinger Einblick in seine Laune. Und ja, man kann es verstehen. Man kann es sogar ziemlich gut verstehen, dass er jetzt nicht direkt »Hosianna« trällert. Die Mary, die ist nämlich schwanger. Das haut erst mal rein. So sitzen wir ein ganzes Bier lang und schweigen. Die Frage vom Wolfi nach dem möglichen Kindsvater müssen wir prompt mit renitenten Kampfausdrücken büßen. Nein, sagt der Flötzinger, er war es schon höchstselber. So kurz vor seiner Kastration muss das gewesen sein, sagt er. Ein, zwei Tage vorher vielleicht. Vermutlich bei der letzten bemannten Raumfahrt. Das fehlt ihm grad noch, sagt er. Ausgerechnet jetzt, wo's grad so gut läuft mit der Silvie! Er trinkt sein Bier auf ex und bestellt ein neues. Ein Schnapserl dazu gegen den Frust. Mir wird's momentan direkt ein bisserl übel. Wegen Hitze. Oder Bier. Oder Silvie. Und drum mach ich mich auch bald auf den Heimweg.

Beim Frühstück tags drauf düst der Leopold in den Hof und hat nicht nur Sushi, sondern auch noch Panida on board. Ich mag die zwei Mädchen, besonders, weil beide immer zuallererst mich begrüßen. Der Zwerg Nase sowieso, läuft mit ausgestreckten Ärmchen dem Onkel Wans entgegen und quietscht spätestens beim dritten Wurf an die Zimmerdecke. Aber auch die dazugehörige Mama, eine wirklich ganz prächtige asiatische Perle, kommt gleich auf mich zu, umarmt mich und gibt mir ein Bussi auf die Backe. Dem Leopold schwellen jedes Mal die Stirnadern an, dass man ihn fast zum Brunnermeier schicken möcht. Und so ab und zu hab ich auch schon mitgekriegt, wie er die Panida deswegen zur Sau macht. Aber es ist ihr einfach wurst. Sie zuckt nur mit den Schultern, den wunderbaren, und verdreht die Augen. Sie ist ehrlich ein Prachtstück.

»Was verschafft uns die Ehre deines königlichen Besuchs, lieber Bruder? So mitten unter der Woche. Wirkt sich das nicht geschäftsschädigend aus auf deine großartige Buchhandlung?«

»Lass das Kind runter! Ihr wird's ja noch ganz schlecht da oben«, sagt der Leopold irgendwie unfreundlich.

»Wei-te-her!«, ruft die Sushi und lacht.

»Nein, Mümmelmäuschen, wir müssen jetzt leider aufhören. Sonst wird der Papa noch ganz krank, weil er sich solche Sorgen um dich macht«, sag ich ein klein bisschen wehmütig.

Dem Leopold sein linkes Auge beginnt zu zucken.

»Sti-hirbt er dann?«, fragt die Kleine.

»Nein!«, rufen gleich alle ganz besorgt.

»Aber der Paul muss ste-her-ben!«, sagt die Sushi.

Peinliche Situation. Besonders für den Leopold. Weil das natürlich nicht auf dem Mist des Kindes gewachsen ist. Jetzt zucken ihm beide Augen.

»Nein, Uschi. Der Paul macht heute mit uns einen kleinen Ausflug und dann wird er bestimmt noch ganz, ganz alt«, versucht der Leopold die Kurve zu kriegen. Der Papa lacht ein bisschen dämlich.

»Aber der Paul ist schon ganz, ganz a-halt!«

Dagegen kann man jetzt auch nicht allzu viel sagen. Der Leopold kommt und nimmt mir das Kind aus dem Arm.

»Um Gottes willen, Franz!«, ruft er ganz panisch. »Du hast da einen Mordszecken am Hals!« Er geht ein paar Schritte nach hinten, grad als hätt ich irgendwas Ansteckendes. So geh ich also gleich in den Hausflur zum Spiegel. Und ja, er hat recht. Ich zieh mir dann das T-Shirt aus, um weitere Untermieter entweder zu finden oder auszuschließen. Die Panida folgt mir besorgt und betrachtet exakt die winzige Beule. Und auch den Rest meines Oberkörpers. Schließlich kann man gar nicht vorsichtig genug sein.

»Geh weg da, Panida«, ruft der Leopold.

»Bist du geimpft gegen Zecken?«, fragt der Papa.

»Ja, freilich«, sag ich.

Die Oma bringt eine Pinzette. Und im Handumdrehen hat diese geschickte kleine Thaifrau das kleine Mistvieh entfernt. Mit Haut und Haaren und mit dem Kopf. Danach sprüht mich die Oma mit Sagrotan ein. Und zwar so, als wär ich kopfüber in eine Kloake gefallen.

»Jetzt langt's aber, Herrschaft!«, schrei ich und schmeiß mir mein Shirt wieder über.

»Wohin genau soll's denn gehen bei eurem wunderbaren Ausflug?«, will ich nun wissen, allein schon, um das Thema zu wechseln.

»Wir machen uns heute einen schönen Männertag, nicht wahr, Papa«, sagt die alte Schleimsau. »Wir drei Hübschen fahren heut an den Chiemsee. Der Papa und unser lieber Opa und ich, gell«, sagt er weiter und wirft gönnerhafte Blicke in die Runde. »Magst vielleicht auch mitfahren, Franz?«

Nein, das mag der Franz nicht.

»Die Sushi und ich, wir bleiben hier bei der Oma«, sagt die Panida und legt den Arm um unser altes Mädchen.

Ja, bei so viel Familienidylle, da lob ich mir doch einen Arbeitstag! Drum nix wie weg!

Kapitel 17

Kaum im Büro läutet mein Telefon. Dran ist der Birkenberger Rudi.

»Sieben«, sagt er komplett ohne Begrüßung und ich weiß nicht, was er meint. Er erklärt es mir aber gleich, und zwar relativ vorwurfsvoll. Grad ist er vom Doktor gekommen. Grad eben. Und es sind sage und schreibe sieben Zecken entfernt worden. Am Hals, am Rücken, am Arsch und eine auf der Brustwarze. Die war besonders schmerzhaft, sagt er.

»Ich hab auch welche gehabt!«, sag ich zur Verteidigung.

»Ah, da schau her!«, sagt der Rudi keinesfalls versöhnlicher. »Er hat auch welche gehabt, der Herr Eberhofer! Na, wie viel sind's denn gewesen? Zwei? Oder drei?«

»Viele«, sag ich, was bleibt mir auch übrig?

»Ach, scheiß drauf. Jedenfalls hatte ich – während der Arzt mich versorgt hat –, genug Zeit zu überlegen. Da muss man unbedingt an was anderes denken, dann tut's nicht gar so weh, verstehst. Und da hab ich halt noch mal über deinen Mordfall nachgedacht«, sagt er.

»Soso!«

»Ja, und irgendwie kann ich mich des Eindrucks nicht erwehren, dass du immer noch diese Witwe verdächtigst. Und das, obwohl sie doch ein astreines Alibi hat. Und ihr zwielichtiger Stecher genauso.«

Er kann sich des Eindrucks nicht erwehren, der Birkenberger!

»Ich hab da so einen Verdacht, Franz. Vielleicht ... ja, vielleicht hast du sie einfach nur auf deiner Abschussliste, weil du auf sie stehst und sie dich nicht ranlässt?«

»Nein, Rudi, da muss ich dich enttäuschen. Weil: erstens hat sie mich längst rangelassen und zweitens steh ich nicht auf sie. Also nicht so richtig jedenfalls.«

Der Rudi lacht. Sein dreckigstes Lachen.

»Und diese Geschichte, die Geschichte mit dieser ominösen Frau ... wie heißt sie gleich noch?«

»Hausladen.«

»Genau. Wo soll da bitte schön ein Zusammenhang sein?«

»Ja, das weiß ich jetzt auch nicht. Fakt ist jedenfalls, dass es wohl vor kurzem einen vermeintlich tödlichen Hausunfall gegeben hat, wo eben ein gewisser Hausladen übern Jordan ging.«

»Wieso vermeintlich?«

»Ja, keine Ahnung, Mensch. Ich hab da einfach was im Urin. Außerdem ist das sowieso mein einziger Anhaltspunkt überhaupt, verstehst? Eine gewisse Frau Barschl besucht eine gewisse Frau Hausladen im Krankenhaus und behauptet, sie noch nicht einmal zu kennen. Und ganz parallel sterben die Herren Barschl und Hausladen praktisch zeitgleich. Und zwar keines natürlichen Todes. Das kann doch eigentlich gar kein Zufall sein.«

»Eigentlich nicht«, sagt der Rudi. Dann überlegt er. Jedenfalls schweigt er ein Weilchen. Und irgendwie haben wir zwei ganz urplötzlich ein und dieselbe Idee.

Und wir verteilen die Rollen.

»Gut, Franz, genau so machen wir's«, sagt der Rudi noch, dann muss er aber dringend weg. Observierung. Ganz großes Kaliber, sagt er. Und das ist im Moment unglaublich wichtig. Weil sein guter Ruf grad auf'm Spiel steht. Er hat nämlich jetzt wochenlang die Frau eines Abgeordneten beim Fremdgehen gefilmt, eine horrende Rechnung geschrieben und hinterher leidvoll erfahren, dass er saudummerweise die Falsche im Visier hatte. Ihre Zwillingsschwester. So was darf einem Profi natürlich nicht passieren. Niemals nicht, sagt der Rudi. Und, dass man direkt dem Herrgott danken muss, weil er ja nur mit einer Kamera geschossen hat. Undenkbar, wenn es eine Waffe gewesen wäre. Ja, und drum muss er jetzt eben weg, der Herr Privatdetektiv.

Ich hol mir erst einmal einen Kaffee bei der Susi und schau den Mädels ein bisschen beim Arbeiten zu. Schön ist es hier mit der neuen Silvie. Viel schöner als mit ihrer schwabbeligen Vorgängerin, der mit den Krautstampfern, die sommers und winters Wollstrumpfhosen trug. So was trägt die Silvie nicht. Sie trägt überhaupt keine Hosen, wenn, dann höchstens ein Höschen.

»Ist irgendwas, Franz?«, reißt mich die Susi aus meinen Gedanken. Ich schüttel den Kopf. Nein, was soll schon auch sein? Das gemeindeeigene Telefon klingelt. Und die Silvie geht ran. Geht ran und meldet sich artig und beginnt gleich drauf neckisch zu kichern. Dann dreht sie sich ab und beginnt was zu flüstern. Ich reiß ihr den Hörer aus der Hand.

»Flötzinger«, sag ich. »Bist du vielleicht so gut und hältst unsere Verwaltungsangestellten hier nicht ständig von der Arbeit ab.«

»Aber …«, hör ich ihn grad noch, aber ich leg auf.

»Franz!«, rufen die Susi und die Silvie direkt gleichzeitig. Und just in diesem Moment werd ich zu einem Verkehrsunfall gerufen.

Ein PKW ist in unsere einzige Bushaltestelle gerast. Das ist natürlich ärgerlich. Besonders, wo sie so gut wie neu ist. Erst Ende letzten Jahres haben wir die bekommen. Und wir haben sie feierlich eingeweiht. Es gab Freibier und Leberkässemmeln und die Blaskapelle spielte auf. Ein schöner Tag war das, ja, das muss man schon sagen. Und gut hat sie ausgeschaut, die neue Bushaltestelle. Hellblaues Plexiglas und Metallschalensitze für mindestens acht Personen. Alles hat nur so gefunkelt im herbstlichen Licht. Ja, gut, funkeln tut es jetzt auch, wie halt Scherben so funkeln, gell. Es ist der Simmerl, der aus dem kaputten Auto rausschaut, genauer der Max. Sekunden später kommt auch prompt sein Vater die Straße entlanggelaufen, und der hat einen feuerroten Schädel auf.

»Ja, du Volldepp, du depperter!«, schreit er schon von weitem.

»Na, na, na, Simmerl«, versuch ich zu vermitteln. »Jetzt mach einmal langsam. Jetzt schauen wir erst mal, ob dem Buben was fehlt.«

»Ja, Kreuzsakrament, freilich fehlt dem was!«, schreit der erboste Metzger und schubst mich zur Seite. »Ein ganzer Haufen fehlt dem sogar. Ganz vorne weg fehlt ihm ein Hirn! Und ein Auto fehlt ihm jetzt ja offensichtlich auch noch!«

»Und den Führerschein nicht zu vergessen«, sag ich so einfach der Vollständigkeit halber. Der Simmerl spuckt mir vor die Füße. Im Normalfall kriegt er für so was eine Watschn, eine gescheite. Heute aber lass ich mal Gnade walten. Weil er eh schon so brutal cholerisch ist.

Der Max macht keinerlei Anstalten, aus dem Wagen zu steigen. Wobei ja nun »Wagen« ohnehin das völlig falsche Wort für diesen Trümmerhaufen ist. Dann kommt auch noch die Gisela angesaust. Soweit das mit ihrem Gewicht überhaupt möglich ist.

»Max!«, schreit sie mit leichter Tendenz ins Hysterische rein und fuchtelt wie wild mit den Armen. »Maxbub, bist du verletzt?«

Der Max nickt.

Oha!

Und wenn man ihn einmal genauer anschaut, kann man tatsächlich keinerlei Gesichtsfarbe mehr erkennen. Winterkartoffelknödel: Scheißdreck dagegen.

»Ja, schau nicht so blöd! Hol einen Sanka!«, schreit mich die Gisela an, und ich tu, wie mir geheißen.

Dann macht sie ganz vorsichtig die Tür auf und es quietscht und kracht und ein paar Autoteile fallen scheppernd zu Boden.

Der Metzger hat mittlerweile die eigene Gesichtsfarbe der des Juniors angepasst, und sein besorgter Blick wandert langsam vom Auto auf den Sohnemann. Und im Nullkommanix haben wir hier das ganze Dorf rumstehen und alle machen sich Mordssorgen um den verletzten Metzgerbuben.

Ich als Polizist, nach jahrelangen Verkehrsunfallerfahrungen, kann die Situation ziemlich schnell deuten. Da reicht praktisch ein einziger Blick ins Wageninnere und alles ist klar. Mehr als ein Schleudertrauma und ein kleiner Schock dürfte da sicher nicht vorliegen. Ich mess kurz den Puls, ja gut, der ist etwas erhöht. Aber der dürfte im Moment wohl bei allen Anwesenden hier etwas erhöht sein.

»Mir ist schlecht«, sagt der Max noch und schon kotzt er mir vor die Füße. Dank meiner unfassbaren Reaktion kann ich mich und mein Schuhwerk aber grad noch mit einem Hechtsprung in Sicherheit bringen. An der Unfallstelle bricht jetzt ein wahres Chaos aus. Alle schreien ganz aufgeregt, wo denn der blöde Sanka bleibt. Und fragen, ob vielleicht ein Arzt anwesend ist oder wenigstens eine Krankenschwester. Aber nix. Und seien wir einmal ehrlich, bis überhaupt hier bei uns in Niederkaltenkirchen ein Rettungswagen eintrifft, da kann schon gut und gerne ein Weilchen ins Land ziehen. Schließlich muss der von Landshut kommen. Irgendwann aber trifft er tatsächlich ein.

Wie der Max mitsamt seiner Mutter endlich auf dem Weg ins Krankenhaus ist, fängt der Simmerl an zu flennen, das kann man kaum glauben. Er geht langsam um das Auto herum und tastet es ab. Fast könnte man sagen, er streichelt es zärtlich. Und kurz darauf brüllt er den Abschleppwagenfahrer an, er möge vorsichtig sein. Verdammt noch mal vorsichtig, sagt er. Ja, so hat halt jeder seine Prioritäten.

»Jetzt fährt der Depp doch tatsächlich mit diesem wunderbaren Wagen in eine Bushaltestelle«, wimmert er, nachdem der Blick auf dieselbige zu guter Letzt frei ist.

»Vielleicht liegt das ja irgendwie bei euch in der Familie«, fällt mir jetzt ein. »War es bei dir damals nicht eine Telefonzelle?«

»Da war ich besoffen!«

»Das kann man wohl sagen!«

Der Simmerl schüttelt den Kopf und wischt sich über die Augen.

»Ob der Max arg schlimm verletzt ist?«, flüstert er ganz besorgt.

»Nein, ein Schock halt. Vielleicht ein kleines Schleudertrauma. Sonst aber nix, wirst sehen.«

Dann hau ich ihm zur Aufmunterung auf die Schulter und bring ihn zur Metzgerei zurück.

Wie am Abend die drei heiligen Könige von ihrem Ausflug zurückkehren, haben sie freilich auch Geschenke dabei. Für die Oma ein Dirndl, da würde sie gut zweimal reinpassen. Und für mich einen Sepplhut. Der Leopold überreicht ihn mir feierlich und kriegt dabei sein saublödes Grinsen nicht aus der Visage. Im Grunde genommen ist es auch kein Grinsen, nein, vielmehr ein schallendes Gelächter. Er setzt mir also diesen depperten Hut auf und lacht. Und ich tret vor den Spiegel, rück den Filz ein wenig zurecht und bedanke mich vielmals. Ja, sag ich, so ein Teil hätt ich schon immer gern haben wollen. Wie er das nur gewusst hat. Herzlichen Dank auch. Ja, herzlichen Dank. Da bleibt ihm sein Lachen, sein saublödes, direkt im Halse stecken. Und so verräumt er seine Familie in den Wagen und fährt der Heimat entgegen.

Die Oma sagt, das Dirndl ist Scheiße, weil: viel zu groß. Und ich muss unbedingt mit ihr morgen Nachmittag da hinfahren, damit sie es umtauschen kann. Das werden wir dann wohl so machen, die Oma und ich. Gleich drauf kommt der Papa zur Tür rein.

»Der Simmerl steht im Hof und will den Doktor Eberhofer sprechen«, sagt er und wirkt ein bisserl verwirrt. So geh ich halt raus, und da hockt der Metzger tatsächlich in seinem eigenen – also intakten – BMW, hat den Ellbogen aus dem offenen Fenster gestreckt und trägt relativ unübersehbar den bösen Blick.

»Ja, du Siebengescheiter«, brummt er mir aus seinem Schweinsledersitz heraus. »Schleudertrauma ... ein kleiner Schock ... Ha! Dass ich nicht lache! An dem Max ist so ziemlich alles gebrochen, was sich ein Mensch nur brechen kann! Der wird so schnell nicht wieder Auto fahren können.«

»Was ein großer Verlust für die Fahrzeugindustrie ist«, sag ich und muss grinsen.

»Und die Gisela, die ist natürlich stocksauer auf mich!«

»Auf dich? Wieso denn auf dich? Du hast den Wagen doch nicht zu Schrott gefahren?«

»Nein, aber ich hab ihm den Wagen auf's Aug gedrückt, verstehst. Und jetzt ... jetzt liegt er da, der Bub. Und seine arme Mutter ist ganz fertig mit den Nerven.«

»Und was willst du jetzt machen?«

Der Simmerl zuckt mit den Schultern. »Ja, was wohl?

Einen Polo werd ich ihm halt kaufen müssen. Mit einem Polo kann er niemals eine Bushaltestelle zerlegen.«

»Nein, eher nicht«, sag ich und nicke zustimmend.

»Du, sag einmal, warum hast du eigentlich so einen depperten Sepplhut auf, wenn ich fragen darf.«

»Ein Geschenk vom Leopold«, sag ich mit Blick nach oben. Der Simmerl muss grinsen. Dann verabreden wir uns auf ein Bier für später. Ich schnapp mir den Ludwig und wir wandern los.

Kapitel 18

Am nächsten Tag in der Früh fahr ich zuerst einmal in die PI Landshut rein. Und geh zielstrebig in das Büro von der Maierhofer. Sie hockt hinter ihrem PC und schlürft am Kaffee.

»Morgen, Eberhofer. Sie schon wieder? Hat es einen bestimmten Grund, warum es Sie in letzter Zeit ständig hierher verschlägt? Meinetwegen wird es sicher nicht sein, oder?«, begrüßt sie mich und bedeutet mir, Platz zu nehmen.

»Sagen Sie das nicht!«, sag ich und setz mich nieder. »Aber warum ich eigentlich hier bin, der Unfall … der Unfall mit diesem Hausladen … da gibt's doch irgendwelche Unterlagen drüber, oder?«

»Ja«, sagt sie, hebt eine Augenbraue und stellt die Tasse ab. Geht rüber zum Aktenschrank und kommt mit einem Ordner zurück. Den legt sie vor mir auf den Schreibtisch.

»Ich hab mir das ja auch schon angeschaut. Ein Sturz über die Kellertreppe«, sagt sie und setzt sich wieder hin. »Opfer männlich, Landwirt mit hauseigener Schlachtung. Achtundvierzig Jahre alt, Witwer. Nach Auskunft der Akten wohnte er mit seiner Tochter zusammen. Die dürfte so an die zwanzig sein, wenn ich mich recht erinnere. Jedenfalls war er ziemlich betrunken zum Todeszeitpunkt. Knappe zwei Promille, soviel ich weiß. Und war wohl auf dem Weg in den Keller, um Nachschub zu holen. Ja, und dabei muss er dann ausgerutscht sein. Ganz offenbar war sonst niemand im Haus, wir haben das alles überprüft. Die Tochter, die hat ein astreines Alibi. Sie war zur Tatzeit im Krankenhaus. Hatte zwei Bettnachbarinnen. Die beide ihre uneingeschränkte Anwesenheit bestätigt haben.«

»Kann ich den mitnehmen?«, frag ich mit Blick auf den Ordner.

»Weswegen?«, will sie wissen.

»Keine Ahnung. Nennen wir es Intuition?«

»Vermuten Sie einen Zusammenhang? Einen Zusammenhang mit unserem Barschl-Fall?«

»Kann ich die Unterlagen nun haben oder nicht?«

»Solange ihre Unschuld nicht bewiesen ist, dürfen Sie nicht ermitteln. Das wissen Sie doch, oder?«

»Liebe Frau Maierhofer. Selbstverständlich weiß ich das«, sag ich und deute auf die Akten.

»Tun Sie, was Sie wollen. Aber halten Sie mich gefälligst da raus!«, sagt Thin Lizzy und widmet sich wieder ihrem Bildschirm.

Dann geh ich zum Stopfer Karl. Der freut sich, wie er mich sieht, steht sogar auf, um mir die Hand zu schütteln.

»Franz! Das ist eine Freude! Was treibt dich in unsere düsteren Mauern?«

Ich hock mich auf seinen Schreibtisch und klopf auf den Leitz.

»Die Spurensicherung in der Unfallsache Hausladen ... hast du die gemacht?«, frag ich zuerst.

Der Karl nickt.

»Freilich. Warum? Stimmt was nicht damit?«

»Das versuch ich rauszufinden.«

»Nein, Franz.« Er schüttelt den Kopf. »Eine Kellertreppe so glatt wie ein Babyarsch. Und ein grenzwertig Alkoholisierter mit Übergewicht, das ist halt eine miese Kombination, gell. Das schreit ja direkt nach Unfall.«

»Nehmen wir einfach mal an, dass er geschubst wurde … gäb's da irgendwelche Unterschiede? Sagen wir zum Beispiel bei der Auffindung der Leiche?«

»Nein, generell nicht. Bei einem leichten Schubser jedenfalls nicht. Und mit Sicherheit musste man ihn gar nicht fest schubsen, so dicht, wie der war. Aber wieso fragst du? Wir haben das alles genau überprüft, Franz. Außerdem war er doch eh ganz allein zu Hause.«

»Seine Tochter war nicht zu Hause, das ist alles. Das heißt aber noch lange nicht, dass sonst keiner da war.«

»Ja, aber…«

»Dank dir erst mal, Karl!«, sag ich und hau ihm auf die Schulter. »Und grüß mir deine Waldburga!«

»Ja, äh … mach ich!«, hör ich grad noch, dann bin ich aber auch schon draußen.

Die Oma hockt schon im Auto, wie ich nach dem Essen übern Hof schreite. Hat die Tüte mit dem Dirndl auf dem Schoß und meine neue Kopfbedeckung ebenfalls. So fahren wir also los. Das Wetter ist prima, die Sonne scheint uns aufs Autodach und die Oma freut sich wie ein Zaunkönig. Wir fahren eine Zeit lang am Ufer entlang und der See glitzert wie tausend Glasscherben. Das ist schön. Das Geschäft finden wir auf Anhieb und eine freundliche Verkäuferin ebenfalls. Nein, sagt sie, das Geld kriegen wir nicht zurück, aber wir könnten uns gerne in diesem Riesensortiment etwas anderes aussuchen. Die Oma watschelt los. Die Damenabteilung ist riesig und die Oma durchwühlt sie komplett und von hinten bis vorn, wird aber nicht fündig. Weil erstens nichts in ihrer winzigen Größe da ist, und zweitens gibt's ganz offensichtlich keinerlei Sonderangebote.

»Ja, Herrschaft! Wo sind denn die Sonderangebote?«, schreit sie schließlich die Verkäuferin an. Die weiß zuerst nicht, wovon die Rede ist. Zumindest tut sie so. »Rabatt, Nachlass, Discount, Mangelware?«, versuch ich ihr auf die Sprünge zu helfen.

»Ach so«, sagt sie ein bisschen abfällig. Führt uns aber dann in einen Nebenraum, wo es von Angeboten nur so wimmelt. Es sind auch größere Kindersachen darunter. Und die passen der Oma wie angegossen. Am Schluss haben wir ein Dirndl mit Gänseblümchen und orangener Schürze für die Oma und eins mit Veilchen und rosa Schürze für den Zwerg Nase. Und da auch meine filzige Kopfbedeckung zurück zum Erzeuger geht, kriegen wir sogar die Differenz ausbezahlt. Vierzehn Euro zwanzig sind das. Und die verbraten wir im nahe gelegenen Café für Schwarzwälder und Milchkaffee. Sitzen in der Sonne und schauen auf den wunderbaren See hinaus.

Auf der Heimfahrt schläft die Oma ein und wird erst wieder wach, wie wir übern Hofkies rumpeln. Hinten aus dem Garten erklingen ungewohnte Töne. »Flieger, grüß mir die Sonne …«, kann ich vernehmen. Weil es die Oma freilich nicht hören kann, geht sie schnurstracks in die Küche. Mich aber treiben nun die fremden Klänge und die damit hervorgerufene Neugier schnurstracks hinters Haus. Und dort sitzen sie dann vor dem Schallplattenspieler. Der Papa und der Paul in Wolldecken mit einer Flasche Rotwein am Gartentisch und schauen sich haufenweise Fotos an. Ich setz mich mal dazu. Sagen tut keiner was. Die Bilder wechseln wortlos die Betrachter, und ich gehör jetzt auch dazu. Es sind Aufnahmen aus dem Leben der beiden. Vom Kinde bis heute. Manche schwarz-weiß, manche farbig, etliche mit Zickzackrand, einige mit Rissen oder geknickt. Aber alle … alle haben eines gemeinsam. Es sind die Zeugen ihrer Vergangenheit. Und sie alle erzählen aus ihrem Leben. Jedes einzelne davon. Irgendwann zerstört die Oma diesen stillen Moment, indem sie mit einem Mordstablett auf uns zukommt. Der Papa geht ihr entgegen und befreit sie von der Last.

»Schneidig, Oma!«, begrüßt er sie mit ihrem geblümten Neuerwerb. Der Paul blickt auf. Und an seinen Gesichtszügen kann man gut ausmachen, dass ihm diese kleine Trachtlerin ebenfalls sehr gefällt. Nach dem Essen gibt's ein Schnapserl, und danach nimmt die Oma ihren müden Seefahrer an der Hand und bringt ihn ins Bett.

»Irgendwie schön, die zwei«, sag ich so.

»Irgendwie schon«, brummt der Papa und schaut ihnen hinterher, bis sie ums Eck rum sind.

Am nächsten Tag in der Früh geh ich zuerst einmal zur Susi wegen Kaffee. Es duftet schon im Korridor danach. Wie nicht anders zu erwarten, ist die Kanne aber bereits leer. Weil die hier anwesenden Verwaltungsschnepfen nämlich Kaffeehaferl füllen, da könnte man gut ein Fußbad drin machen.

»Ich setz gleich noch mal neuen auf, Franz«, sagt die Susi, kommt um den Schreibtisch rum und zwickt mich in die Wange. »Gehst derweil kurz rüber zum Bürgermeister, der hat eh schon nach dir gefragt.«

Also geh ich dort rüber, wohl ahnend, dass wieder irgendwas völlig Nerviges ansteht. »Schauns' doch selber, Eberhofer«, sagt der Bürgermeister, nachdem er sein Anliegen vorgebracht hat, und tritt ans Fenster. »Da kann man doch kaum noch auf den Gehweg sehen. Vom Marktplatz ganz zu schweigen.«

Und es ist ja wahr. Die Bäume vorm Rathaus haben eine Triebsamkeit, das kann man kaum glauben. Äste, so dicht wie im Regenwald, kratzen bereits an den rathäuslichen Scheiben. Da muss sich was ändern, ganz klar. Weil selbstverständlich ein Bürgermeister das Recht hat, einen freien Blick auf seine eigene Gemeinde werfen zu können. Das dürfte wohl jedem einleuchten. Aber dass er dafür nun ausgerechnet meine Hilfe braucht, ist zwar ärgerlich, jedoch fällt mir so spontan leider nix ein, um aus der Nummer rauszukommen. Er freut sich.

»Schön, Eberhofer. Sehr schön«, sagt er. »Dann werd ich dem Hausmeister Bescheid sagen, dass Sie ihm zur Hand gehen, gell. Wann würd's Ihnen denn passen?«

»Passen tut's mir im Grunde überhaupt nicht. Nur dass das klar ist. Aber wenn ich hier schon den Handlanger spielen muss, dann am besten zügig, damit wir's hinter uns bringen. Gleich morgen in der Früh vielleicht«, sag ich.

»Hervorragend, Eberhofer. Wirklich hervorragend!«

Bäume schneiden. Prima. Was muss man eigentlich noch alles ertragen, wenn man in so einem Kaff den Dorfgendarm gibt?

Ich verzichte nun auf Kaffee und geh direkt in mein Büro. Dann ruf ich erst mal den Birkenberger an. Mal schauen, ob der fleißig war und irgendwelche Nachrichten für mich hat.

»Du, Franz«, sagt er, und ich kann ihn nicht wirklich verstehen. Er flüstert kaum hörbar in den Hörer und nuschelt irgendwas von mordswichtig und Verhör und dass er sich meldet, sobald es halt passt. Ich leg mal besser auf.

Dann halt doch Kaffee.

Die Kanne ist leer, das ist doch unglaublich.

»Ja, sagt's einmal, so viel Kaffee kann doch kein Mensch gar nicht saufen!«, brumm ich jetzt relativ unfreundlich.

»Kann man schon, besonders, wenn er so lecker ist«, vernehm ich jetzt eine mir wohlbekannte Stimme. Sie kommt aus dem Eck direkt hinter der Tür. Der Besitzer hockt auf dem Schreibtisch von der Silvie und ist der Flötzinger himself. Und er nuckelt genüsslich an einer Kaffeetasse. Die reiß ich ihm aus der Hand.

»Mach dich vom Acker, Flötzinger! Und kümmer dich gefälligst lieber mal um deine schwangere Gattin«, sag ich und löse damit prompt absolute Geräuschlosigkeit aus. Die Susi hört auf, in ihren Computer zu hacken. Die Silvie hört auf zu kichern. Und der Flötzinger hört auf, peinliche Weisheiten zu verkünden. Aber Flöhe husten. Jede Menge.

»Ja … ich … ich geh dann mal wieder«, sagt der Heizungs-Pfuscher und erhebt sich vom Schreibtisch. Sendet tödliche Blicke in meine Richtung und schleicht durch die Tür.

Ein Weilchen ist es mucksmäuschenstill.

»Die Mary ist schwanger?«, fragt mich die Susi schließlich ganz leise.

Ich nicke.

Die Silvie fischt ein Tempo aus ihrer Tasche und rauscht dann durch die Tür Richtung Klo.

Miese Stimmung hier.

Da bin ich direkt froh, dass mein Telefon läutet und der Birkenberger dran ist. Er sagt, er ist zufällig ganz in der Nähe und wir könnten uns doch prima in der Mittagspause treffen. Ich sag, treffen könnten wir uns schon, aber nur bei mir daheim. Weil die Oma nämlich heut ein Kartoffelbratl macht. Und das will ich ums Verrecken nicht verpassen. Also lad ich den Rudi kurzerhand auf den elterlichen Hof ein und geb noch schnell daheim Bescheid, damit der Papa ein weiteres Gedeck auflegt.

Jetzt ist ja die Oma die beste Köchin rund um diesen ganzen Planeten. Und natürlich kocht sie auch Mengen, die keinerlei Ähnlichkeit haben mit haushaltsüblichen Portionen. Allein schon, weil der Leopold frisst wie ein Schleuderaffe. Der Papa und ich stehen ihm darin aber kaum etwas nach. Aber das, was der Rudi so wegputzt, steht in überhaupt keinem Verhältnis zu bisher Bekanntem.

»Sag einmal, Rudi, irgendwann musst du doch auch satt

sein, oder«, sag ich nach seinem neunten Knödel. Die Oma merkt es gleich, weil sie mich anschreit: »Ja, lass ihn doch gefälligst, wenn es ihm schmeckt!«

Und offensichtlich schmeckt es ihm. Dem Paul schmeckt's eher weniger. Jedenfalls stochert er kraftlos in seinem Teller herum und schiebt ihn schließlich zur Seite.

»Der muss dringend zum Arzt«, prophezeit der weise Rudi später, wie wir allein sind.

»Der will nicht zum Arzt«, sag ich und erklär ihm schnell die Situation.

»Ja, dann muss halt ein Arzt zu ihm kommen«, sagt der Rudi. »So kann man ihn jedenfalls nicht flacken lassen. Der leidet doch wie ein Viech.«

Herrschaftszeiten, dass sich der Birkenberger immer und überall einmischen muss! Also ruf ich mal den Brunnermeier an. Nein, sagt er. Das geht nicht. Immerhin wär er jetzt im Ruhestand und ich soll lieber einen von den Kollegen anrufen. Nix, sag ich. Er muss kommen. Und zwar sofort. Weil der arme Paul leidet wie ein Viech. Und er soll doch bitte schön einmal an seinen Eid denken. An seinen hippokratischen.

Nachdem sich der Brunnermeier mit seinem ärztlichen Arsch hier eingefunden hat, ziehen wir uns in den Garten zurück, der Rudi und ich. Er hockt sich in den Schaukelstuhl und lässt den Blick durch den Garten schweifen.

»Schön hast es hier, Eberhofer. Sehr schön, das muss man schon sagen.«

»Deswegen bist aber ja wohl nicht gekommen, oder?«, sag ich und hock mich ihm gegenüber. Der Rudi verschränkt die Arme im Nacken und lehnt sich behaglich zurück. Er genießt den Augenblick sichtlich. Den Augenblick, etwas zu wissen, was ich eben nicht weiß. Mich kann er so aber gar nicht. Ich pflück einen Grashalm und blas darauf rum.

»Ja, Kreuzkruzifix!«, brummt er schließlich. »Interessiert dich das wirklich einen Scheißdreck, was ich so herausgefunden hab?«

»Doch, eigentlich schon«, sag ich und werfe den Halm weg. »Also!«

»Ja, ich bin halt bei dieser Hausladen gewesen. Bei ihr selber und auch bei einigen Nachbarn, wenn du's genau wissen willst.«

Aha.

Er schweigt eine Zeit lang und schaut mich triumphierend an.

Ich pflück nach einen Grashalm.

Er schnauft. Ein bisschen theatralisch für meine Begriffe. Aber dann wird er gesprächig, frag nicht! Er redet und redet, und man kann deutlich merken, wie stolz er auf das Resultat seiner erfolgreichen Schnüffelaktionen jetzt ist. Die sind zwar leider wenig heiter, interessant aber sind sie allemal. »Also, die Gattin vom verunglückten Hausladen, die ist damals sehr früh gestorben. Und zwar so früh, dass er praktisch gezwungen war, die kleine Tochter alleine großzuziehen. Und weil er mit dieser Aufgabe vermutlich völlig überfordert war und ihm wohl auch sein Weib gefehlt hat, beschloss er bald, dass seine Tochter seine Frau zu ersetzen hatte. Zuerst nur für schwere Hausarbeiten und so was in der Art. Weil aber von dem Mädchen keinerlei Gegenwehr kam, bald eben auch anders, du weißt schon. Und das muss dann jahrelang so gegangen sein. Ich konnte mit einigen von den Nachbarn reden. Und die haben alle irgendwas drüber gewusst. Und sie behaupten, auch das Jugendamt wusste darüber ganz genau Bescheid. Passiert ist aber nix. Rein gar nix. Mittlerweile ist dieses Mädchen halt eine junge Frau und auf dem Weg in ihr eigenes Leben. Was wiederum dem Vater wenig Frohsinn entlockt haben dürfte. Und so hat er wohl seinen Frust immer öfter im Suff ertränkt. Ja, das war's eigentlich auch schon. Und nun ist er tot, der Hausladen. Verstorben beim Versuch, seine Promillewerte aufrechtzuerhalten, könnte man sagen. Gut, jetzt bist du dran, Franz«, sagt der Rudi nach Beendigung seiner Berichterstattung.

»Ja, und wie schaut's aus ... kennt sie die Frau Barschl? Diese Frau Hausladen, mein ich«, frag ich jetzt.

Der Rudi schüttelt den Kopf. »Sie sagt Nein. Aber sie sagt ja auch, dass ihr Vater sie niemals sexuell belästigt hat. Niemals. Das wären alles nur Gerüchte, weiter nix.«

»Du, Rudi«, will ich noch wissen. »Hast du bei deinen Befragungen eigentlich erzählt, dass du ein Privatdetektiv bist? Also, wissen diese Leute davon, dass wir hier ermitteln?«

»Bin ich deppert, oder was? Nein, nein, ich hab da schon so meine ganz eigenen Methoden, Dinge zu erfahren, die sonst nie einer erfahren würde. Schließlich bin ich ja nicht erst seit gestern in diesem Gewerbe.«

Sehr gut.

»Ja, dann fahr ich erst mal in diese Klinik. Also nicht in die, wo die Hausladen zuletzt lag, sondern in die, wo vorher diese Abtreibung gemacht wurde. Irgendwo muss da doch ein Zusammenhang sein«, sag ich und steh auf.

Der Brunnermeier kommt aus dem Wohnhaus.

»Und, wie geht's ihm?«, frag ich und geh ihm entgegen.

»Ja, mei. Wie's einem halt so geht bei Krebs im Endstadium, gell. Wenn er nicht ins Krankenhaus will, kann man auch nichts machen. Ein bisserl was gegen die Schmerzen vielleicht. Mehr nicht. Aber im Grunde kann ich ihn schon verstehen, denn helfen ... helfen wird ihm eh nix mehr. Und das weiß er genau.« Der Brunnermeier schnauft tief durch, stellt seinen Arztkoffer ab und putzt die Brille. »Wie gesagt, ich hab ihm was gegen die Schmerzen gegeben. Und ich schau morgen dann wieder vorbei«, sagt er, fischt den Koffer vom Boden und verschwindet durch das Gartentürl.

»Moratschek, habe die Ehre«, sag ich gleich, wie ich ihn auf den amtsgerichtlichen Gängen mir entgegenschreiten sehe.

»Eberhofer! Grüß Sie Gott«, sagt er und schnäuzt sich in ein Taschentuch. »Habens' eine Vorführung heute oder was treibt Sie hierher?«

»Nein, ich bin schon eher wegen Ihnen da«, sag ich, vielleicht ein bisserl kleinlaut.

»Wegen mir?«, ruft der Richter und öffnet seine Bürotür. Deutet an, einzutreten, und tut es dann auch selber. Er schließt die Tür hinter uns.

»Also, kommens', raus damit!«, fordert er mich auf, hängt seinen Umhang auf den Haken und plumpst in seinen Drehstuhl. Ich muss jetzt außergewöhnlich vorsichtig sein. Der ganzen Geschichte einen eher harmlosen, routinemäßigen Touch verleihen. Und ein kleines bisschen schwindeln vielleicht. Ein ganz kleines bisschen. Aber ich kenn ihn ja mittlerweile ziemlich gut, den Moratschek. Und drum hab ich ihn auch ziemlich schnell.

»Eine richterliche Verfügung, sagen Sie?«, fragt er und kramt eine Dose Schnupftabak hervor.

Ich nicke.

»Richterliche Verfügung. Genau. Wissens' nur für das ... für das Krankenhaus, verstehens'. Damit wir praktisch die DNA des Toten abgleichen können.«

Mir bricht gleich der Schweiß aus.

»DNA ... soso«, schnieft der Moratschek, überlegt kurz und setzt dann seinen Servus auf ein Formular.

Brav. Sehr brav.

»Grüßens' mir den Senior recht schön und sagens' ihm, es bleibt bei unserer Verabredung am Mittwochabend. Weil:

schließlich wird meine werte Gattin ja noch öfters Geburtstag feiern, nicht wahr?«

Man möge es ihr wünschen.

Danach fahr ich ins Krankenhaus. Ich erwisch eine Lernschwester, und sie ist neu. Drei Tage arbeitet sie erst hier, und dass jetzt ausgerechnet auch noch die Polizei was von ihr wissen will, sogar mit richterlicher Anordnung, das haut sie glatt um, sagt sie. Sie tut alles, wirklich alles, was ich möchte. Ja, gut, alles vielleicht nicht. Aber immerhin verschafft sie mir Zugang zu den mir wichtigen Unterlagen. Also, die von der Frau Hausladen. Die schau ich mir dann ganz genau an, und die Kleine steht ehrfurchtsvoll neben mir und beobachtet mich mit rosigen Wangen und glänzenden Augen. Ich überlege ein Weilchen.

»Die Bettnachbarinnen … Wo sind die Akten von ihren Bettnachbarinnen?«, frag ich schließlich. Sie nickt kurz und macht sich gleich auf die Suche. Kommt zurück und überreicht mir fast feierlich die Fundstücke. Und Bingo! Hier ist er, der Zusammenhang. »Barschl, Ivana« steht auf einem der Deckblätter.

Es ist draußen schon dunkel, wie ich mich mit dem Streifenwagen auf den Heimweg mach. Ich halte noch schnell am Rathaus an, weil es ja wenig Sinn macht, die Ermittlungsunterlagen bei mir daheim zu bunkern. Also steig ich aus dem Wagen, nähere mich der Rathaustür, und da kann ich es schon sehen. Der Catweazle steht dort und brunzt völlig hemmungslos an unsere wunderbare, gemeindeeigene Hausmauer. Er tut es heftig und unglaublich lange. Was doch eine einzige Blase für ein enormes Fassungsvermögen haben kann. Einfach unglaublich. Der Catweazle, der ist übrigens ein Landstreicher. Und freilich stammt der Name von seiner Haartracht her, ganz klar. Außerdem dürfte er kaum noch einen brauchbaren Zahn im Mund haben. Aber sonst ist er nett und absolut harmlos. Winters wohnt er im Männerwohnheim mitten in Landshut. Seine Sommerresidenz allerdings hat er hier aufgeschlagen. Hier bei uns in Niederkaltenkirchen. Weil hier halt mehr Natur und Freiheit und Abenteuer. Und natürlich weniger Menschen.

»Du, Catweazle«, sag ich und tupf ihm von hinten auf die Schulter. Er erschrickt und tröpfelt sich die ganze Hose voll.

»Scheiße!«, brummt er.

»Ist es zum Glück nicht. Du, Catweazle, dir ist aber schon klar, dass ich das jetzt melden muss. Erregung öffentlichen Ärgernisses, Beschädigung fremden Eigentums und Pipapo, du verstehst?«

»Aber ich hab doch gar niemanden geärgert. Und beschädigt hab ich auch nix«, nuschelt er.

»Mich schon! Mich hast du unglaublich geärgert! Ganz abgesehen von der Verschmutzung unserer wunderbaren Rathauswand«, sag ich ziemlich streng.

Ein bisschen jammert er schon noch umeinander und versucht, sich irgendwie aus der Nummer wieder rauszuschlängeln. Aber es hilft ihm alles nichts. Und schließlich gibt er sich halt doch geschlagen, der Monsunbrunzer. Und ja, er wird morgen in aller Herrgottsfrüh hier erscheinen und diese verdammte Verunreinigung säubern. Und danach, quasi als Wiedergutmachung, wird er den ganzen lieben langen Tag unserem werten Herrn Hausmeister helfen, diese irre langen Äste abzuschneiden. Ordnung muss sein. Auch in Niederkaltenkirchen.

Kapitel 19

Der Bürgermeister ist anfangs ein bisschen irritiert, was unseren arbeitstechnischen Neuzugang angeht.

»Der Catweazle?«, sagt er skeptisch. »Ja, der … der hat doch fast keinen Zahn mehr im Maul.«

»Aber er soll doch auch die Äste nicht durchbeißen«, sag ich. Das leuchtet ihm ein, dem Bürgermeister. Und dann freut er sich doch auch ein bisschen über die unerwartete Hilfe. Allerdings möchte er, dass ich selber trotzdem noch mit Hand anlege. Schließlich schaffen sechs Hände mehr als vier. Aber da muss ich passen. So leid es mir tut. Dienstliche Ermittlungen auf oberste richterliche Anordnung hin, sag ich, und die Sache ist vom Tisch.

Zunächst aber ist erst einmal Essig mit meinen Ermittlungen. Weil nämlich dieses Scheißdiensttelefon läutet. Der Stopfer Karl ist dran. Und er nuschelt irgendwas von kollegialer Unterstützung in den Hörer. So was wie »Dultwache« erreicht meinen Gehörgang. Ja, sagt er, es sind schon wieder etliche Beamte erkrankt, und ich muss da jetzt aushelfen, und aus. Er selber muss auch ran, obwohl das definitiv gar nicht sein Aufgabengebiet ist. Vielmehr Spurensicherung. Aber einer für alle, alle für einen, sagt der Karl. Dazu muss ich vielleicht kurz erklären, dass die Landshuter Polizisten so dermaßen oft im Krankenstand sind, das kann man kaum glauben. Ständig muss ich dort einspringen. Muss einspringen und meine geliebte Heimat schutzlos zurücklassen, nur um die depperte Stadtbevölkerung zu bewachen. Andererseits kann man es ja fast direkt verstehen. Wahrscheinlich liegt's an diesen enorm dicken Mauern. Weil: wenn man sommers wie winters und rund um die Uhr quasi keinen einzigen Sonnenstrahl abkriegt und ständig so vor sich hin fröstelt, ja, da muss man doch krank werden, oder? Also mach ich mich pünktlich auf den Weg zur Dult, um mit dem Karl die Wache dort auf der Grieserwiese zu übernehmen. Und das, obwohl mir ja von Haus aus jegliche Art von Volksfesten unangenehm ist. Also, rein dienstlich natürlich. Der Typ vom Ordnungsamt erwartet uns schon im Behördenhof und überreicht auch gleich brav unsere Bier-und Essensmarken. Wir finden einen großartigen Sitzplatz im Außenbereich vom Bierzelt und machen erst einmal Brotzeit. Die Schweinshaxn ein Traum in Kruste und das i-Tüpferl freilich das wirklich erstklassige Dultbier. Der Wirt sammelt noch nicht einmal unsere Marken ein, spendiert quasi das Mahl zum Wohle und der Sicherheit der Gemeinschaft. Der Dultgemeinschaft wenigstens. Die Musiker fordern jetzt »Die Hände zum Himmel«, dem wir aber aus brotzeittechnischen Gründen nicht nachkommen können. Wahrscheinlich würd es auch überhaupt direkt irgendwie blöd ausschauen. Zwei uniformierte Polizisten auf den Bierbänken stehend mit den Händen zum Himmel. Also bitte.

Nein, was ich eigentlich sagen wollte, Dultwache ist gar nicht so schlimm. Eher gemütlich. Zumindest am Anfang. Nachdem der Bauch voll ist, schlendern wir ein bisserl durch die Budenstraße, und alles ist friedlich. Die meisten haben sich in bayrische Trachten geschmissen, da fühlt man sich gleich mittendrin, statt nur dabei. Kinder quietschen an den Karussellen, einige plärren, weil ausgerechnet ihre Eiskugel aus der Waffel raus und direkt auf den Boden knallt. Andere drohen an Zuckerwatte zu ersticken. An einer Schießbude erkämpft sich ein ärmelloser Bodybilder, braun wie ein Wiener Schnitzel, Unmengen Plastikrosen für seine nuttige Blondine. Und drüben am Autoskooter lehnen ganz cool schwitzige, pickelige Burschen, die versuchen, albern kichernde Mädels aufzureißen. Genauso wie wir selber vor knapp zwanzig Lenzen. Wie gesagt, alles wie immer und alles friedlich.

Ein bisschen später kommt eine ältere Frau, die ihren Hund vermisst, und eine jüngere vermisst ihren Mann. Und ihre beste Freundin. Den Hund können wir relativ schnell finden, der liegt in seinem Erbrochenen direkt hinterm Würstlstand. Die beiden anderen tauchen dann auch ganz von selber wieder auf. Sie kommen zwanzig Minuten später aus Richtung der Isarauen. Der Karl und ich hocken uns ein bisschen rauf in die Wache und schauen runter auf das bunte Treiben. Alles ziemlich relaxed. Bis dann einer kommt, der sich beschweren will. Er läutet an der Pforte und der Karl öffnet die Tür.

»Da ist einer draußen, der sich beschwert. Er ist ziemlich besoffen«, sagt er dann zu mir rüber.

»Ja, wegen was beschwert er sich denn so alles«, frag ich und schau weiter aus dem Fenster.

»Er sagt, der Klomann hat ihn nicht reingelassen. Und deswegen hat er sich jetzt in die Hosen geschissen.«

»Dann kommt er hier auch nicht rein«, sag ich und geh zur Tür, um ein Eindringen gleich im Keim zu ersticken.

»Wer kommt hier nicht rein, Eberhofer?«, mischt sich gleich unser Oberdultwachenguru ein und schnäuzt sich dann ausgiebig.

»Da draußen steht einer, der nicht nur den Kragen, sondern auch die Hosen gestrichen voll hat. Der kommt hier nicht rein«, sag ich.

Aber unser Häuptling schiebt mich beiseite.

»Hier wird niemand weggeschickt. Niemand, verstanden«, sagt er ganz diensteifrig.

Gut, dann soll er ihn gefälligst selber übernehmen. Hinten, in seinem eigenen Büro. Hier rein, zum Karl und zu mir, kommt er jedenfalls nicht. Nicht ums Verrecken. Nur dass das klar ist.

»Der wird seine Freude haben«, sag ich so zum Karl, wie die beiden hinter der Tür verschwinden.

»Der ist doch total verschnupft. Vielleicht riecht er es ja gar nicht.«

Oh, doch! Er riecht es. Kaum zwei Minuten später kommen sie nämlich wieder zurück. Der Rotzer hat den Kacker untergehakt und bringt ihn nach draußen. Ohne ein einziges Wort in unsere Richtung.

Wie wir hernach eine weitere Runde durch die Dult drehen, kommen wir wie durch Zufall auch beim Klomann vorbei. Und da muss ich natürlich wissen, wieso er Menschen, die eine Notdurft verspüren, nicht einlässt in seine heiligen Hallen. Er weiß sofort, was ich meine.

»Ja, Menschenskinder! Weil ich die Schnauze voll hab, kapiert«, knurrt er mir her. »Weil mir die Sau heut schon zweimal hier alles vollgekotzt hat. Und zwar nicht in die Schüssel. Nein, immer schön daneben. Genau daneben. Irgendwann hat dann auch bei mir der Spaß mal ein Loch!«

Ja, das kann man verstehen. Da braucht man gar nicht erst groß drüber nachzudenken. Ich hau ihm mitfühlend auf die Schulter und wir machen uns wieder von dannen.

Früher oder später verlässt aber auch der hartnäckigste Dultbesucher die wunderbare Grieserwiese und es kehrt endlich wieder Ruhe ein. Der Karl und ich bestellen uns noch ein Bier, und der Besitzer vom Kettenkarussell gesellt sich zu uns her. Er gibt eine Fahrt aus, sagt er. Wenn wir wollen, können wir fahren, so lange bis wir schwarz sind.

Zuerst mag er ja nicht recht, der Karl. Und so allein hab ich dann auch keine Lust. Aber nach einer weiteren und zugegebenermaßen recht süffigen Mass ist auch er so weit. Also hocken wir zwei uns erwartungsfroh in das Kettenkarussell und schon geht's los. Und los. Und los. Und … irgendwann sehen wir, dass der Besitzer, dieser Volldepp, einfach zurück zu seinem Bierkrug gegangen ist. Und wir drehen hier Runde um Runde und schreien uns die Seele aus dem Leib. Wie der Arsch endlich wiederkommt, sind wir zwar nicht schwarz, aber grün. Und das Bier verlässt uns auf dem gleichen Weg, wie es zuvor reingekommen ist. Der Karl hockt wie verreckt auf dem Boden und sein Schädel baumelt wie bei einem Wackeldackel. Ich ruf mal lieber sein Eheweib an. Besser, sie kommt und holt ihn ab.

»Das war ja wohl sonnenklar, Franz«, sagt sie beim Anblick ihres geliebten Gatten. »Dass eine Dultwache ausgerechnet mit dir so enden muss.« Ich weiß gleich gar nicht, was ich sagen soll. Und so helf ich ihr einfach nur, den Karl wieder auf die Füße zu stellen. Und das, obwohl sich bei mir selbst alles dreht.

»Komm, Schatz, gehen wir heim«, sagt sie. Und so kreiseln die beiden dem Ausgang entgegen.

Am nächsten Tag brauch ich zusätzlich zum Frühstück einige Aspirin, um überhaupt einigermaßen zu funktionieren. Trotz des immer noch vorhandenen Schwindels ruf ich gleich mal den Birkenberger an und informier ihn über den neuesten Erkenntnisstand im Barschl-Fall.

»Zimmernachbarinnen? Bist du sicher?«, fragt der Rudi mit einem Hauch ins Euphorische.

»Todsicher!«

Und so verabreden wir uns für den Nachmittag in einem kleinen Straßencafé.

Bevor ich mich mit dem Rudi treffe, muss ich aber noch kurz nach Freising rein. Die Frau Barschl wundert sich schon ein bisserl, wie sie mich sieht, bittet mich aber trotzdem, hereinzukommen.

Ich schüttel den Kopf.

»Nein, Gnädigste, wir zwei Hübschen, wir machen heut einen kleinen Ausflug. Haben Sie Lust? Einen schönen Kaffee irgendwo außerhalb vielleicht? Bei diesem herrlichen Wetter«, sag ich und schmeiße meinen ganzen Charme in jedes einzelne Wort.

Sie wirkt leicht verunsichert. »Einen Ausflug? Aber, warum denn? Wir können doch auch ganz prima hinten im Garten ...«

»Nein«, sag ich jetzt ziemlich bestimmt. »Nicht im Garten und nicht im Wohnzimmer. Und erst recht nicht im Schlafzimmer. Ich hab Ihnen was Wichtiges mitzuteilen, und dafür braucht's dringend ein neutrales Umfeld. Und aus.«

Sie seufzt leicht genervt und gibt sich geschlagen. Nickt ein wenig ratlos, holt dann aber ihre sieben Sachen und hockt sich in den Streifenwagen. Wir fahren los.

Am Ziel angekommen, bestellen wir Cappuccino und Kuchen und ein Schnapserl für die Nerven.

»Jetzt machen Sie's nicht so spannend, Herr Kommissar. Können Sie mir jetzt bitte sagen, was das alles hier soll«, fragt sie mich und schaut dabei einfach umwerfend aus. Ein leichter Wind bläst ihr die Haare aus dem Gesicht, und es ist wohl die Aufregung, die ihre Wangen rosa färbt. Oder der Schnaps. Oder beides. Egal. Schaut jedenfalls umwerfend aus. Wirklich.

Und noch bevor ich ein einziges Wort sagen kann, kommt er auch schon um die Ecke, der Birkenberger Rudi. Mitsamt seiner Begleitung.

»Servus, Franz«, sagt er und zieht einen Stuhl unterm Tisch hervor. »Bitte nehmens' doch Platz, liebes Fräulein Hausladen«, sagt er zu seinem Gefolge. Sie ist ein Mörderweib, aber nicht direkt im positiven Sinn. Eher im Gegenteil. Mehr so der Typ dicker Arsch und dünnes Haar. Miese Kombination. Und so knallt sie auf dem Stuhl nieder, dass gleich der ganze Tisch vibriert.

Die Frau Barschl blickt nervös von einem zum andern und wieder zurück.

»Servus, Rudi«, sag ich und lass die beiden Weiber dabei nicht aus den Augen. »Ich nehm mal an, die Damen kennen sich?«

Keinerlei Regung.

»Also nein?«, sag ich, schieb mit dem Unterarm Tassen und Teller beiseite und schmeiß meine Unterlagen dort auf den Tisch. »Das ist natürlich ausgesprochen seltsam. Wenn man bedenkt, dass Sie doch immerhin drei Nächte lang ein gemeinsames Krankenzimmer bewohnt haben.«

Stille. Eine ganze Weile.

»Du verdammtes Miststück!«, knurrt plötzlich die Dicke den Rudi an. »Du hast mich die ganze Zeit verarscht! Du Wichser, du blöder!«

Der Rudi zuckt gelangweilt mit den Schultern und wirkt dabei leicht … sagen wir: überheblich.

»Ja, gut, wir kennen uns«, sagt sie weiter mit Blick auf die Frau Barschl. »Und, ist das verboten?«

»Verboten? Nein, überhaupt nicht. Blöd nur, dass kurz nachdem ihr zwei euch kennengelernt habt, ausgerechnet die Männer gestorben sind, die euch beiden am nächsten standen. Einmal der Gatte, einmal der Vater.«

Die Ivana bläst sich die Haare aus der Stirn.

»Kommt da noch etwas oder war das schon die Pointe?«, fragt ihre Komplizin jetzt patzig.

»Sie, Frau Hausladen, tuns' ein bisserl freundlicher sein, wenn's recht ist. Und ja, es kommt noch was.«

Ich lehn mich weit im Stuhl zurück, atme tief durch und schau ein paar Mal abwechselnd in die verunsicherten Mienen. Im Anschluss verles ich die Anklageschrift.

»Ihr zwei Weiber habt euch also vor ein paar Monaten im Krankenhaus kennengelernt, wo ihr beide jeweils wegen einer Abtreibung stationär untergebracht wart. So dürftet ihr euch vermutlich nicht nur das Zimmer, sondern auch eine gewisse desolate Stimmung geteilt haben, hab ich recht? Die letztendlich wohl dazu führte, dass ihr euch gegenseitig das Herz ausgeschüttet habt.«

Die zwei Grazien wechseln kurz einen Blick, der Rudi hebt eine Augenbraue. Und ich lege, um die Dramatik zu steigern, eine Gedenkminute ein. »Und so habt ihr zwei Hübschen bald durchaus Gemeinsamkeiten gefunden, ganz klar. Weil halt eine jede mehr oder weniger gezwungen war, das Leben mit einem Typen zu fristen, der ihr widerwärtig war. Ich kann mir das schon ziemlich gut vorstellen, muss ich sagen. Möge der liebe Gott verhüten, dass der Leopold jemals bei uns einzieht. Aber wo waren wir stehen geblieben?«

Jetzt hab ich direkt den Faden verloren und muss einen Moment nachdenken. Die anderen denken wahrscheinlich auch grade nach, jedenfalls sagt keiner was. Ach ja, widerwärtige Typen, genau. Ja, das schreit doch direkt nach Mordgedanken, oder?

»Jetzt komm schon zum Punkt!«, mischt sich der Rudi ein. »Also, eure Kerle sind euch auf die Eier gegangen, auf Deutsch gesagt, und da seid ihr recht zügig auf den Einfall gekommen, euch wechselseitig von dieser Last zu befreien, stimmt's? Anfangs vielleicht nur im Spaß, wer weiß. Aber die Idee fand schließlich Gefallen. Und sie nahm Formen an. Alles andere war nur noch eine Sache der Planung«, sagt er und schaut selbstgefällig in die Runde. Die zwei Weiber bocken. Hocken da mit verschränkten Armen und machen einen auf beleidigt. Lächerlich. Aber so kommen wir natürlich nicht weiter. Rein überhaupt nicht. Drum übernehm ich jetzt wieder das Kommando. »Also packen wir's. Fangen wir mit Ihnen an, Frau Hausladen. Sie haben doch die Gewohnheiten Ihres Vaters aus dem Effeff gekannt, gell. Und drum war der Mord auch recht schnell geplant. Sie haben einfach der Frau Barschl den Hausschlüssel ausgehändigt, und die hat dann nur noch abwarten müssen, bis ihrem Opfer der Alkohol ausging. Und wie der Mann schließlich auf dem Weg in den Keller war, haben Sie ihn einfach die Treppe runtergeschubst. Was keineswegs schwierig gewesen sein dürfte, war er doch sowieso in einem sehr desolaten Zustand, oder?«

Holla, jetzt gibt's böse Blicke!

Ich schau zum Rudi rüber. Der nimmt den Pass souverän an, checkt kurz die Position der Gegenspieler und macht sich auf den Weg zum Tor.

»Ja, und ein paar Wochen später«, sagt er mit einem fast zärtlichen Unterton, »ein paar Wochen später hat dann die neugewonnene Busenfreundin quasi als Gegenleistung dem armen Barschl eiskalt die Kehle gespalten. Genau so, wie sie es laut Auskunft diverser Nachbarn auf dem väterlichen Hof schon zigmal bei den Tieren getan hat. So war's doch, Mädels. Ich nehm einmal an, dass sie vorher von ihrer Komplizin über die Hochzeitsfeierlichkeiten informiert worden ist. Und auch darüber, dass der Barschl mit Sicherheit der Letzte sein durfte, der den Polizeihof verlassen würde.«

Und plötzlich reißen die Nerven von der Barschl. Sie beginnt furchtbar zu weinen.

»Es war beim besten Willen nicht mehr auszuhalten! Beim besten Willen nicht«, flennt sie.

»Verdammt, blöde Kuh! Halt doch den Mund!«, zischt die Wuchtbrumme ihr gegenüber. Aber nix. Bei der Barschl sprudelt nun alles hervor wie bei einem Wasserfall. Wirklich alles.

»Niemand kann sich das überhaupt vorstellen. Niemand! Dieser schmierige Typ in seinen ... seinen Fummeln und den High Heels. Immer vorm Spiegel. Immer mit Lippenstift. Er wollte meine Nägel lackieren. Und ich musste die seinen lackieren. Meine Freundin wollte er sein. Ha! Meine Freundin! Er benutzte mich wie ... ja, wie einen Gegenstand. Er benutzte mein Parfum. Meine Mascara. Und meine Slipeinlagen. Es war einfach die Hölle!«

Das tut ihr gut, merkt man sofort. Sie wirkt gleich viel entspannter, wie sie aufhört zu reden. Wer jetzt weniger entspannt wirkt, ist der Rudi. Der gibt nämlich auf einmal Töne von sich, die hab ich im ganzen Leben noch nicht gehört. Und sein Schädel färbt sich rot. Feuerrot sozusagen. Und außerdem kneift er die Augen zusammen.

»Wenn du nicht sofort dein blödes Maul hältst, quetsch ich ihm die Eier ab. Ich schwör's!«, brüllt das Mörderweib neben dem Rudi. Jetzt muss ich mir notgedrungen die Situation einmal genauer anschauen. Und was ich da seh, fügt mir fast selbst körperliche Schmerzen zu. Schmerzen der heftigsten Sorte sogar. Die Hausladen ... die hat nämlich den Birkenberger im wahrsten Sinne an den Eiern, das kann man kaum glauben. Sie hat die Teile fest im Griff, was man gut sehen kann, wenn man sich tief genug bückt. Ich schau langsam wieder nach oben, und da laufen ihm schon die Tränen übers Gesicht. Oder ist es der Schweiß? Ja, könnte ebenso gut Schweiß sein. Dann lässt er sich schwerfällig auf den Boden plumpsen. Aber da hat er die Rechnung nicht mit der Dicken gemacht. Die schmeißt sich nämlich jetzt auf ihn, mit ihren ganzen Pfunden und ohne jede Vorwarnung. Schmeißt sich drauf, dass der arme Rudi nur noch japst. Irgendwie kriegt er aber nun ihre Haare zu fassen und reißt und zerrt und droht schließlich damit, sie zu skalpieren. Ich weiß momentan nicht genau, was ich tun soll, und so beobachte ich das Ganze aufmerksam. Und ehrlich gesagt: wär es nicht so unglaublich tragisch, dann könnt ich mich wegschmeißen vor Lachen. Einfach köstlich, die beiden. Ein paar Passanten gesellen sich um uns. »Hilf mir doch, du Arsch!«, winselt der Rudi.

Sie spürt seine Not und nimmt ihn gleich noch fester in den Schwitzkasten. Und er schwitzt, frag nicht! Doch plötzlich packt ihn wohl die schiere Verzweiflung und er haut ihr den Zeigefinger ins Auge. Mitten ins Auge. Mit voller Wucht.

Sie kreischt kurz auf. Aber sie lässt ihn nicht los. Nicht ums Verrecken lässt sie ihn los. Ein Mörderweib, ohne Frage.

»Mach doch was!«, fleht der Rudi mich an.

»Ja, können vor Lachen!«

»Verdammt, jetzt mach endlich was!«

»Ja, was denn?«, schrei ich planlos.

»Knall sie ab!«

»Okay, okay!«, sag ich und zieh meine Waffe.

»Ja, verdammt, schieß doch, du Vollarsch!«, schreit mich der wandelnde Doppelzentner jetzt an. »Glaubst du, ich hätt noch was zu verlieren? Glaubst du das?«

Ich nehm sie ins Visier. Ganz genau. Aber es geht nicht. Es geht einfach nicht. Ich kann doch keine Frau umbringen. Und sei sie noch so hässlich. Ich schau mich kurz um. Und dann … dann kommt mir Gott sei Dank der Aschenbecher ins Blickfeld. Ich schnapp mir das bleischwere Teil und hau's ihr einfach auf den Schädel. Fertig. Und wie aufs Kommando ist augenblicklich Schluss mit Sumo-Ringen. Ruhe ist. Schwer lädiert hockt sich das lebende Fleischpflanzerl zurück in ihren Stuhl und hält sich das Hirn. Ich fixier sie besser gleich mal dort. Der Rudi quält sich von allen vieren mühsam in die Höhe. Peinlich, keine Frage. Mittlerweile hat sich eine ganze Ansammlung Schaulustiger um uns rum eingefunden. Darunter auch die Bedienung. Sie schüttelt den Kopf, geht und holt ein paar kalte Lappen für die Versehrten.

»Du hast mich belogen!«, schreit das Kampfweib durch ihren Lappen hindurch. »Du hast von einer Verabredung gesprochen, nicht von einem Verhör, du elendiges Miststück!«

Der Rudi würd sich jetzt gern in Luft auflösen, das merkt man genau. Ein Weilchen sagt keiner mehr was. Nachdem aber alle Beteiligten wieder zu einer regelmäßigen Atmung zurückgefunden haben, wird die Vernehmung fortgesetzt. Schließlich fehlt noch immer ein Geständnis.

»Die Beweise sind eindeutig. Und ein Geständnis ist in jedem Fall strafmindernd«, sag ich und deute auf meine Unterlagen. »Und unter uns gesagt, lange werdet ihr dafür sowieso nicht sitzen, Mädels. Nach all dem, was ihr mitgemacht habt.«

Ein Weilchen drucksen sie noch umeinander, die beiden. Am Ende aber bestätigen sie meine Theorie. Selbst der Fleischklops. Ohne weitere Gegenwehr. Und sie entschuldigt sich sogar noch. Ja, sie entschuldigt sich. Zuerst beim Rudi. Der winkt nur ab. Hält sich die Eier, aber winkt ab. Dann auch bei mir. Und zwar dafür, dass ausgerechnet mein Hirschfänger die Mordwaffe gewesen ist. Das sei so nicht geplant gewesen, sagt sie. Selbstverständlich hatte sie ihr ganz persönliches Werkzeug dabei, keine Frage. Aber dieser Hirschfänger … der lag plötzlich da und war natürlich einfach ideal. Weil dadurch freilich der Verdacht prompt in eine ganz andere Richtung gefallen ist. Das muss ich ja fast persönlich nehmen.

»Aber eines ist wirklich unglaublich«, sag ich noch so.

»Dass Sie ... dass ausgerechnet Sie einen so jungen, drahtigen Mann wie den Barschl einfach hinterrücks abmurksen konnten. Sie, mit Ihrem Gewicht«, sag ich, lehn mich zurück und verspüre eine gewisse Genugtuung.

Sie lacht etwas bitter. »Nein, nein, Herr Kommissar, Sie können mich nicht mehr demütigen. Alles, was es an Demütigungen gibt auf dieser Welt, hab ich längst schon erfahren.«

Jetzt fängt sie an zu weinen, und der Rudi reicht ihr sein Taschentuch. Sie nimmt es ganz zögerlich und nickt kurz dankbar. »Können Sie sich vorstellen ... können Sie sich vorstellen, vom eigenen Vater missbraucht zu werden? Jahrein, jahraus. An Weihnachten und Geburtstagen. Seelisch und körperlich. Von ihm schwanger zu werden. Mehr als nur einmal. Nicht herauszukommen aus ... aus diesem verdammten Teufelskreis. Und trotz alledem, ja trotzdem immer und immer wieder dieses tiefe, grenzenlose Mitleid mit ihm zu haben. Ja, eine Art Schuldgefühl. Ein Schuldgefühl, ihm nicht die Frau sein zu können, die er so dringend bräuchte. Die er so geliebt und verloren hat. Aber verdammt, sie hat doch auch mich verlassen! Und sie hat doch auch mir gefehlt. Meine Mutter hat doch auch mir gefehlt!«

Jetzt klappt sie völlig zusammen und bricht in Tränen aus.

Gut, dann ruf ich mal in der PI Landshut an. Schließlich müssen die Damen ja aufs Revier gebracht werden.

Die Frau Hausladen möchte noch ein paar Schritte gehen, sich einfach etwas beruhigen. Nur ein paar Schritte, bis halt die Kollegen eintreffen. Ihr letzter Wille sozusagen. Zuerst mag er ja nicht recht, der Rudi. Aber nachdem ich sie hinterrücks handgeschellt habe, wankt er doch in gebührendem Abstand neben ihr her.

Jetzt ist ja so eine Abtreibung nichts Alltägliches. Im Grunde ist sogar eine Schwangerschaft nichts Alltägliches, zumindest nicht, wenn man keinerlei Sex mit dem Ehemann praktiziert. Drum will ich also von der Frau Barschl noch wissen, wer denn eigentlich der Kindsvater war.

»Der Victor«, murmelt sie etwas widerspenstig.

Der Victor. Soso.

»Aber warum diese Abtreibung eigentlich? Hätte sich der Barschl denn nicht drüber gefreut? Hätte ein Kind, ja sagen wir mal, diese Phantomfamilie nach außen hin nicht noch viel glaubhafter gemacht?«, frag ich noch so.

»Ha! Glauben Sie, der hätte sich ein Kuckucksei unterjubeln lassen? Nein, niemals. Er hatte ja kein Bedürfnis nach Sex, und so sollte ich eben auch keins haben. Fertig. Und Kinder … Kinder waren ihm schon immer ein Graus! Er hat ja immer das Lokal verlassen, wenn am Nebentisch Kinder saßen. Das ist doch pervers!«

Nein, das ist nicht pervers. Rein überhaupt nicht. Weil ich das auch schon gemacht hab. Weil's mir halt ums Verrecken nicht schmeckt, wenn ich für ein Heidengeld zum Essen gehe und nebenan fremde Gören grölen.

»Der Plan war wirklich nicht schlecht«, sag ich so zum Abschied. »Es hätte durchaus klappen können.«

Sie nickt ganz traurig. »Im Grunde hat es ja geklappt, Franz«, sagt sie furchtbar leise und streift mir über die Stirn. »Was sind schon ein paar Jahre im Knast, wenn man hinterher frei ist. Das ist allemal besser, als ein ganzes Leben lang gefangen zu sein.«

Da hat sie wohl recht.

Kurz darauf düsen auch schon die Kollegen an, mit Blaulicht und Trara, verfrachten das Weibsvolk ins Wageninnere und ziehen von dannen.

Kapitel 20

Auch ich mach mich auf den Weg zu meinem Auto. Der Rudi tippelt neben mir her. So kann er unmöglich heimfahren. Also hiev ich den gepeinigten Sheriff in den Beifahrersitz und wir machen uns auf den Weg nach Niederkaltenkirchen.

»Ein Wahnsinn, wozu Weiber so fähig sind«, sag ich allein schon, um mein Mitgefühl zu erwähnen.

»Von Männern erst gar nicht zu reden«, sagt der Rudi und schaut seitwärts durch das Fenster. »Den Hausladen, den hätte ich auch über die Treppe entsorgt. Ohne auch nur mit der Wimper zu zucken. Denk doch mal: mit seiner eigenen Tochter! So ein Schwein. Und dann der Barschl …«, fasst er sich lachend an die Stirn. »Der Barschl, der hätte sowieso dringend weg müssen. Klapse, verstehst'? Und da … da hätten sie ihn ziemlich rund gemacht. Die anderen Psychos. Ja, komm da mal rein und sag: ›Ich bin Bulle, und in meiner Freizeit trag ich bevorzugt Röcke und Nagellack.‹ Da bist du doch fällig, oder?«

Er ist jetzt direkt erregt, mein Freund Rudi. Ja, bei solchen Themen tickt er gern mal aus. Das hat ihm auch damals seine Entlassung bei der Polizei beschert. Weil er halt so nullkommanull Verständnis hat für jegliche Art von Perversionen.

Daheim macht die Oma einen Eisbeutel und haut ihn dem Rudi aufs Gemächt. So geht es gleich besser. Er liegt völlig kraftlos in der Hängematte und sendet dankbare Blicke in Omas Richtung. Im Schaukelstuhl daneben residiert der Paul, und wieder eins weiter hockt der Papa auf einer Decke am Boden und raucht einen Joint. Ganz gespannt lauscht er unseren Schilderungen, und fast glaub ich, so was wie Stolz in seinen Augen funkeln zu sehen. Aber nur kurz. Dann kommt der Leopold samt Familie, und das Interesse vom Papa verlagert sich schlagartig. Der Zwerg Nase findet zielstrebig den Weg zu mir rüber und kraxelt auf meinen Schoß. Die Panida hat eine Tupperschüssel dabei. Eine riesige sogar.

»Die Panida hat uns was Feines gekocht. Thailändisch. Ein Tomka Gai. Da wirst du Augen machen, Papa«, sagt die alte Schleimsau und zerrt diese fremde Kostbarkeit in Kunststoffverpackung aus den Armen der Gattin. Die Oma schleppt Teller und Besteck aus der heimatlichen Küche, und gleich setzen sich alle ganz gespannt an den Esstisch. Es schmeckt gut. Relativ wenigstens. Wenn man auf Gewürze steht wie Curry, Koriander und Schlagmichtot, dann wahrscheinlich sogar göttlich. Mir schmeckt's eher mäßig. Was zum einen an diesen ganzen unbekannten Nuancen liegt. Da kommen ja Geschmacksnerven zum Einsatz, wo ich gar nicht wusste, dass ich die hab. Zum anderen liegt's natürlich wieder mal am Leopold seiner Anwesenheit. Aber der Sushi, der schmeckt es prima, und so bin ich ohnehin pausenlos beschäftigt, diesen winzigen Schlund zu füllen. Sie strahlt mich an. Bei jedem einzelnen Happen. Unglaublich.

Nach dem Essen geh ich zum Wolfi, und freilich hab ich den Rudi im Schlepptau. Die Herren Simmerl und Flötzinger sind auch anwesend, hängen wie verreckt über den Biergläsern und werfen trübsinnige Blicke hinein.

»Irgendwie miese Stimmung hier«, sag ich mit Blick auf die trostlose Runde.

»Ja«, sagt der Wolfi und stellt erst mal Bier auf den Tresen. »Wenn das so weitergeht, verklag ich die zwei sowieso noch auf Schadensersatz. Die vertreiben mir ja direkt die ganzen Gäste mit ihren grantigen Lätschn.«

Wobei das natürlich übertrieben ist. Weil, seien wir einmal ehrlich: so wahnsinnig viele Gäste hat der Wolfi jetzt auch wieder nicht. Und die meisten kommen ohnehin nur, um ihren Grant zu ersäufen. Ihren Grant wegen Kohle. Oder Weibern. Oder beidem. Beim Flötzinger sind es heut Weiber. Ganz klar. Beim Simmerl tipp ich erst mal auf BMW. Erfahre dann aber, dass es ebenfalls Weiber sind. Genau genommen ein Weib. Die Gisela. Die macht ihm nämlich momentan das ganze Leben zur Hölle. Und das, bloß weil's der Simmerl halt gut gemeint hat mit seinem Buben und ihm ein anständiges Auto gekauft hat. Weil aber der Depp keinerlei Ahnung hat von hochwertigen Fahrzeugen, liegt er jetzt lädiert im Krankenhaus. Deswegen: trübe Stimmung im Hause Simmerl.

»Die Gisela«, sagt der Simmerl, »die behauptet jetzt, ich bin ein ganz mieser Vater. Der mieseste, den man sich überhaupt vorstellen kann.«

»Tzzz«, macht der Flötzinger, ein bisschen abfällig vielleicht. »Die Mary sagt, ich bin die größte Enttäuschung ihres Lebens. Die allergrößte sogar. Der totale Versager halt.« Er nimmt einen großen Schluck Bier. »Aber die Silvie … die Silvie ist da ganz anderer Meinung«, sagt er weiter.

Der Wolfi schüttelt den Kopf und poliert seinen Tresen.

»Weiber!«, brummt der Metzger.

»Ja, Weiber sind einfach undurchschaubar. Unberechenbar eigentlich. Die machen doch sowieso mit uns, was sie wollen. Eine Gemeinheit ist das, eine bodenlose!«, sagt der Flötzinger.

»Richtig! Die reinste Misshandlung. Menschenunwürdig, sag ich dir«, pflichtet ihm der Simmerl bei und hört nicht auf, in sein Bierglas zu starren. Der Rudi starrt auf seine Kronjuwelen.

Dann geht die Tür auf und die Susi kommt rein. Dem Flötzinger huscht so ein Hauch Frohsinn übers Gesicht.

»Hallo, Susi«, sagt er. »Hast du vielleicht zufällig die Silvie mit dabei?«

»Nein, du schwanzgesteuertes Arschloch«, knurrt ihn die Susi jetzt an. »Geh heim, zu deiner Familie, wo du hingehörst. Unglaublich, wie die arme Mary dich nur ertragen kann. Ich … ich hätte dich schon lang vor die Tür gesetzt, du alter Lustmolch!« Sie ist ganz aus dem Häuschen.

Der Flötzinger hat jetzt irgendwie keine Lust mehr. Trinkt sein Bier aus und geht.

»Kommst du?«, schaut mich die Susi dann auffordernd an.

»Du, Susi«, sag ich fast ein bisschen eingeschüchtert. »Ich hab heut einen Gast hier. Noch dazu einen verletzten. Den kann ich unmöglich seinem Schicksal überlassen, verstehst?«

Sie versteht mich auf Anhieb. Dreht sich um, schmeißt ihr Haar zurück und bestellt sich ein Bier.

»Das war eine ziemlich astreine Sache, diese wechselseitigen Morde«, sagt dann der Rudi und nimmt einen Schluck.

»Kann man so sagen.«

»Die zwei … die haben ja wirklich an alles gedacht. Dreamteam quasi«, grinst er noch ein bisschen gequält.

»An fast alles«, muss ich widersprechen.

»Ja, gut. Sie konnten natürlich nicht mit unseren extrem gesegneten Spürnaserln rechnen. Trüffelschweine Dreck dagegen.«

»Nein, das konnten sie nicht.«

Die Susi steht drüben am Tresen und ratscht mit dem Simmerl und dem Wolfi. Und die Stimmung ist plötzlich großartig. So ab und zu schaut sie mal her zu mir.

»Machst noch zwei Halbe«, sag ich so zum Wirt, wie ich mich dazugesell.

»Bist du sicher?«, fragt die Susi ganz leise.

»Wieso?«, will ich wissen und streich ihr eine Strähne aus der Stirn.

»Wie wär's denn mit schnackseln?«, sagt sie noch viel leiser.

Ich zahl meine Zeche und wir brechen auf.

»Du kennst ja den Weg!«, ruf ich dem Birkenberger über die Schulter. Der nickt und tippt sich ans Hirn.

Am nächsten Tag in der Früh fahr ich ziemlich siegessicher in die PI Landshut, um mich für meinen triumphalen Ermittlungssieg feiern zu lassen. Zuerst mögen sie ja nicht recht, die werten Kollegen. Keinerlei Reaktion. Wirklich. Nullkommanix. Erst wie ich durch die Gänge schreie, kommen sie in die Puschen.

»Hey, was ist los mit euch? Ich hab diesen dubiosen Barschl-Fall für euch aufgeklärt. Da könnte man schon ein bisschen Schulterklopfen erwarten!«

Sie kommen und klopfen mir auf die Schulter. Alle. Thin Lizzy zuallererst. Sie bittet mich in ihr Büro.

»Ehrlich gesagt, hätt ich Ihnen das nicht zugetraut«, sagt sie und stellt mir ein Kaffeehaferl hin. »Nicht, dass Sie mich falsch verstehen. Aber wir haben uns hier den Arsch aufgerissen, und dann kommen Sie und lösen so nebenbei, so quasi beim Spazierengehen, den Fall«

»Beim Kaffeekränzchen«, korrigier ich sie.

Sie schüttelt den Kopf und lässt sich in ihren Bürostuhl plumpsen.

»Wie haben Sie das gemacht, Eberhofer?«, fragt sie ganz eindringlich.

»Mei«, sag ich zugegebenermaßen etwas geschmeichelt.

»Jahrelange Erfahrung halt. Da hocken schon einige hinter Gittern, die mir das auch nicht zugetraut haben und trotzdem auf meine Rechnung gehen.«

Ich nehm einen Schluck Kaffee und lehn mich behaglich zurück. Und ein bisserl selbstgefällig vielleicht.

»Wem sagen Sie das! Aber ... aber so ein Kollegenmord ist doch noch mal eine ganz andere Nummer, nicht wahr. Das trifft einen ja ... wie soll ich sagen ... schon beinah persönlich. Fast, wie wenn ein Bruder ermordet worden wäre, oder?«

Ich muss an den Barschl denken.

»Ein Bruder? Ja, das kommt hin«, sag ich noch so.

»Ja«, sagt sie ganz mitfühlend und steht auf. »Für mich ist der Aufenthalt hier dann wohl zu Ende. Ich bedanke mich jedenfalls für Ihre Mitarbeit, auch wenn sie nicht direkt angefordert war.«

Wir schütteln uns die Hände und ich geh.

Dann schau ich noch beim Stopfer rein, der ist aber nicht da. Krank, heißt es. Schon seit zwei Tagen. Schleudertrauma der übelsten Sorte. Der Karussellbesitzer ist fällig. Schadensersatz und Schmerzensgeld.

Zurück in meinem Büro ist die Stimmung ziemlich gut, weil sich freilich mittlerweile meine Ermittlungserfolge auch schon bis dorthin rumgesprochen haben. Der Bürgermeister kommt rein, faselt ein paar huldvolle Worte und betont immer wieder, welche Ehre es ist, einen so verdienten Beamten ja praktisch sein Gemeindeeigen nennen zu dürfen. Nein, wirklich, einen so dermaßen verdienten Beamten, sagt er. Ich steh am Fenster und schau raus. Der Catweazle schneidet noch immer die Bäume. Jetzt aber alleine, weil unser werter Hausmeister schließlich Wichtigeres zu tun hat. Aber es scheint, der Catweazle tut es mit Inbrunst. Ja, direkt mit

Leidenschaft, könnte man sagen. Er schneidet ein Ästlein, steigt runter von der Leiter, schaut sich das Ergebnis an. Von allen Seiten, versteht sich, dann kraxelt er wieder hinauf. Wie er mich sieht, hebt er die Hand zum Gruße und lacht übers ganze Gesicht. Die unübersehbare Freude einer ganz neuen Beschäftigungstherapie scheint das zu sein. Ich winke zurück. Und dann mach ich heut einmal früher Feierabend. Weil's die letzten Tage nämlich so wahnsinnig anstrengend war, dass es jetzt direkt nach Erholung schreit.

Kapitel 21

Wie ich in den Hof reinfahr, merk ich es gleich. Das familiäre Hauptquartier ist heut hinten im Garten aufgeschlagen worden. Was auch kein Wunder ist, die Sonne scheint, es weht ein laues Lüftlein und alles ist praktisch ganz fabelhaft. Ich hol mir schnell noch ein Bier aus dem Kühlschrank, und schon gesell ich mich ebenfalls dazu, in die Sommeridylle. Im Schaukelstuhl sitzt der Papa und raucht einen Joint. Dahinter hockt die Oma auf einer Wolldecke in der Wiese und daneben liegt ihr Paul. Seinen Kopf hat sie im Schoß gebettet und das schaut einfach wunderbar aus. Ganz sanft streift sie ihm übers Gesicht. Sehr vertraut und liebevoll.

»Setz dich zu mir her, Bub«, sagt der Papa und hat irgendwie eine ganz seltsame Stimme. Er deutet auf den freien Stuhl neben sich und ich setz mich.

»Der Paul ist gestorben«, sagt er leise.

»Wie … der Paul ist gestorben?«, frag ich, weil ich nicht weiß, wovon er spricht. »Der Paul liegt hier bei der Oma im Gras.«

»Der tote Paul liegt hier bei der Oma im Gras«, verbessert mich der Papa.

Ich steh auf und geh rüber. Der Paul ist blass wie eh. Die Oma hebt ihren Kopf und schaut mich an. Ihre Augen glänzen. Ich geh in die Hocke und such seinen Puls. Werde aber nicht fündig. Nicht am linken Arm und nicht am rechten.

»Lass ihn noch ein bisserl bei mir da«, sagt die Oma fast tonlos.

Mich haut es gleich um.

Dann geh ich zum Telefon und ruf den Brunnermeier an. Der kommt auch umgehend, aber der kann auch nix mehr machen. Kein Puls, kein Herzschlag, kein gar nix.

So hocken wir drei ein wenig ratlos im Garten und schauen runter auf die Decke. Auf die Oma und auf den Paul. Und auf den Abschied, der da grad passiert. Und mir drückt's direkt einen Knödel in den Hals.

Bei Einbruch der Dunkelheit tragen wir den Paul in das Zimmer von der Oma und rufen die Mooshammer Liesl an, die gleich drauf erscheint. Die zwei Frauen holen Waschzeug und frische Kleidung und schließen die Tür hinter sich. Der Papa zündet Kerzen an. Alle, die er findet. Und der Brunnermeier sitzt dort am Küchentisch und stellt den Totenschein aus.

»Ich kann hier nichts weiter tun«, sagt er schließlich, bekundet sein Beileid und verabschiedet sich.

Wie der Paul gewaschen und gekleidet ist, öffnet die Liesl die Tür, langsam, beinah feierlich, und wir können eintreten. Er schaut gut aus, der Paul. So gut wie noch niemals zuvor. Er riecht nach Kölnischwasser und hat ein entspanntes Gesicht. Die Hände liegen ineinandergefaltet und halten einen Rosenkranz. Die Oma kniet am Kopfende und kann nicht aufhören, sein Gesicht zu streicheln. Und der Papa zieht einen Stuhl hervor, klappt die Bibel auf und beginnt in leisen Worten daraus vorzulesen. Genau so ist es gewesen, wie die Mama starb. Das weiß ich aus Erzählungen. Aus hundertfachen Erzählungen.

Am Morgen ruf ich die Leute von der Bestattung, und kurz darauf treffen sie ein. Sie sind mitfühlend und höflich und spenden dennoch wenig Trost. Die Oma macht Frühstück und die Liesl deckt den Tisch. So setzen wir uns nieder und teilen das wortlose Mahl. Die Ruhe tut gut. Jedem Einzelnen von uns. Dann quietscht der Leopold in den Hof rein.

»Das ist ja ein Drama! Ein furchtbares Drama!«, schreit er schon von der Tür her. Er umarmt die arme Oma, dass die fast an ihrem Honigbrot zu ersticken droht.

»Hab ich's nicht gleich gesagt«, gschaftelt er weiter, holt sich ein Gedeck und stürmt damit den Frühstückstisch. »Hab ich nicht gesagt, der Paul muss in die Klinik? Ja, das hab ich gesagt. Aber keiner wollte auf mich hören. Keiner. Wo warst du eigentlich, Franz? Ich mein, du hast doch so was wie eine Erste-Hilfe-Ausbildung, wenn ich mich nicht täusche? Wiederbelebung und trara.«

Ich steh auf und bring meinen Teller zur Spüle.

»Jetzt sag schon, wo warst du?«

»Leopold, bitte«, sagt der Papa eindringlich und hindert mich damit, einen Brudermord zu begehen. Ich schnapp mir den Ludwig und wir drehen unsere Runde.

Die nächsten Tage sind relativ freudlos. Was zum einen an der ständigen Anwesenheit vom Leopold liegt, zum anderen an der Abwesenheit von der Oma. Die kommt nämlich nicht mehr raus aus ihrem Zimmer, und wenn doch, dann nur, um einen Happen zu essen oder weil sie aufs Klo muss. Sie schaut unglaublich traurig aus und spricht mit keinem ein Wort. Zumindest nicht, bis der Leopold seinen Bestattungskatalog präsentiert. »Deutsche Eiche!«, sagt er am Küchentisch sitzend und trommelt wie wild auf einen Sarg in der Broschüre. »Dazu weiße Lilien. Herrlich!«

Die Oma schaut ihm kurz über die Schulter und schüttelt den Kopf. Dann sagt sie was von Pappkarton und umweltfreundlich. Und dass der Paul das so gewollt hat, sagt sie.

»Nein, nein, nein, Oma. Das geht natürlich überhaupt nicht!«, sagt der Leopold, steht auf und stellt sich direkt vor das winzige Weib. Er redet laut und mit Händen und Füßen, und ich bin sicher, auch ohne das ganze Drumrum wüsste die Oma haargenau, was er will.

»Mensch, da kommt doch ein ganzer Haufen Leute, Oma, verstehst. Allein schon aus Neugier. Ein ganzer Haufen, bestimmt. Und da muss natürlich ein astreiner Sarg her. Und Musiker. Und Blumen. Ja, ich lass mir doch nicht nachsagen, dass ich meinen eigenen Großvater, meinen geliebten Großvater, in einer Schuhschachtel verscharre. Ja, wir haben doch einen Ruf zu verlieren!«

Er hat sie jetzt an den Schultern gepackt und schüttelt sie. Das geht natürlich rein gar nicht.

Und bis er schaut, hab ich ihn am Krawattl und drück ihn ins Eck vom Hausgang.

»Wenn der Paul in einer Schachtel begraben werden will, wird er in einer Schachtel begraben. Das ist sein letzter Wille, und aus. Das müsstest sogar du verstehen, du Vollidiot!«, knurr ich ihn an. Die Oma kommt, schlenzt mir die Wange und verschwindet dann wieder in ihrem Gemach.

»Papa, Herrschaft, jetzt sag doch du auch was!«, versucht die alte Schleimsau einen Verbündeten zu finden. Aber da hat er Pech. Dieses Mal hat er tatsächlich Pech beim Papa.

»Leopold, lass gut sein«, sagt der fast tonlos. »Es ist die Angelegenheit von der Oma. Der Paul war von Anfang an die Angelegenheit von der Oma, verstehst. Nur wegen ihr ist er hergekommen. Nur, um noch einmal bei ihr sein zu können, bevor er stirbt. Von uns allen … von uns hatte er doch gar keine Ahnung. Sein ganzes Leben lang nicht. Und drum sollten wir uns da auch jetzt nicht einmischen.«

Dann geht er hinaus. Draußen hör ich sein Feuerzeug klicken.

Auf ausgesprochenen Wunsch von der Oma findet dann die Beisetzung vom Paul im engsten Kreis statt. Außer dem Leopold und seiner Familie, dem Papa und mir will sie nur die Liesl dabeihaben. Der Sarg ist aus Pappe, so wie es sein Wunsch war, und trotzdem ist er schön. Ein Kranz aus Sonnenblumen liegt darauf. Drumrum eine rote Schleife. »In Liebe und Dankbarkeit. Leni«. Und wenn der Leopold in seinem ganzen verdammten Leben auch nur einmal etwas Sinnvolles gemacht hat, dann war es, die Trauerrede für den Pfarrer zu schreiben. Der erzählt nämlich jetzt ziemlich ergreifend ein bisserl was aus dem Leben vom Paul, die Sachen eben, die er uns selber zuvor noch erzählt hat. Schade, dass es die Oma nicht hören kann. Aber sie fühlt es, so viel ist sicher. Und der Leopold hat's ja auch aufgeschrieben für sie. Dann umarmt die Oma den Pfarrer zum Abschied und dankt ihm sehr für seine Worte.

Nach dem Leichenschmaus fährt der Leopold samt Familie endlich ab, und ganz allmählich kehrt wieder so was wie der Alltag zurück.

Wie ich am Montag in der Früh zur Susi ins Büro komm, hockt eine Neue hinterm Schreibtisch. Also nicht etwa die neue Silvie, sondern schon wieder eine Neue. Eine noch Neuere, quasi. Wobei jetzt das Wort »neu« eigentlich gar nicht so recht passt. Sie macht eigentlich schon mehr einen gebrauchten Eindruck.

»Ja, wen haben wir denn da?«, sag ich und lass das Wort »Schönes«, das ich bei solchen Gelegenheiten gern einmal dranhänge, lieber gleich weg.

»Wen wir da Schönes haben?«, sagt die Susi und schenkt mir einen Kaffee ein.

Ich nicke.

»Das ist meine neue Kollegin. Die Cordula.«

Die Cordula blickt vom Bildschirm hoch und grinst mich an.

»Soso, die Cordula. Ja, was ist denn aus der Silvie geworden?«, muss ich jetzt wissen.

»Die Silvie? Ja, die Silvie hat unsere wunderbare Gemeinde holterdipolter verlassen«, sagt die Susi. Und weiter sagt sie noch, dass sie mit der Flötzinger Mary ein ausgesprochen intensives Gespräch hatte. Und mit dem Bürgermeister. Und der ... der war dann ganz offensichtlich der Meinung, dass die Silvie irgendwie so gar nicht recht zu uns her passt. Und seien wir einmal ehrlich, in einer so winzigen Gemeinde und noch winzigeren Gemeindeverwaltung, da sollten dann schon irgendwie alle zusammenpassen. Da muss die Chemie einfach stimmen. So sagt sie das, die Susi.

Ich muss grinsen und geh raus.

Dann ruf ich mal den Flötzinger an. »Gas, Wasser, Heizung Flötzinger«, meldet sich mein alter Busenfreund.

»Haben sie dir die Silvie wegversetzt?«, frag ich zuerst.

»Arschloch!«, kommt's aus dem Hörer.

»Wenn ich mir vorstell, dass deinetwegen ganze Dienststellen neu besetzt werden müssen, nur weil du deine Griffeln nicht unter Kontrolle hast, das ist schier unglaublich.«

»Du, Franz, das ist jetzt alles ganz anders. Ganz anders, wirklich. Die Mary und ich ... wir machen nämlich bald ein paar Tage Urlaub, verstehst. Wir fahren fort, nur wir zwei, und die Susi passt derweil auf die Kinder auf. Genau. Ja, und wir zwei ... wir machen was ganz was Romantisches. So was wie Honeymoon halt«, gluckst er verschwörerisch.

»Honeymoon. Aha«, sag ich. »Und wo soll's hingehen, wenn man fragen darf?«

»Nach Gelsenkirchen.«

»Nach Gelsenkirchen?«

»Genau. Da hab ich nämlich einen Cousin. Väterlicherseits. Und der … der hat dort ein … ja, so eine Art Motel halt. Und da kriegen wir natürlich einen Wahnsinnspreis. Logisch, oder?«

»Gelsenkirchen. Sag mal, bist du besoffen?«

»Wieso besoffen? Gelsenkirchen ist gar nicht so übel, Franz. Da steht zum Beispiel dieser berühmte Wissenschaftspark, weißt. Und der … der hat eine Photovoltaikanlage, davon träumst du bloß!«

Jetzt muss ich lachen.

»Was gibt's denn da zu lachen? Ich will halt irgendwas tun, damit die Mary wieder gut mit mir ist. Überhaupt, wo jetzt noch ein Kind kommt.«

»Mensch, Flötzinger. Gelsenkirchen. Wissenschaftspark mit was weiß ich für Anlagen. Das ist doch ungefähr so romantisch wie … ja, wie wenn du ihr ein Gedicht über Hämorrhoiden schreibst.«

»Aber die haben da auch eine riesige Ü30-Party, da in Gelsenkirchen.«

»Das wird die Mary narrisch freuen. Wenn sie mit dir auf eine Ü30-Party nach Gelsenkirchen fahren darf. Und du nix anderes im Kopf hast als die anderen Weiber anzustarren.«

Jetzt legt er mir auf. Wahrscheinlich ist er beleidigt.

»Du, Susi«, sag ich gleich, wie ich in ihr Büro reinkomm. »Du machst einen Babysitter für den Flötzinger seine Brut, hab ich grad gehört?«

»Ja, das stimmt«, sagt sie ganz begeistert. »Du, und die Clara-Jane und der Ignatz-Fynn, die freuen sich schon total drauf. Vielleicht können wir ja mal gemeinsam was machen. So ins Kino oder so.«

»Ins Kino? Mit der Clara-Jane und dem Ignatz-Fynn? Nein, danke Susi, sei mir nicht bös, aber da würd ich mir lieber meine Kniescheibe zerschießen«, sag ich.

Die Cordula fängt zu lachen an und kriegt sich gar nicht mehr ein. Sie mag meinen Humor. Das ist schön. Und wenn man einmal genauer hinschaut, ja, da ist sie eigentlich gar nicht so hässlich.

Dann kracht es von draußen, und darauf folgt ein Fluch, so was hab ich in meinem Leben noch nicht gehört, und ich werd es auch nicht weitergeben. Ich schau so durchs Fenster, und da liegt der Catweazle auf dem Boden und auf ihm die Leiter. Arbeitsunfall, würd ich einmal sagen. Also geh ich da raus und mit mir die ganze Gemeindeverwaltung. Die mitleidende Fürsorge ist einfach unglaublich.

»Er muss unbedingt zum Arzt«, sagt schließlich der Bürgermeister.

»Ich kann nicht zum Arzt, ich bin doch gar nicht versichert«, jammert der desolate Gärtner.

»Ich fahr dich rüber zum Brunnermeier«, sag ich und hiev ihn dann in meinen Wagen. Der Weg ist holprig und steinig, aber der Catweazle beißt tapfer seine noch verbliebenen Zähne zusammen. Es dauert ein Weilchen, bis wir drinnen was hören, doch dann schlurft er schon zur Haustür, der Herr Doktor.

»Menschenskinder, was ist denn jetzt schon wieder los, Eberhofer?«, brummt er gleich, wie er uns öffnet.

»Wir brauchen Ihre medizinische Hilfe, Brunnermeier«, sag ich mit Blick auf meinen langhaarigen Begleiter. Der Doktor betrachtet ihn kurz von oben bis unten und vielleicht ein bisschen angewidert. Was man durchaus verstehen kann – macht der Catweazle ja schon ohne Schürf- und Platzwunden einen elenden Eindruck. Der Brunnermeier schnauft theatralisch ein und aus und bedeutet uns schließlich den Weg in sein ehemaliges Behandlungszimmer. Dort verschwinden die beiden auch gleich darauf. Ich bleib lieber draußen. Immerhin muss man sich so eine ärztliche Versorgung nicht antun, wenn man nicht unbedingt muss. So geh ich mal rüber ins Wohnzimmer und schau mich dort um. Es sind Unmengen Bücher vorhanden in riesigen Regalen bis rauf zur Decke. Gute Bücher, kein Schund, das sieht man, und alle sehr edel gebunden. Der Doktor muss ein sehr schlauer Mensch sein, wenn er die alle gelesen hat. Vor dem Fenster auf einem uralten Tisch steht eine Flasche Wein. Vornehmes Etikett. Guter Tropfen vermutlich. Daneben ein Schachbrett, was meinen neugewonnenen Eindruck nur noch verstärkt. Die Figuren stehen kreuz und quer, und offenbar sind sie aus Elfenbein. Ist das nicht verboten? Egal. Schaut jedenfalls wunderbar aus. Ich seh mir mal die Dame an. Feine Schnitzereien. Respekt. Man kann beinahe jede einzelne Haarsträhne erkennen. Der König trägt ein Schwert, die Klinge funkelt ein bisschen. Und das Pferd … das Pferd ist so echt, dass man es direkt wiehern hört.

»Herrschaftszeiten, Eberhofer, was tun Sie denn da?«, tönt es von der Tür her, und der Brunnermeier rast ins Zimmer. »Sie können mir doch nicht einfach meine Partie durcheinanderbringen!«

Er erschreckt mich derartig, dass ich beim Hinstellen des Pferdes gleich die ganzen Figuren umwerfe. Jetzt ist er den Tränen nahe, ich seh es genau.

»Weg hier! Gehen Sie weg! Fassen Sie diese Figuren nicht an. Haben Sie überhaupt die geringste Ahnung, was die wert sind? Dafür wurden schon Morde begangen. Jawohl, Morde! So etwas kriegt man heute doch gar nicht mehr.«

Morde. Soso.

»Sie spielen Schach?«, mischt sich jetzt der Catweazle ein und kommt zu uns rüber. Er ist von Kopf bis Fuß verbunden und zugepflastert.

»Ja, ich spiele Schach, wenn Sie erlauben«, knurrt der

Doktor wenig freundlich, sammelt entnervt die Figuren auf und beginnt, sie erneut zu platzieren.

»Eine bestimmte Partie?«, will mein haariger Begleiter nun wissen. Der Brunnermeier hält kurz inne und blickt zu ihm rüber, widmet sich aber gleich wieder den Figuren.

»Naiditsch – Kramnik«, nuschelt er lustlos.

»Hui, da haben Sie sich aber was vorgenommen!«, lacht der Catweazle.

»Sie spielen Schach?«, fragt der Doktor jetzt, und es klingt durchaus argwöhnisch.

»Gelegentlich«, kommt prompt die Antwort, und dann nimmt Catweazle ganz behutsam die Dame vom Brett. Gott möge verhüten, dass er sie fallen lässt!

»Wie auch immer«, mische ich mich dann ein. »Ich muss jetzt jedenfalls los. Vergelt's Gott, Brunnermeier! Auf geht's, Catweazle!«

Aber die beiden Herren haben urplötzlich ganz andere Pläne. Und sie verzichten darauf, mir zur Haustür zu folgen. Ihnen ist jetzt irgendwie mehr nach einer Schachpartie. Also heb ich zum Abschied die Hand und geh allein zu meinem Wagen.

Kapitel 22

Zurück im Büro kommt ein Anruf vom Richter Moratschek. Er ist freundlich wie immer und auch genauso verschnupft. Ich kann die Gletscherprise regelrecht riechen, die er sich grad hinter die Kiemen zieht.

»Wunderbar, Eberhofer«, nuschelt er in den Hörer. »Wunderbar haben Sie das wieder gemacht. Also, diese zwei Mörderinnen, hähä, da könnte man glatt sagen: eine Hand wäscht die andere, gell. Also, wie sind Sie da bloß draufgekommen?«

Ich sag erst einmal nix, sondern genieße den Augenblick der Beweihräucherung.

»Ein Hund sinds' schon, Eberhofer. Ein richtiger Hund, gell. Ja, nein, wegen was ich eigentlich anruf, eine Belobigung kriegens'. Für Ihre Verdienste, quasi. Vom Polizeipräsidenten persönlich. Was sagens' denn dazu?«

»Eine Belobigung?«, frag ich. »Hört sich nicht schlecht an. Gar nicht schlecht, muss ich schon sagen. Und wissen Sie zufällig, wie's mit dem Birkenberger ausschaut? Kriegt der Birkenberger vielleicht auch eine Belobigung? Weil: schließlich war der ja nicht unwesentlich beteiligt an dieser Geschichte.«

»Nicht unwesentlich, gell. Ja, das hab ich mir gleich gedacht.« Er schnieft wieder ordentlich. Wie viel Schnupftabak passt denn eigentlich rein in so eine Nase?

»Nein, Eberhofer, da seh ich schwarz. Der Birkenberger,

der wird wohl keine Belobigung nicht kriegen. Weil er ja auch gar nicht mehr bei der Polizei ist, gell. Und der Entlassungsgrund war ja, sagen wir einmal, nicht ohne, wenn Sie sich erinnern.«

Ja, ich erinnere mich. Und trotzdem find ich es scheiße. Der Rudi hat nämlich ganz erstklassige Arbeit geleistet. Wirklich ganz erstklassig.

»Also, was ist jetzt? Freuen Sie sich über die Belobigung?«

»Ja, aber der Rudi …«, versuch ich es noch mal. Aber nix. Er lässt mich gar nicht erst ausreden.

»Herrschaft, Eberhofer. Sie kriegen doch einen schönen Batzen Geld bei dieser Sache. Da ladens' dann den Birkenberger einmal groß zum Essen ein und alle sind zufrieden, gell. Ich muss jetzt Schluss machen. Hab hier gleich eine Verhandlung. Eine Mehrfachvergewaltigung. Unappetitliche Sache.«

Dann legen wir auf. Ich lehn mich in meinem Bürostuhl zurück und lass erst einmal alles sacken. Belobigung, denk ich mir so. Ein schöner Batzen Geld. Klingt auch nicht übel. Gar nicht übel.

»Ah, der Eberhofer, wieder schwer am schuften«, sagt der Bürgermeister, gleich wie er ganz ohne Anklopfen in mein Büro stürmt.

»Wieso klopfen Sie nicht an, wenn ich fragen darf?«, sag ich so.

»Anklopfen? Wieso das jetzt. Sie haben doch sonst auch Ihre Tür immer offen.«

»Ja, aber jetzt war sie zu. Und dann klopft man an. Noch dazu bei einem Beamten, der demnächst vom Polizeipräsidenten persönlich belobigt wird. Verstanden?«

Der Bürgermeister geht wieder raus, schließt die Tür und klopft an. Na also!

»Herein!«, schrei ich, und er kommt retour und verdreht die Augen in alle Richtungen.

»Was ist jetzt eigentlich mit dem Catweazle? Ist er schwer verletzt?«, fragt er dann ganz fürsorglich.

»Nicht, wie ich ihn zuletzt gesehen hab.«

»Weil, wissens' schon: wegen der Versicherung. Weil er ja nicht versichert ist, der Catweazle. Da hab ich mir so gedacht, wir könnten ja einfach über Ihre Versicherung abrechnen. So quasi als Dienstunfall. Sagen wir, Sie sind einfach auf den Baum gekraxelt, weil Sie eine Katze retten wollten. Und dann … Na ja, so was in der Art. So was passiert doch andauernd. Oder? Und dann … dann bleiben Sie ein paar Tage gemütlich zu Hause und kurieren sich aus.«

Er erzählt das völlig begeistert. Ist von seiner abartigen Idee ganz verzückt, dass er mich am Schluss seiner Worte direkt umarmt.

»Bürgermeister«, sag ich und wind mich aus seinen Armen. »Bürgermeister, machen Sie sich darüber mal keine Sorgen. Der Catweazle, der schneidet beim Brunnermeier im Garten einfach ein paar Äste oder mäht ihm den Rasen und somit sind die zwei quitt. Bloß keine Panik deswegen.«

Man kann ihm die Erleichterung richtig ansehen. »Ein paar Äste … quitt … wunderbar«, murmelt er so im Hinausgehen.

Dann ruf ich mal den Birkenberger an. Schließlich muss er von der Belobigung erfahren, auch wenn er nix abkriegt von diesem Kuchen. Zunächst ärgert er sich ein bisschen darüber. Wie ich ihm aber sage, dass ich ihn ganz groß zum Essen einlad, freut er sich narrisch.

»In ein Lokal meiner Wahl?«, fragt er mich gleich.

»In ein Lokal deiner Wahl«, sag ich ziemlich gönnerhaft.

»Versprochen?«

»Versprochen!«

Gut, sagt er, er freut sich. Und er will einen Tisch reservieren. Das Datum wird er mir noch rechtzeitig mitteilen, der Birkenberger. So verabschieden wir uns.

Auf dem Heimweg komm ich beim Simmerl vorbei, und ein Polo steht vor der metzgereigenen Tür. Drin hockt der Max, Fenster offen, Ellbogen raus. Genauer vielleicht Gipsarm raus. Ich halt kurz an und geh hin.

»Schönes Auto. Neu?«, frag ich ihn so.

Er nickt.

»Ja, das siehst du völlig richtig, Franz«, sagt der Simmerl, wie er sich zu uns gesellt. Er wischt sich die Wurstfinger an seiner Schürze ab und streicht dann ganz andächtig und versonnen übers Autodach. »Nagelneu ist der. Und gar nicht so schiach, gell. Blaumetallic. Und hast du die Spoiler gesehen? Glasschiebedach. Ja. Hat natürlich ein bisserl mehr gekostet. Aber immerhin muss er doch irgendwas hermachen, wenn der Bub so durch die Gegend düst.«

Da hat er schon recht, der Simmerl.

»Vorerst ist aber eh nix mit düsen«, sagt der Max fast ein wenig wehmütig.

»Wegen dem Gips, gell?«, frag ich nach. »Wann kommt er denn runter?«

»Nein, das dauert gar nimmer so lang. Aber dann ist ja auch erst mal der Scheißführerschein weg. Führerschein auf Probe … du kennst ja die Regeln«, sagt der Simmerl und wirft böse Blicke ins Wageninnere. Der Bub zuckt ganz leicht zusammen. »Und das grad jetzt, wo der Max eine Krankenschwester aus Landshut, eine ganz schnuckelige, kennengelernt hat, gell, Max?«

»Eine schnuckelige Krankenschwester, sagst?«, frag ich nach.

Der Simmerl nickt. Der Bub wird rot.

Wir müssen grinsen.

Dann schau ich mal so durchs Fenster in die wunderbare Metzgerei. Ein einziges Schlaraffenland da drinnen.

»Ja, wer genau hat denn den Unfall überhaupt angezeigt?«, muss ich jetzt wissen.

Die beiden schauen sich an. Dann schauen sie mich an.

»Ja, du halt«, sagen sie direkt synchron.

»Ich? Nie im Leben! Wie käm ich dazu? Ich hab einzig und allein meinem alten Freund zur Seite gestanden in der Not. Sonst nix. Völlig uneigennützig. Und rein menschlich natürlich. Und ohne jegliche Art von Diensteifer, versteht sich.«

Der Simmerl legt mir den Arm um die Schulter.

»Auf dich kann man sich halt verlassen, Franz. Du bist wirklich nicht nur ein alter, sondern auch ein guter Freund. Ein sehr guter sogar.«

»Aber kein billiger«, sag ich. Dann treten wir ein ins fleischgewordene Paradies.

Kaum daheim angekommen, schrei ich schon durchs Küchenfenster.

»Mach die Kühltruhe auf, Papa! Ich bring Nachschub. Nachschub für minimal ein halbes Jahr. Und wenn der Leopold künftig auf Besuche verzichtet, könnte es auch gut ein Dreiviertel werden.«

Der Papa freut sich über meinen Raubzug und schmeißt gleich einmal den Grill an. Und wie die Oma hernach vom Friedhof zurückgeradelt kommt, wird sie schon von unseren kulinarischen Wunderwerken erwartet. Das tut ihr gut. Da kann er wieder Kraft und Energie tanken, dieser winzige Körper. Voll Freude taucht sie ihr Würstl in den guten Händlmaier-Senf und beißt hinein, dass es knackt und das Fett grad so spritzt. Dazu eine Breze, ganz würzig und resch. Danach ein großer Schluck Bier. Und ihre Wangen färben sich rosa.

Auf der Runde mit dem Ludwig treff ich hinterher auf den Flötzinger, der wieder einmal seinen Körper ertüchtigt. Er kommt mir im Jogginganzug entgegen, hat Kopfhörer in den Lauschlappen und trägt einen Pulsmesser ums Handgelenk, auf den er ständig starrt.

»In ein paar Tagen geht's los«, sagt er freudig und trippelt in winzigen Hopsern vor mir auf und ab.

»Wie meinen?«, frag ich, weil ich keinen Schimmer hab, wovon er grad spricht.

»Schon vergessen? Gelsenkirchen!«, flötet er und hilft mir somit auf die Sprünge.

»Ach so, Gelsenkirchen. Ja, klar. Und ... freut sie sich schon recht drauf, deine Mary? Auf die Ü30-Partys und die Photovoltaikanlagen?«

»Ja. Nein. Äh, du Franz ... ich glaub, ich muss weiter. Weil: mein Puls, du verstehst ...«, sagt er noch so, und dann hoppst er auch schon wieder den heimatlichen Waldweg entlang.

Die beiden Mordfälle Barschl und Hausladen werden gemeinsam verhandelt. Was ja auch Sinn macht, schließlich wurden sie auch gemeinsam begangen. Den Vorsitz hat der ehrenwerte Richter Moratschek. Selbstverständlich ist meine Anwesenheit erforderlich, war ich doch einer der ermittelnden Beamten – und praktisch der Einzige, der erfolgreich war. Der Rudi ist auch da. Als Hauptbelastungszeuge. Wir treffen uns vor der Sitzung auf einen kleinen Kaffee. Kaum sitzen wir, schmeißt er mir einen Prospekt übern Tisch.

»Hotel Ritz. Toll. Und was soll ich damit?«, frag ich und blättere relativ desinteressiert durch die Hochglanzseiten.

»Da will ich zum Essen hin«, sagt der Rudi und verschränkt seine Arme.

Hat sie der noch alle!?

»Sag einmal, hast du sie noch alle?«, frag ich ihn und schmeiß ihm das Heft an den Schädel.

»Paris. Nächste Woche, Franz. Es gibt kein Zurück. Ich habe schon gebucht. Zimmer. Flug. Geht selbstverständlich alles auf meine Kosten. Setz ich sowieso von der Steuer ab. Als Spesen, du verstehst? Das Einzige, was du bezahlen musst, ist dieses große Essen, das du mir versprochen hast.«

Er grinst mir so was von unverschämt über den Tisch, dass ich ihm eine reinhauen könnte.

»Mensch, Franz«, sagt er weiter. »Überleg doch mal. Denk doch einmal an all die kleinen Französinnen. Rattenscharf sind die, kann ich dir sagen.« Er zwinkert wie ein Irrer mit den Augen.

»Ist nicht dein Ernst, oder?«

»Doch, natürlich! Du, ich hab da neulich einen Geschäftsmann observiert. Nur ein paar Tage. Und was soll ich dir sagen … jede Nacht hatte der eine andere! Und nicht irgendeine. Nein, Franz, da waren vielleicht Weiber drunter, davon träumst du noch Jahre! Jede Wette.«

»Vergiss es!«, sag ich und steh auf. Es wird ohnehin Zeit, den blöden Gerichtssaal aufzusuchen.

Kapitel 23

Ich weiß jetzt ehrlich gesagt nicht, woran's liegt, vielleicht an meiner zu erwartenden Belobigung, aber es ist fast die ganze Gemeinde hier anwesend. Der Bürgermeister ist da und auch die Oma und der Papa. Die Mooshammer Liesl und ein weiteres Waschweib. Und ein paar von den Verwaltungsschnepfen. Die Susi ist auch da, und sie ist nicht allein. An jeder ihrer Hände hängt ein Kind. Der Ignatz-Fynn und die Clara-Jane haben ganz offensichtlich bei ihr Einzug gehalten. Sie alle winken zu mir rüber und rufen ständig meinen Namen, als wüsst ich den nicht selber. Zu meiner Rettung aber kommt dann auch gleich der Moratschek und erlöst mich mit seinem Hämmerchen von weiteren Aufdringlichkeiten.

Die Verhandlung ist eröffnet. Die Frau Barschl wird hereingeführt und sieht umwerfend aus. Trägt ein weißes hochgeschlossenes Kleid und aufgesteckte Haare. So wirkt sie fast wie ein junges Mädchen, das nie im Leben jemanden verletzen, ja geschweige denn abmurksen könnte. Ihre Komplizin steckt in einem strengen schwarzen Hosenanzug und zusammen schauen sie fast aus wie ein Brautpaar. Seltsam, wirklich. In der vordersten Reihe kann ich den Grablonski erkennen. Und er sieht mich auch. Nickt mir kurz zu, widmet sein Augenmerk aber auch gleich wieder seiner Ivana. Auch sie sucht seinen Blick. Immer und immer wieder.

Nach der Überprüfung der Personalien beginnt der Staatsanwalt, die Anklageschrift zu verlesen. Die besondere Schwere der Taten liegt in der Heimtücke, sagt er. Weil halt diese beiden Weibsbilder in gegenseitiger Absprache die Opfer jeweils getötet haben, als diese keinerlei Gefahr wittern konnten und somit völlig wehrlos waren. Die Ivana rotzt in ein Taschentuch und die Frau Hausladen kann nicht aufhören, ihren Kopf zu schütteln. Danach bin ich an der Reihe und berichte aus meinen umfangreichen Ermittlungsergebnissen. Ich tu das ziemlich professionell und sachlich, obwohl mich die Frau Barschl schon ein bisschen erbarmt. Schließlich will keine Frau auf diesem ganzen Planeten mit einem Mann verheiratet sein, der Frauenkleider trägt. Zumindest nicht in der westlichen Welt.

Nach meiner eigenen kommt die Aussage vom Rudi, und der kann im Grunde keine bahnbrechenden Neuigkeiten beisteuern, sondern nur meinen Bericht bestätigen. Außer vielleicht, wie er von seiner blöden Rauferei mit der Frau Hausladen erzählt. Das ist schon komisch. Also nicht, dass er es komisch erzählen würde. Das nicht. Ganz im Gegenteil. Er erzählt es mit einem fast strengen Ernst. Ja, fast schon dramatisch. So, als wär er in echter Gefahr gewesen. Aber genau deshalb könnte ich mich auf den Boden schmeißen. Und ich muss mich kolossal zusammenreißen, hier nicht das Wiehern zu kriegen. Die Leute im Gerichtssaal sehen das anders. Lauschen ganz betroffen seinen Worten. Direkt ekelhaft.

Nach der Mittagspause soll dann der psychologische Gutachter gehört werden, der Dr. Dr. Spechtl aus München. Irgendwie treibt das ganz zwiespältige Gefühle in mir hervor. Den kenn ich nämlich schon seit Jahren, und im Grunde ist er ja ein kreuzbraver Mann. Allerdings war er es auch, der meine damalige Versetzung in die Heimat arrangiert hat. Was jetzt nicht schlecht ist. Im Nachhinein betrachtet. Damals aber ist er mir gehörig auf die Eier gegangen. Ganz gehörig sogar.

»Eberhofer, das ist ja fein, Sie einmal wiederzusehen«, ruft er schon von weitem, wie er mich sieht. Ich beiß grad so in eine Leberkässemmel und hab zugegebenermaßen den Hals ziemlich voll, sodass ich gleich gar nicht antworten kann. Also nick ich nur artig.

»Und eine Karriere habens' gemacht, eine ganz großartige, ist mir zu Ohren gekommen!«

Ja, mit den Ohren hat er es immer schon gehabt. Wahrscheinlich, weil er vor seiner Zeit als Polizeipsychologe einmal Hals-Nasen-Ohren-Arzt war. Das bleibt wohl ein Leben lang in dir drinnen.

Jetzt hab ich hinuntergeschluckt.

»Ja, der Herr Dr. Dr. Spechtl«, sag ich und schüttel ihm die Hand. »Wurstelns' wieder einmal in kranken Hirnen umeinander?«

»Mein Job, Eberhofer. Mein Job. Aber allen Respekt! Wirklich. Dass sie zwei so ausgebuffte Mörderinnen überführt haben. Respekt. Und jetzt kriegens' auch noch eine Belobigung, gell. Vom Polizeipräsidenten persönlich. Respekt!«

»Mei, was heißt da ›ausgebuffte Mörderinnen‹? Im Grunde sind das doch nur zwei bemitleidenswerte Frauen. Schikaniert von irgendwelchen abartigen Kerlen. Und irgendwann hat's ihnen halt dann gelangt. Wem kann man das verdenken?«, sag ich so.

»Da schau einer an! Der Eberhofer! Wollens' vielleicht meinen Job übernehmen? Hähä«, lacht der Spechtl.

Der Moratschek gesellt sich zu uns her und nimmt eine Prise.

»Moratschek, Moratschek. Wie oft hab ich Ihnen eigentlich schon gesagt, dass Ihnen das Zeug Ihre Schleimhäut ruiniert?« Aber der Richter winkt nur ab und genießt seine Drogen.

Später, bei seinem Gutachten, stellt der Spechtl dann ganz klar die jahrelangen Misshandlungen in den Vordergrund, denen die zwei Frauen ausgeliefert waren. Unmenschlich, sagt er. Und demütigend. Und, dass es nur eine Frage der Zeit war, bis etwas passiert. Tickende Zeitbomben Dreck dagegen. Er macht das ein bisserl arg ausführlich, und der eine oder andere Besucher kriegt schon das Gähnen. Die Kinder vom Flötzinger werden langsam unruhig, obwohl sie am Vormittag noch ganz und gar bei der Sache waren und ergriffen lauschten. Die Clara-Jane bohrt in der Nase, so was hab ich vorher noch niemals gesehen. Und der Ignatz-Fynn wippt mit dem Stuhl, dass der nahende Sturz direkt vorhersehbar ist. Die Susi hat beide Hände voll zu tun. Dann kommt er aber doch noch zum Ende, der Spechtl. Wischt sich mit dem Taschentuch übers Gesicht und geht dahin, wo er zuvor hergekommen ist. Die Verhandlung wird auf morgen vertagt, sagt der Moratschek und erhebt sich. Wir alle tun es ihm gleich, und ich geh erst einmal zur Susi rüber, weil mir die jetzt direkt ein bisserl leidtut. Sie schaut mich ganz dankbar an.

»Ist es schon so weit mit Gelsenkirchen?«, frag ich sie erst mal. Sie schüttelt den Kopf.

»Nein«, sagt sie und schaut ganz zärtlich auf die Lauser runter. »Wir haben heut nur unseren Probetag. Damit wir sehen, ob wir zurechtkommen. Und was wär da spannender als wie eine Gerichtsverhandlung? Noch dazu, wo du praktisch der Held des Tages bist«, lächelt sie mir her.

Dann wird die Frau Barschl an uns vorbeigeführt. Sie bleibt auf Augenhöhe stehen und betrachtet uns kurz eindringlich.

»Mein Gott«, sagt sie ganz betroffen. »Wenn ich gewusst hätte, dass du Frau und Kinder hast, hätt ich doch nie mit dir gevögelt!«

»Was ist gevögelt?«, fragt die Clara-Jane.

Der Bub grinst. So was von dämlich.

Die Augen von der Susi beginnen dramatisch zu funkeln. Sie dreht sich ab und verlässt im Kielwasser der Gören den Saal.

»Vollidiot!«, sagt der Papa, wie er an mir vorbeigeht.

»Was ist denn jetzt schon wieder?«, schreit die Oma. Wird aber von der Mooshammerin untergehakt und nach draußen gebracht. Ich steh noch ein bisschen leicht verwirrt umeinander. Dann aber gehen der Rudi und ich auf eine Brotzeit, weil's daheim vermutlich eh kein Abendessen gibt, wenn die Oma erst von meinen Verfehlungen erfährt. Wobei »Verfehlung« ist jetzt auch wieder nicht das richtige Wort.

Am nächsten Tag halten die Anwälte der Frauen ihre Plädoyers. Und danach muss sogar dem letzten Zweifler im Gerichtssaal klar sein, dass es sich bei den Täterinnen in erster Linie ganz klar um Opfer handelt. Ja, heißt es, die beiden waren zweifelsohne Opfer ihrer perversen Mitbewohner und sind erst durch sie, und im Grunde sogar unfreiwillig, irgendwann zu Tätern geworden.

Das Urteil fällt wie erwartet milde aus, weil der Moratschek eh ein gütiger Mann ist. Aber nichtsdestotrotz heißt es jetzt erst einmal Knast. Ein paar Jahre zwar nur und bei guter Führung noch viel weniger. Aber immerhin. Die Frau Barschl darf ihren Victor noch ganz kurz umarmen und wirft auch mir noch einen Blick zu. Und die Frau Hausladen schaut ganz wehmütig rüber zum Rudi, doch sie weiß wohl, dass der nicht auf sie warten dürfte. Dann ist der Fall abgeschlossen. Zumindest von der unangenehmen Seite her.

Aber übermorgen … übermorgen gibt's meine Belobigung. Mit allem Pipapo und kaltem Buffet. Die Zeitung wird da sein und der Bürgermeister. Und alles das nur meinetwegen. Ja, gut, die Susi wird fehlen. Das ist zwar schade, kann man aber nicht ändern.

Das Telefon läutet und der Birkenberger ist dran. Er will wissen, wo sie denn überhaupt stattfindet, meine großartige Belobigung. Ich nenn ihm Ort und Uhrzeit, und er sagt, er kann es gut einrichten, dort hinzukommen. Keine Observierung zu diesem Zeitpunkt. Prima.

»Was ziehst du eigentlich an?«, will er noch wissen.

»Was ich anzieh? Mei … keine Ahnung. Irgendwas Cooles halt. Irgendwas, wo ich ausschau wie ein cooles Arschloch, verstehst?«

»Tust du doch immer, Franz. Du schaust doch immer aus wie ein cooles Arschloch«, sagt er noch, dann hängt er ein.

Tags darauf kommt die Susi zu mir ins Büro und schmeißt mir einen ganzen Haufen Unterlagen auf den Schreibtisch.

»Was wird das, wenn's fertig ist?«, frag ich sie.

»Das sind deine Vorfälle. Die kannst dir in Zukunft ganz schön selber schreiben!«, sagt sie und wendet sich wieder zum Gehen. Dazu muss man wissen, die Susi übernimmt nämlich so ab und zu die lästige Schreibarbeit. Weil ich das halt so nullkommanull machen mag. Nein, ich bin ein Mann. Ich muss raus auf die Straße und für Recht und Ordnung sorgen. Und nicht hinter einem verdammten Schreibtisch versauern und blöden Schreibkram in die Tasten trommeln. Dafür bin ich nicht ausgebildet worden. Und dazu bin ich erst recht nicht geboren. Ganz klar.

Ich schau mir kurz den Riesenstapel an und danach die Susi. Sie ist kurz vor der Zimmertür. Einen winzigen Augenblick lang fühl ich mich fast genötigt, ihr hinterherzurufen. Aber dann lass ich es bleiben. Lass es bleiben, weil ich merk, wie sich ihr Schritt verlangsamt. Kaum merklich zwar, aber doch ganz leicht. Und ja, ich soll recht behalten.

»Sag einmal ehrlich, Franz, warum machst du so was eigentlich?«, fragt sie, verschränkt die Arme vor der Brust und verkneift sich die Tränen.

»Was genau meinst du damit?«

»Das weißt du genau. Das mit diesem Weibsstück eben.«

Ich steh auf und geh rüber zum Fenster. Leg meine Hände hinterrücks ineinander und schau schweigend hinaus. Ein paar Augenblicke, die sich unglaublich ziehen.

»Es ist schon traurig. Ja, sogar unglaublich traurig, Susi«, sag ich, und meine Stimme nimmt Töne an, die ich gar nicht an mir kenn. »Du warst doch selber dabei, Susi. Ich mein, du hast sie doch selber gesehen, diese Frau. Sie ist wegen Mordes verurteilt worden, wegen Mordes! Hast du das schon vergessen? Und du sagst mir so frech ins Gesicht, dass du so einer … so einer Mörderin einfach alles glaubst, was sie so von sich gibt? Du glaubst also einer dahergelaufenen Mörderin mehr als deinem Franz? Den du seit Jahren kennst? Und liebst?«

Ich schüttel den Kopf und senke ihn dann.

Pause.

»Du hast also nicht … du hast nicht mit dem Weibstück geschlafen?«

Ganz langsam dreh ich mich um.

»Himmel, nein! Natürlich hab ich das nicht.«

Meine Arme sind noch immer im Rücken verschränkt, so kann ich meine Finger ganz großartig kreuzen.

»Du bist ein echtes Arschloch, Franz. Weißt du das eigentlich? Du lügst, dass sich die Balken biegen, und glaubst, ich merk es nicht. Abgesehen davon, dass ich deine gekreuzten Finger in der Fensterscheibe sehen kann. Aber andererseits … andererseits muss dir schon was an mir liegen, gell. Sonst würdest du dir ja nicht so haarsträubende Geschichten ausdenken.«

Verdammt!

»Mei, Susi …«

Die Susi fängt ein bisschen zu lächeln an. Sie schnappt sich die Unterlagen vom Schreibtisch und geht erneut in Richtung Tür.

»Kommst vielleicht heut Abend noch auf einen Sprung bei mir vorbei?«, fragt sie im Rausgehen.

»Ja, das … das kann schon gut sein. Durchaus im Bereich des Möglichen«, sag ich noch so, dann ist sie weg.

Kapitel 24

Nach dem Abendessen und der Runde mit dem Ludwig schau ich noch schnell nach der Oma. Sie hockt in ihrem Zimmer auf dem Bett und hält das Hemd vom Paul in den Händen. Das, wo er zuletzt noch getragen hat.

»Ist alles in Ordnung bei dir, Oma?«, frag ich und setz mich zu ihr auf die Bettkante. Sie lehnt ihren Kopf an meine Schulter.

»Es riecht noch immer ein bisschen nach ihm«, sagt sie ganz leise und hebt das Hemd ein wenig hoch. »Ich pack's immer wieder in die Tupperdose zurück, damit es noch lange so bleibt.«

Wir schweigen ein Weilchen.

»Geh zu deiner Susi, Bub«, sagt sie schließlich und erhebt sich. Legt das Hemd zurück in die Box und verschließt sie ganz sorgfältig. »Verplempert's nicht eure wertvollsten Jahre. Die sind so schnell rum. So unglaublich schnell, weißt. Nimm sie einfach in den Arm und hab sie lieb.«

Ich geh dann mal lieber, bevor ich hier noch das Flennen krieg. Unten laufen die Beatles und der Papa flackt auf der Couch und frönt ganz entspannt den Lieblingsklängen. Wie man sein ganzes Leben lang und immer und immer wieder ein und dieselbe Musik hören kann, bleibt mir ein Rätsel. Aber solange er's genießt, … »Ich geh jetzt noch auf einen Sprung zu der Susi«, sag ich. »Schaust ein bisserl nach dem Ludwig, gell.«

»Sie hat dich doch nicht schon wieder zurückgenommen?«, ruft er jetzt, ohne auch nur mit der Wimper zu zucken.

»Schaut ganz danach aus«, sag ich noch so, und dann bin ich auch schon draußen.

Im Grunde genommen war es schon ziemlich gut, dass ich noch auf einen Sprung bei der Susi vorbeigeschaut habe. Eigentlich war es sogar großartig. Wirklich.

»Du, Franz, ich hab neulich mit der Mary gesprochen«, sagt sie beim Frühstück.

»Ja, und?«

»Und der Flötzinger, der will doch eine Versöhnungsreise mit ihr machen. Und stell dir vor, wo der hin will.«

»Nach Gelsenkirchen.«

»Genau, nach Gelsenkirchen. Und da will er mit ihr eine Ü30-Party besuchen. Und einen Wissenschaftspark mit irgend so einer Fotoanlage, sagt die Mary. Ist das nicht pervers? Und das grad jetzt, wo sie auch noch schwanger ist. Da braucht sie doch was … ja, was weiß ich, was Romantisches halt.«

»Klar ist das pervers. Der ganze Flötzinger ist pervers«, sag ich und beiß in meine Marmeladensemmel.

»Kannst du nicht vielleicht mal mit ihm reden. So von Mann zu Mann, mein ich. Kannst du nicht irgendwas tun, damit er sich was anderes ausdenkt?«

»Ich? Ja, was bitte schön soll ich da jetzt tun?«

»Mensch, Franz!«, sagt die Susi und beginnt, den Tisch abzuräumen. »Du überführst ständig irgendwelche ausgebufften Verbrecher. Da wirst du doch in Gottes Namen wohl mit dem Flötzinger fertig werden, oder? Dem bist du doch allein schon geistig haushoch überlegen. Schon vergessen: Held des Tages?«, sagt sie und streift mir ganz sanft durch die Haare.

Held des Tages.

»Wie auch immer«, sag ich und steh auf. »Der Held des Tages muss jetzt jedenfalls erst einmal duschen.«

Es gibt Blumen, Buffet und jede Menge Leute. Der Zeitungsreporter macht ein Interview und einige Fotos. Und der Polizeipräsident schöpft aus dem Vollen bei seiner Ansprache. Ich werde bei jedem Wort einen Zentimeter größer und schaue wohlwollend auf alle hernieder. Die Oma trägt das Dirndl mit den hübschen Blumen und der Leopold hockt grinsend in der letzten Reihe und hat den Zwerg Nase auf dem Schoß, der ständig und unglaublich laut »Onkel Wahans!« schreit. Daneben sitzen der Stopfer Karl und Thin Lizzy, und sie winken mir gleich, wie ich hinschau zu ihnen. Der Papa und der Moratschek residieren Arschbacke an Arschbacke in der vordersten Reihe, und beide strotzen vor Stolz. Nicht weniger meine Susi, die direkt dahinter Platz genommen hat. Dann krieg ich endlich meine Urkunde und den dazugehörigen Scheck, und dann geht's ran ans Buffet. Der Leopold richtet ganz fürsorglich einen Riesenteller für den Papa zurecht und überreicht ihn dann gönnerhaft. Und die Sushimaus hockt ganz entspannt auf meinem Arm und klatscht mir ständig die winzigen Hände ins Gesicht.

Irgendwann gesellt sich der Birkenberger neben mich und wedelt mit einigen Papieren.

»Was ist das?«, frag ich relativ unbeeindruckt und überreich der Panida das Kind.

»Was ist das!«, sagt der Rudi leicht beleidigt. »Ja, was wird das schon sein, Franz. Unsere Unterlagen für Paris halt.«

»Paris. Aha«, sag ich, leg meinen Arm um ihn und wir gehen ein paar Schritte. »Versteh mich bitte nicht falsch, lieber Rudi«, sag ich, wie wir den Gang entlangschlendern. »Ich fahr mit dir überallhin. Wirklich überall, das weißt du genau. Denk doch einfach mal an Mallorca. Aber muss es ausgerechnet Paris sein? Mensch, überleg doch mal! Wir kommen da ja rüber wie … ja, wie zwei Schwuchteln!«

Der Rudi bleibt stehen, wirft meinen Arm ab und sendet vorwurfsvolle Blicke. Aber ich merk auch, dass er anfängt zu denken. Und wenn er denkt, ist mein Ziel nicht mehr fern.

»Nein, muss es natürlich nicht. Ich hab's doch einfach bloß gut gemeint. Und du … du bist so dermaßen undankbar«, sagt er dann ein bisserl schmollig.

»Jetzt überleg doch mal, Birkenbeger«, sag ich weiter. »Zwei Typen wie wir … ja, die fahren doch nicht nach Paris, verstehst! Die fahren doch nach … nach … ja, weiß der Geier wohin, nach Gelsenkirchen zum Beispiel!«

»Nach Gelsenkirchen?«, fragt er völlig entgeistert. Zuerst mag er ja nicht recht, der Rudi. Aber wie ich ihm von diesen wunderbaren Ü30-Partys erzähle und von Schalke und der großartigen Veltins-Arena, da hab ich ihn dann. Und im Nullkommanix überreicht er mir seine Unterlagen für die Reise nach Paris.

Abends begeb ich mich erst mal zum Wolfi, weil ich dort den Flötzinger vermute. Er ist zwar Gott sei Dank da, aber leider besoffen.

»Wunderbar«, sagt er, wie er mich sieht, und legt mir den Arm um die Schultern. »Wunderbar, dass du da bist, Franz. Wolfi, bring ihm ein Bier!«

Der Wirt stellt das frisch Gezapfte vor uns auf den Tresen.

»Franz«, sagt der Flötzinger weiter. »Das mit der Mary, das muss sich jetzt ändern. Weil ich sie ja schon richtig gern hab, weißt. Und überhaupt, wo sie auch noch schwanger ist. Und sie ist mir wirklich viel wert. Am allermeisten eigentlich. Und das werd ich ihr sagen, sobald wir in Gelsenkirchen sind. Mary, werd ich ihr sagen, Mary, du bist mir am allerwertesten. Ja, das sag ich ihr!«

Das ist mein Stichwort. Und jetzt leg ich den Arm um den Spinner und offenbare ihm meinen Plan. Zuerst schaut er ziemlich dämlich, wie er von meinem großartigen Tauschgeschäft hört.

»Paris? Na prima. Da kann ich mir dann den Eiffelturm anschauen«, sagt er mit überschaubarer Begeisterung. »Keine Partys? Keine Voltaikanlagen?«

Ich schüttel den Kopf.

»Aber ein zufriedenes Eheweib, das dir all deine Fehltritte verzeiht – und das sollte dir doch auch nicht unwichtig sein. Grad, wo sie dir doch am allerwertesten ist«, sag ich so. Er nimmt mir die Unterlagen aus der Hand und versucht, mich mit Tränen in den Augen zu küssen. Ich mag aber nicht. Schließlich übergibt er mir im Gegenzug alles, was ich für meinen Trip nach Gelsenkirchen benötige.

Wie ich später, zugegeben ziemlich selbstzufrieden, meine Runde mit dem Ludwig drehe und das Tagesgeschehen noch einmal Revue passieren lasse, zieht es mich irgendwie in die Richtung vom Brunnermeier. Also geh ich da einfach mal hin und läute. Ich läute und läute, und schließlich trommle ich sogar an dic Tür. Aber weit und breit kein Lebenszeichen. Der wird doch nicht etwa wieder …? In einem Anfall von Panik spring ich schließlich über die Mauer und knall auf den Boden. Es ist still dort im Garten, nur ein paar Grillen zirpen. Ich schau so durch die Fenster in Erdgeschoss. Aber nichts. Nirgendwo ein Brunnermeier.

»Schach!«, hör ich es plötzlich ganz matt aus der Stille heraus.

»Das darf doch nicht wahr sein! Catweazle, Sie verdammter Halunke!«, glaub ich jetzt vernehmen zu können. Die

Stimmen kommen von ganz hinten. Vom hintersten Teil des Gartens. Da geh ich mal hin. Und Sekunden später kann ich sie dann auch schon sehen, die zwei ungleichen Herren. Dort sitzen sie also auf Holzbänken unter riesigen Ahornbäumen im Kerzenlicht, spielen Schach und trinken Wein. Ganz ruhig und fast regungslos blicken beide auf das wertvolle Brettspiel. Ich bleib noch ein ganzes Weilchen stehen und beobachte sie. Beinah etwas neidvoll, muss ich sagen. Dann dreh ich mich ab, schnapp mir den Ludwig und wir gehen heim.

Kapitel 25

Ein paar Tage später ist es auch schon so weit. Der Flötzinger und seine Mary, die mittlerweile ausschaut wie ein Kugelfisch, bringen die Bälger zur Susi ins Büro, und die freut sich wie eine Zaunkönigin. Sie nimmt die beiden fest in die Arme und drückt und busselt sie, und fast könnte man den Eindruck kriegen, sie gibt sie nie wieder her. Die Mary verabschiedet sich und weint kurz ein bisserl, aber schließlich überwiegt doch die Vorfreude auf Paris. Und die auf ein kinderfreies Wochenende. Zumindest, was die bereits geborenen betrifft.

»Danke, Susi«, sagt sie und drückt die Freundin ganz herzlich. »Ich danke dir sehr, dass du das für mich tust!«

»Kein Thema!«, sagt die Susi, gibt die Umarmung zurück, krallt sich aber sofort wieder die Hände der Kinder.

»Vielen Dank, Franz«, sagt die Mary danach zu mir gewandt. »Ohne dich müsste ich jetzt zur Photoanlage nach Gelsenkirchen.«

»Was auch seinen Reiz hat«, sag ich so.

»Worauf du einen lassen kannst!«, sagt der Flötzinger noch. Dann aber verschwinden Dick und Doof im Rathausflur.

»Krieg ich ein Eis?«, fragt die Clara-Jane, da haben die Eltern noch nicht einmal den Wagen erreicht.

»Natürlich, mein Schätzchen«, sagt die Susi. »Die Tante

Susi räumt grad noch schnell ihren Schreibtisch auf und dann geht es auch schon los. Wir kaufen ein Eis und gehen ins Kino und später essen wir Chips, bis wir platzen, und schauen die ›Simpsons‹. Morgen früh geht's in den Tierpark und dann …«

»Kommt der Onkel Franz auch mit?«, unterbricht sie das Mädchen.

»Nein, der Onkel Franz kann leider nicht. Der muss nämlich heute mit seinem Freund Rudi noch zu einem mordswichtigen Fußballspiel nach Gelsenkirchen«, sagt die Susi und schnappt sich ihre Handtasche. Gibt mir ein Bussi und nimmt ihre Wochenendbeschäftigung zur Hand. Einen links, die andere rechts.

»Viel Spaß, Schatz!«, ruft sie noch so im Rausgehen.

Ja, ich geh dann auch einmal heim. Schließlich muss ich noch ein paar Sachen einpacken. Für ein Fußballspiel. Und den Besuch von einem Wissenschaftspark. Mit Photovoltaikanlagen. Und den Besuch von einer Ü30-Party. Da kommt einiges an Klamotten zusammen. Schließlich will man ja auch nicht wie ein Bauer daherkommen, gell. Also brech ich mal auf. Ich könnte wetten, der Birkenberger steht schon mitsamt seiner Karre im heimatlichen Hof.

Glossar

Bockfotze	die Steigerung von »Watschn«
die Wange schlenzen	Eine Liebkosung. Man nimmt die Wange des Gegenübers zärtlich zwischen die Finger und schlenzt sie leicht. Bei mir darf das ausschließlich die Oma.
Dult	Volksfest, Kirmes, Bierzelt, Musik und ab einer gewissen Stunde haufenweise Besoffene
flacken	liegen
gschafteln	sich wichtig machen
Haferl	Tasse
Ja, pfiati Gott!	Da kommt's auf die Betonung an. Ein Ausdruck des Entsetzens. In etwa wie: »Um Gottes willen!« Oder es hat einen abfälligen Charakter, so wie: »Na Bravo!«
können vor Lachen	Das ist ein Ausdruck von Hilflosigkeit. Von unglaublicher Hilflosigkeit, würd ich mal sagen.

Lauser – liebevoll: Lausbub. Abfällig: Rotzlöffel, Hosenscheißer. Wenn man das zu einem Erwachsenen sagt, ist es eher die zweite Variante.

mit der Brennsuppe schwimmen – keine Ahnung haben, null Peilung, zero Durchblick, daher armer Irrer halt

narrisch – wahnsinnig, irrsinnig, verrückt

resch – knackig, knusprig

schnackseln – pimpern, nudeln, ihr wisst schon

Watschn – Eine Ohrfeige. Aber nicht so ein Tatscherl, das man auch einem nervigen Kind einmal gibt, sondern schon eher eine von der kräftigeren Sorte.

wo der Bartl den Most holt – wo's langgeht, was abläuft oder wer das Sagen hat. So was in der Art halt (bei uns halt die Oma).

Zefix! – Die Koseform eines Fluches, die dementsprechend ausdrückt, dass der Benutzer desselben grad irgendwie durch irgendwas tierisch genervt ist.

Ein umfangreiches Glossar gibt's für den findigen Leser auf Rita Falks Homepage unter www.Falk-Rita.de

Aus dem Kochbuch von der Oma, anno 1937

Grießnockerlsuppe

Man bringt 1/8 Liter Milch mit 30 Gramm Butter zum Sieden und lässt 3 Esslöffel Grieß unter fortgesetztem Umrühren eine Viertelstunde darin kochen. Fast erkaltet, vermischt man das Ganze mit 2 Eiern und sticht danach mit dem Kaffeelöffel die Nockerl ab. Anschließend werden diese mit einem in siedendes Wasser getauchten Messer geglättet und 10 Minuten in Fleischbrühe gekocht, ehe man die Suppe serviert.

Also, ich persönlich fahr jetzt nicht so unbedingt ab auf Grießnockerl jeglicher Art. Das ist mehr was für Kinder. Oder Greise. Oder höchstens noch Weiber. Aber eben nix für einen hart arbeitenden Kerl mit ausgezeichneten Zähnen.

Forelle

Die Forellen werden reingeschuppt, ausgenommen, gewaschen, eingesalzen und eine halbe Stunde zugedeckt stehen gelassen. Dann werden sie in Mehl gedreht, in mit etwas Wasser aufgeschlagene Eier getaucht, mit Semmelbrösel bestreut und in heißem Butterschmalz lichtbraun gebacken. Anschließend auf Küchenkrepp gelegt und warm angerichtet mit Zitronenscheiben und gehackter Petersilie serviert. Dazu reicht man grünen Salat oder Kartoffelsalat.

Das mit dem grünen Salat kann man gut und gerne streichen. Kartoffelsalat, und aus! Und dabei spielt es auch überhaupt keine Rolle, ob Forelle gebacken oder vom Grill. Oder auch mit Schnitzel, meinetwegen. Oder einem Cordon bleu. Hauptsache, Kartoffelsalat. Aber jetzt bin ich abgeschweift. Nein, also, wenn jemand weiß, wie man aus einem glitschigen Fisch überhaupt ein hammermäßiges Essen zubereitet, dann ist es die Oma. Aber wie gesagt halt nur mit Kartoffelsalat.

Pichelsteiner

Man nimmt Rindfleisch, Kalbfleisch und Schweinefleisch, von jedem 250 Gramm, und schneidet alles zu großen Würfeln. Diese werden dann mit Paprikapulver bestreut und in Ochsenmark oder Butter scharf angebraten und anschließend mit ½ Liter Brühe abgelöscht. Ein Esslöffel Tomatenmark wird untergemischt und gesalzen und gepfeffert. Danach eine gewürfelte Kartoffel, Sellerie, gelbe Rüben, gehackte Zwiebeln dazufügen und bei mäßiger Hitze anderthalb Stunden köcheln lassen. Kleingehackte Petersilie erst am Schluss zufügen und unterrühren.

Natürlich nimmt die Oma immer mindestens die doppelte Menge. Weil, wie wir ja schon wissen: die Eberhofers sind gefräßig, erst recht, wenn der Leopold den Hof mit seiner Anwesenheit bereichert. Und so ein Pichelsteiner ist ja erst gut, wenn er so ein- bis zweimal aufgewärmt wird. Und da kann es dann schon passieren, dass der Franz, wenn er vom Wolfi heimkommt, erst noch mal zum Ofen schlendert und so eine kleine private Pichelsteinerorgie feiert. Meistens wird der Papa davon wach. Und dann hocken wir beide am Tisch und löffeln aus dem Tiegel gleich ganz ohne Teller. Am nächsten Tag schimpft sie freilich, die Oma. Weil sie jetzt wieder frisch kochen muss. Aber es hilft halt alles nix.

Kartoffelbratl

Ein Kilo Schweinebraten mit Schwarte, eine Scheibe Wammerl (beides mit der Schwarte nach unten), gehackte Zwiebeln, Karotten und in Scheiben geschnittene Kartoffeln in eine große Reine geben und so weit mit Brühe aufgießen, dass alle Kartoffeln bedeckt sind. Bei mittlerer Hitze anderthalb Stunden garen lassen, wobei das Fleisch nach der Hälfte der Zeit gewendet, gesalzen und gepfeffert wird. Danach immer wieder mit Wasser oder Bier übergießen. Die Kartoffeln werden mit einem Krautsalat zum Fleisch gereicht. Die Zwiebeln und Karotten, durch ein Sieb gedrückt, ergeben eine gute Soße.

Bei einem Kartoffelbratl, da brauch ich praktisch gar kein Fleisch nicht. Sonst schon. Aber beim Kartoffelbratl, da schmecken die Kartoffeln einfach schon so saugut, weil die ja in dem Fleischsud gegart worden sind und sich somit quasi schon den ganzen Geschmack einverleibt haben. Ja, man könnt direkt meinen, das Fleisch hat den ganzen Geschmack an die Kartoffeln abgegeben und hat jetzt selber keinen mehr. Da schmecken die Kartoffeln tatsächlich viel mehr nach Fleisch als das Fleisch selber. Probierts' es aus!

Marillenknödel mit geschmolzener Butter

250 Gramm Quark, 1 Ei, jeweils 3 Esslöffel Mehl, Grieß und Semmelbrösel, sowie 1 Esslöffel Öl miteinander vermengen und ½ Stunde ruhen lassen. Mit einem Löffel den Teig abstechen und in den bemehlten Händen flachdrücken. Die Marillen werden nun hineingegeben und mit dem Teig umhüllt. Man sollte darauf achten, schön geformte Knödel zu erhalten. Diese werden dann in gesalzenes, kochendes Wasser gegeben, auf kleinere Flamme gedreht und etwa 20 Minuten ziehen gelassen. In der Zwischenzeit erhitzt man etwas Butter in der Pfanne und röstet Semmelbrösel mit Zucker darin an. Über die fertigen Knödel verteilen. Wer es süßer mag, sollte vor der Zubereitung den Obstkern entfernen und anstelle davon ein Stück Würfelzucker hineingeben.

Die Oma, die ist ja die Mehlspeisenkönigin schlechthin. Und ihre Marillenknödel sind einfach nur zum Niederknien. Der Nachteil daran ist, dass ich nach einem solchen Essen immer schon nach kurzer Zeit, um nicht zu sagen: gleich im Anschluss daran noch dringend was Deftiges brauch. Und da ist es dann schon ziemlich gut, wenn noch was vom Pichelsteiner übrig ist. Oder vom Kartoffelsalat. Oder wenigstens von der Grießnockerlsuppe.

Danke

Und wieder einmal möchte ich mich von ganzem Herzen bedanken. Dieses Mal fang ich bei meinen treuen Lesern an.

Ich bin immer wieder überwältigt, mit welcher Freude Ihr zu meinen Lesungen kommt und was für eine großartige Stimmung im Handumdrehen herrscht. Euer Zuspruch tut unheimlich gut und jagt mir schon mal die eine oder andere Gänsehaut über den Buckel. Auch die lieben Schreiben, die ich erhalte, freuen mich unbändig, auch wenn ich nicht jedes einzelne beantworten kann, da sonst der nächste »Eberhofer« ziemlich lang auf sich warten ließe.

Eines möchte ich Euch noch mit auf den Weg geben: Nämlich meinen ›Hannes‹, ein Roman, ebenfalls bei dtv. Lest doch bitte mal rein, es lohnt sich. Dieses Buch liegt mir sehr am Herzen und ich könnte fast wetten, dass es Euch gefällt.

Nun zu meinem lieben »Geschwader«, das mich stets fürsorglich unterstützt, berät, vermittelt oder wo ich mich einfach mal ausquatschen kann.

Meine Agentur copywrite:

Georg Simader, Vanessa Gutenkunst und Catarina Kirsten, mein Job wäre ohne Euch einfach undenkbar, und ich bin froh, dass Ihr Tag und Nacht und auch am Wochenende für mich da seid.

Und natürlich dtv:

Bianca Dombrowa, Bea Habersaat, Christine Püffel, Petra Büscher, Gaby Fischer und Konstanze Renner. Ich ziehe ganz tief meinen Hut vor Eurer Arbeit.

Abschließend danke ich meinem Mann Robert für seine Unterstützung und dass er mir immer den Rücken freihält. Und ich danke Patrick und Dani, allein schon dafür, dass es Euch gibt.

Ganz herzlich,
Eure Rita Falk